ハヤカワ文庫NV

〈NV1394〉

幸せなひとりぼっち

フレドリック・バックマン

坂本あおい訳

早川書房

7866

EN MAN SOM HETER OVE
by
Fredrik Backman

Translated by
Aoi Sakamoto
First published 2016 in Japan by
HAYAKAWA PUBLISHING, INC.
This book is published in Japan by
agreement with
SALOMONSSON AGENCY,
through JAPAN UNI AGENCY, INC., TOKYO.

ネダに捧ぐ。
きみを笑わせようと思ってがんばっているんだ。
いつだって。

目次

幸せなひとりぼっち

登場人物

オーヴェ……………………主人公
パルヴァネ………………向かいの家に引っ越してきたイラン人女性
パトリック………………パルヴァネの夫
七歳児
三歳児 }……………………パルヴァネとパトリックの娘
イミー
アンデシュ }……………オーヴェの隣人
ルネ…………………………オーヴェの隣人。元友人
アニタ………………………オーヴェの隣人。ルネの妻
アドリアン………………郵便配達の青年
ミルサド……………………カフェの青年。アドリアンの友人
アメル………………………カフェ店主。ミルサドの父
レーナ………………………地元紙の記者
ソーニャ……………………オーヴェの亡き妻

1　オーヴェという男、コンピューターでないコンピューターを買う

オーヴェは五十九歳だ。

車はサーブに乗っている。気に入らない相手がいると、警官が泥棒に懐中電灯を向けるように、人差し指を突きつけるタイプだ。オーヴェは日本車に乗る連中が白いケーブルを買いにいく店のカウンターの前に立った。販売員を長いことじっと見てから、中くらいの大きさの白い箱をふって示した。

「つまり、これがOパッドとかいうやつだな?」オーヴェは質問した。

体格指数《BMI》一桁台の販売員の若者は不安げな顔をした。オーヴェの手から箱をもぎとりたい衝動と闘っているのが傍目にも明らかだ。

「ええ、そうです。iPadです。でも、そんなふうに箱をふるのは、できればやめてもらえないかと……」

オーヴェは非常にいかがわしい種類の箱を見る目でそれを見た。まるで箱がスクーターに乗って、ジャージのズボンをはき、〝よお、友人〟とオーヴェにひと声かけて時計を売りつけようとしたかのように。

「ああ。で、これはコンピューターなんだな？」

販売員はうなずいた。だが、少しするともじもじして、頭を細かくふった。

「そうですけど……というか、それはｉＰａｄです。人によっては〝タブレット〟と呼ぶし、〝ネット用端末〟という人もいる。いろんな見方ができるから……」

オーヴェは文章を逆さから言われたような顔で販売員を見てから、あらためて箱をふった。

「だが、これはいいものなんだろう？」

販売員は頭をかいた。「ええ。というか……どういう意味ですか？」

オーヴェはため息をつき、この議論における問題は相手の耳が聞こえないという一点にあるといわんばかりに、言葉をゆっくり明瞭に発音して言った。

「これは、よ、い、も、の、か？　これはいいコンピューターなのか？」

販売員はあごをかいた。

「はい……いや……すごくいいです……どんなコンピューターがほしいかによりますけど」

オーヴェは販売員をにらんだ。

「わたしはコンピューターがほしいんだ！　ふつうのコンピューターだ！」

ふたりのあいだに短い沈黙が流れた。販売員が咳ばらいをする。

「ええと、その……これは、ふつうのコンピューターとはちがいます。だったら……」

販売員は口をつぐみ、目の前にいる男にどうにか通じそうな用語をさがしている顔つきをした。それから、もう一度咳ばらいして言った。

「……ラップトップは？」

オーヴェは猛烈に頭をふって、威嚇するようにカウンターに身をのりだした。

「そんなものがほしいんじゃない。ほしいのはコンピューターだ」

販売員は同情するようにうなずいた。

「ラップトップというのはコンピューターです」

むっとしたオーヴェは販売員をにらみつけ、人差し指をカウンターに突き立てた。

「そのくらい知ってる！」

販売員はうなずいた。「そうでしたか……」

ふたたび沈黙。それは、ピストルを持ってこなかったことにはたと気づいたふたりのガンマンのあいだに流れるだろう沈黙に、似ていなくもなかった。オーヴェは箱がみずからがなんらかの自白をしだすのを待つように、じっとそれを見つめた。

「キーボードはどこにつけるんだ?」しばらくして言った。販売員は手のひらをカウンターの角にこすりつけ、最初の予想よりだいぶ時間がかかりそうだと理解しはじめた若い店員がよくするように、落ち着きなく体重を足から足へ移し変えた。

「ええと、これには最初からキーボードはついてないんです」

オーヴェは眉をあげた。

「そうきたか。〝別売り〟のものを買わせようって魂胆だな」

「そうじゃなくて、そのコンピューターには別付けのキーボードはないってことです。全部画面上で操作するんです」

オーヴェはアイス売りがガラスケースのアイスを舐めるのを目撃したように、唖然として首をふった。

「だがキーボードがなきゃ困るだろう。それくらい理解できないか？」

若者は心のなかでどうにか十まで数えるように長く息を吐いた。

「ええ、ええ。理解しました。なら、そのコンピューターはやめたほうがいいと思います。それよりＭａｃＢｏｏｋなんかはどうですかね」

「ＭａｃＢｏｏｋだ？」オーヴェは説得されたとは程遠い口調で言った。「そいつはだれもかれもが口にする電子ブックリーダーとかいうやつか？」

「ちがいます。ＭａｃＢｏｏｋは……ラップトップです。キーボードつきの」

「ははん！」オーヴェは即座に言った。

店員はうなずいた。手のひらをかいた。

オーヴェは一瞬店を見まわした。手にある箱をふたたび軽くふった。「じゃあ、そっちは役に立つんだな？」

販売員はカウンターに目を落とした。顔をかきむしりたそうにしているが、それをやっとのことでこらえている。ふいに顔がぱっと輝き、熱のこもった笑みがうかんだ。

「いいこと考えた。お客の相手をしていたべつの係の手があいたか見てきます。ここでデモンストレーションしてもらえばいい」

オーヴェは腕時計を見ながら首をふり、一日じゅう突っ立って待つよりほかにすることがある人間が世のなかにはいるんだと、販売員に伝えた。販売員は慌ててうなずいて姿を消し、少ししてべつの販売員を連れてもどってきた。べつの販売員は販売の仕事をはじめて長くない者特有の、とても楽しそうな顔をしていた。

「いらっしゃいませ。何をおさがしですか？」

オーヴェは警察の懐中電灯の指をカウンターに突き立てた。

「わたしはコンピューターがほしいんだ！」

ふたりめの販売員はもはやそれまでほど楽しげではなかった。お返しするから待ってろという目で、最初の販売員を見た。

「な……るほど。〝コンピューター〟ね。だったら、まずはここじゃなくてノート型売り場にいかないと」彼はあまり元気のない声で仲間の販売員に言い、それからオーヴェに顔を向けた。

オーヴェはにらんだ。

「おい！　わたしはラ、ッ、プ、ド、ッ、プ、が何かくらい知ってる。ノート型などと言い換える必要はない！」

販売員は困った顔でうなずいた。そのうしろで最初の販売員がこぼした。「もう限界だ。昼飯にいってくる」

「昼飯。近ごろの連中ときたら、それにしか関心がない」オーヴェは鼻を鳴らした。

「今、なんて？」もうひとりのほうの販売員がふり返った。

「ひ、る、め、し！」オーヴェは明瞭な発音で言ってやった。

2 （三週間前）オーヴェという男、近所の見まわりをする

オーヴェと猫がはじめて会ったのは、朝の五時五十五分だった。猫はすぐさまオーヴェを嫌った。その感情はまったくもっておたがいさまだった。

オーヴェはいつものとおり、その十分前に起床した。寝坊をして〝目覚ましが鳴らなかった〟と言い訳する人間が、彼には理解できなかった。オーヴェが目覚まし時計を持ったことは、人生で一度もない。五時四十五分には目を覚まして起床する。

このテラスハウス団地に住むようになってかれこれ四十年、オーヴェは毎朝コーヒーメーカーをセットし、毎朝きっちりおなじ量の粉を入れ、妻とそれぞれ一杯ずつコーヒーを飲んだ。カップ一杯につきスプーン一杯、そしてポットのために一杯。それ以上でもそれ以下でもいけない。このごろの連中は、こうしたコーヒーをちゃんと淹れる程度のことさえろくにできなくなった。だれも手で文字が書けなくなったのとおなじだ。いまどきはなんでもかんでもコンピューターにエスプレッソマシンだ。だれも字も書けずコーヒーも淹れられないとなれば、この先、世のなかはどうなる？ オーヴェにはそれが疑問だった。

ちゃんとしたコーヒーが抽出されているあいだに、オーヴェは青いズボンとコートを着て、木のクロッグをつっかけ、無能な社会に失望させられると知っている中高年男独特の仕草で両手をポケットに突っ込んで、近所の見まわりに出かけた。これは毎朝のことだった。

玄関から外に出ると、近所のテラスハウスはどこもひっそりとして真っ暗だった。驚くことじゃない、とオーヴェは思った。このあたりには必要以上に早起きするような者はひとりもいない。最近住んでいるのは、個人事業主かそれ以外の怪しげな連中ばかりだ。くだんの猫は――あるいは、猫らしいものは――住宅のあいだの通り道のどまんなかに平然とすわっていた。尻尾は途中でちぎれ、耳は片方しかない。おまけに、だれかがつかんで引っこ抜いたように、ところどころ毛がなかった。どう見てもかわいい猫ちゃんという感じではない。

オーヴェはずんずん歩いていった。猫は立ちあがった。オーヴェは足をとめた。両者はそのまま数秒間、田舎の夜の酒場にやってきたふたりのならず者よろしく相手を品定めした。オーヴェははいているクロッグをひとつ投げてやろうかと考えた。猫は投げ返すクロッグがないのを残念がる顔つきをした。

「シッ！」唐突にオーヴェが言ったので、猫はうしろに跳びすさった。

猫は五十九歳の男と両足のクロッグをじっくりながめ、やがて背を向けてのんびり歩きだした。その直前に、小馬鹿にした顔をうかべたのが見えたようにも思えた。〝野良猫め〟と心のなかでつぶやき、腕時計に目をやった。六時二分前。ぐずぐずしていると、猫ごときのせいで見まわりの予定が遅れてしまう。それはなんとすばらしいことか。そこでオーヴェはテラスハウスのあいだの道を進んでいって、住居エリアへの車の乗り入れを禁止すると書いた標識のところにいった。金属のポールを少々乱暴に蹴った。傾いているわけではないが、確認するにこしたことはない。それにオーヴェはどんなものでも足で強く蹴って状態を確認する男だった。

つぎに駐車場へいって、立ちならぶガレージの前を端から端まで歩いて一往復し、夜のあいだに押し入られたり、無法者が火をつけたりした形跡がないか調べた。この住宅地でそうした被害があったことはない。だが、それを言うなら、オーヴェが日々の見まわりを欠かしたこともない。サーブのおいてある自分のガレージの前では、扉の取っ手を三回引っぱった。これも毎朝のことだった。

それから二十四時間までしかとめてはいけない決まりの来客用駐車場のほうへいき、上着のポケットに入れた小さなメモ帳に車のナンバーをひとつ残らず几帳面に書き写した。そして前日にメモしたナンバーと照合した。手帳上に二日連続でおなじナンバーがならんだ場合、オーヴェは家に取って返し、自動車登録事務所に電話して車の持ち主をつきとめ、それから持ち主に電話して、標識も読めない無能なぼんくらめと相手に伝えてやる。もちろん、来客用駐車場にだれが車をとめようが、オーヴェにはさして興味はない。ただし、これは原則の問題だ。標識に二十四時間とあれば、それが駐車できる限度だ。みんながいつでも好き勝手にいろんな場所に駐車しだしたら、世のなかどうなる？　きっとカオスだ。そこらじゅう車だらけになる。

さいわい今日は来客用駐車場に規則違反の車はなく、オーヴェは毎日の見まわりのつぎの場所であるゴミ置場に移ることができた。もっとも、それがオーヴェの義務というわけではない。そもそもオーヴェは、新参者の入居者たちが押し通した〝家庭ゴミを分別すべし〟というくだらない方針には、最初から断固反対だった。ただし、ゴミは分けると決まったのなら、それがきちんと守られるよう見張る者が必要だ。だれに頼まれたわけでもないが、オーヴェのような男が率先して動かなければ秩序が乱れてしまう。そこらじゅうにゴミがおかれることになる。

オーヴェはゴミ箱を軽く蹴った。文句を垂れ、ガラスのリサイクルのなかから瓶をあさりだし、〝能なしどもが〟とぶつくさ言いながら金属の蓋をはずした。瓶をガラスのリサイクルにもどし、金属の蓋を金属のリサイクルのゴミ箱に捨てる。

管理組合の理事長だったむかし、オーヴェはルールを守らないゴミ捨てを取り締まるために、ゴミ置場に監視カメラを設置することを強く求めた。腹立たしいことに、その提案は投票によって却下された。ほかの住人はそれを〝いささか窮屈だ〟と感じ、それにくわえて、ビデオテープの保管が頭痛の種になると思った。〝やましいところ〟のない人たちは〝真実〟を恐れる必要はないはずだとオーヴェはくり返し訴えたが、結果はこうだった。

二年後に、管理組合の理事長の座からおろされたあとで（オーヴェはその一件を以後〝クーデター〟と呼んだ）、おなじ問題がふたたび議題にあがった。動作センサーでスイッチがはいり、映像が直接インターネットに送られる新式の監視カメラが登場したらしく、管理組合の新しい理事会はそれを住人に手際よく文書で説明した。そうしたカメラを使えばゴミ置場のみならず駐車場も監視でき、破壊行為や泥棒の防止になると期待できる。さらにいいことに、ビデオ映像は二十四時間で自動的に消える仕組みなので、住人のプライバシーが侵害されるおそれもない。カメラの設置には満場一致の可決が必要だった。ただひとりが反対票を投じた。

オーヴェはインターネットを信頼していなかった。彼はインターネットとつづるときには頭文字を大文字で書き、妻が〝インターー〟を強く発音するのだといくら正しても、〝ネット〟のほうを強調して言った。そのインターネットにゴミ捨てを監視されるぐらいなら死んだほうがましだというオーヴェの姿勢は、すぐに理事会に伝わった。そして結局、カメラは一台も設置されずに終わった。それでよかったのだ、というのがオーヴェの感想だった。日々の見まわりのほうがどのみち有効なのだから。だれが何に取り組み、だれが監視しているかが一目瞭然だ。どんな馬鹿でも理解できる。

ゴミ置場の点検がすむと、毎日とおなじように扉に鍵をかけ、強く三回引っぱってしっかり閉まったことを確認した。うしろを向いたとき、自転車置場の小屋の外に自転車が立てかけてあるのが目にはいった。ここに自転車をおいてはいけないとはっきり書かれた大きな標識がある、その真下だった。すぐ横には、住人のだれかが書いた、怒れる手書きの注意書きがテープで貼ってある――〝ここは自転車をとめる場所ではない！ 標識を読め！〟。オーヴェは〝馬鹿どもが〟とぶつくさ言いながら、自転車置場の小屋をあけ、自転車をなかに運んで整然とならべ、小屋を施錠し、取っ手を三度引っぱった。

その後、怒れる張り紙を壁から引きはがした。この壁に〝張り紙厳禁〟の正式な掲示を出せと管理組合に提案するのも悪くない。近ごろの連中はどこでも好き勝手に怒りの張り紙を張っていいと考えている。ここは壁であって掲示板じゃない。

それからオーヴェは、住宅のあいだの細い道を進んだ。自宅の前で足をとめ、敷石に顔を近づけ、目地にそってにおいをかぐ。

小便だ。小便のにおいがする。

それだけ確認すると家にはいり、ドアに鍵をかけ、コーヒーを飲んだ。

飲み終わると、電話加入権と新聞購読を解約し、狭いバスルームの混合水栓の修理をした。キッチンからテラスに出るドアの取っ手を新しいネジで締めなおした。調理台の木の天板にオイルを塗った。屋根裏の箱を片づけなおした。物置の工具を整理し、サーブの冬タイヤをべつの場所に移した。そして、今、この場所に立っていた。人生こんなふうになるはずじゃなかった。そのひとことにつきる。

今は十一月の火曜の午後四時で、照明はすべて消した。ヒーターとコーヒーメーカーの電源も切った。イケアの間抜け店員どもは木にオイルを塗る必要はないと言うが、調理台の木の天板にはオイルを塗った。必要があろうとなかろうと、この家におけるすべての木の天板は、半年ごとにオイルで手入れされる。セルフサービス式倉庫店の、黄色いポロシャツを着た小娘がどう言おうと。

オーヴェは屋根裏つきの二階建てテラスハウスのリビングに立って、窓から外をながめた。向かいの家に住んでいる、四十歳の無精ひげのカッコつけが、前をジョギングしていった。名前はアンデシュというらしい。越してきてせいぜい四、五年の新しい住人だ。うまいこと入り込んで、すでに管理組合の理事になった。油断も隙もない。今ではこの道を自分のものと勘ちがいしている。離婚して引っ越してきたらしく、馬鹿高い値段でここを買った。いかにもああいう連中らしい。やってきては、真っ当な人に手が出せないほど不動産価格をつりあげる。上流の住む高級住宅地じゃあるまいし。そしてアウディに乗っていることは、すでにオーヴェも見て知っていた。だが確かめるまでもない。個人事業主やその他の薄ら馬鹿どもは、だれもかれもがアウディに乗る。

ズボンのポケットに両手を突っ込んだ。いくらか乱暴に幅木を蹴った。はっきりいってこの家は、オーヴェと妻のふたりにはいささか広すぎる。それはたしかだ。それでも支払いはすべて済んだ。ローンは一銭たりとも残っていない。あのカッコつけの場合はそういうわけにはいくまい。だれもが知っているとおり、近ごろはなんでもかんでもローン払いだ。だが、オーヴェは完済した。やるべきことはやった。仕事に通った。病欠をした日は一日もなかった。負担も背負った。責任も負った。今はちがう。だれも責任を持とうとしない。今ではコンピューターと仲介業者と役所の偉そうなやつがすべてをまわしていて、ポルノクラブにいって、住宅の賃貸契約を裏取り引きする。租税回避地《タックス・ヘイブン》に株式資産。だれも働きたがらない。昼飯を食べることばかり一日考えている人が、国じゅうにあふれている。

〝少しのんびりするのも悪くないんじゃないですか?〟とオーヴェは昨日職場で言われた。説明によると、〝余剰人員〟が発生しているため〝古い世代の退職〟を進めたいのだということ。三分の一世紀のあいだ、ずっとおなじ仕事に就いてきたというのに、連中はオーヴェをそう呼んだ。突然、〝世代〟扱いだ。なぜなら近ごろではだれもが三十一歳で、やけにぴったりしたズボンをはき、ふつうのコーヒーを飲まなくなったからだ。それに、みんな責任を持ちたがらない。気取ったひげをくっつけて、職を替え、妻を替え、自動車のメーカーを替える、そういう男だらけだ。万事がそうだ。替えたいと思ったときに替える。

オーヴェは窓の外をにらんだ。カッコつけはジョギングをしている。ジョギングに腹が立つのではまったくない。オーヴェにしてみれば、だれがジョギングをしようとどうでもいい話だ。ただ、なぜああも仰々しくするのかが理解できない。どいつもこいつも、外に出て肺気腫を治しているのだと言いたげな、独りよがりの薄ら笑いをうかべている。速く歩くか、遅く走るか、ジョギングをする連中がやっているのはそういうことだ。あれは四十歳の男が自分は何ひとつ正しくできないことを世界に宣伝しているようなものだ。しかも、それをするのに十二歳のルーマニアの体操選手のような格好をすることが、本当に必要なのか？　オリンピックのリュージュ選手団のような格好をすることが？　たかだか四、五十分、近所をあてもなくうろつくのに？

そしてカッコつけにはガールフレンドがいる。十歳年下だ。〝金髪の棒っきれ〟とオーヴェは呼んでいる。スパナほどの高さのあるヒールで酔ったパンダみたいに千鳥足で歩き、ピエロ顔負けの化粧を顔に塗りたくり、メガネなのか特殊なヘルメットなのか判断に迷う馬鹿でかいサングラスをかけている。おまけにあのハンドバッグサイズの動物を飼っていて、そいつはリードもつけずにキャンキャン走りまわり、オーヴェの家の前の敷石に小便をする。気づかれていないと思っているらしいが、オーヴェはちゃんと知っていた。

人生こんなふうになるはずじゃなかった。そのひとことにつきる。

〝少しのんびりするのも悪くないんじゃないですか〟と昨日、職場の連中は言った。そして今、オーヴェはオイルを塗った天板の横に立っている。それは火曜の午後にやるような仕事ではない。

自分の家とそっくりの姿をした向かいの家を、窓からながめた。新しく子連れの一家が引っ越してきたらしい。見たところ外国人だ。どんな車に乗っているかはまだ知らない。アウディでないといいが。もっと悪いことに、日本車かもしれない。自分で言った何かに深く賛同するように、オーヴェはひとりでうなずいた。リビングの天井を見あげる。今日のうちにフックを取りつける予定だ。どんなフックでもいいというわけではない。アルファベットの略語ばかりならべたて、最近だれもが身につける性別のわからないカーディガンを着たITコンサルタントの連中なら、ありきたりのどうでもいいフックをつけるだろう。だがオーヴェのフックは岩のように頑丈でなければならない。家が解体されるときも最後まで残るくらいに、しっかりと取りつけるつもりだった。

今から数日後には、ネクタイを赤ん坊の頭ほど大きく結んだキザな不動産業者がこの場所に立って、〝リノベーションの見通し〟や〝空間利用効率〟について講釈を垂れ、オーヴェについてもさまざまな意見を持つにちがいない。それでも、オーヴェのフックに関しては、何ひとつ文句をつけられないはずだ。

リビングルームの床の上には、オーヴェの〝使えるもの〟の箱がおいてあった。家のなかのものはみなそんな具合に分類されている。妻が買うものはすべて、〝よさそう〟か

〝すてき〟だった。オーヴェが買うのは、使えるものだ。機能のあるもの。それを大小ふたつの箱にしまってあった。ここにあるのは小さいほうの箱だ。ネジや釘やスパナなどがつまっている。最近の連中は使えるものを持たなくなった。ろくでもないものばかり集める。靴が二十足あるのに、靴べらの在り処を知らない。家は電子レンジや薄型テレビであふれているというのに、カッターナイフで脅してもコンクリート壁用のプラグひとつ持ってこられない。

オーヴェの〝使えるもの〟の箱は、まるごと一段をコンクリート壁用のプラグが占めていた。彼はチェスの駒でも見るように、立ったままそれらをながめた。コンクリート壁用のプラグを選ぶのに急かされるのは好かない。こうした物事には時間をかけなければいけない。プラグによって工程もちがえば用途もちがう。近ごろの人間は、実直で単純な機能性にもはや敬意を持たない。見た目がよくて、コンピューター化されていれば満足なのだ。だが、オーヴェはいつもやるべき方法でやるべきことをする。

〝のんびりするのも悪くない〟と職場の連中は言った。月曜日にオーヴェのいる事務室にやってきて、〝オーヴェの週末を台無しにしたくなかった〟ので、金曜日にその話を持ちだすことは避けた、と言った。〝少しのんびりするのも、あなたにとって悪くないでしょう〟と。火曜日の朝起きたらもはや何もやることがなかったという状況を、やつらはどれだけ理解しているというのだ。インターネットとエスプレッソコーヒーの連中は、物事に対して責任を持つというのがどんなことなのか、ちゃんと理解しているのか？
天井を見あげる。目を細めてにらんだ。フックはちゃんとまんなかに来なければいけない。オーヴェはそう思った。

そして、立ったままじっくりとそのことの重要性について考え込んでいたそのとき、何かをこするような音が長々として無遠慮にじゃまがはいった。図体の大きなうすのろが、トレーラーを引いた日本車をバックさせようとしてオーヴェのテラスハウスの外壁をこする音に似ていなくもなかった。

3　オーヴェという男、トレーラーをバックさせる

オーヴェは、何年も前から妻が替えたがっていた緑の花柄のカーテンを勢いよくあけた。するとそこには髪の黒い、ひと目で外国人とわかる三十代くらいの小柄な女がいた。ずいぶんと小さな日本車の運転席に身体を押し込んだ、背ののびすぎた同年輩の金髪のうすのろに向かって、その場から激しい身ぶり手ぶりで何かを訴えていて、その日本車は、今まさにオーヴェのテラスハウスの外壁を端から端までこすっているトレーラーをうしろに引いていた。

うすのろは曖昧な仕草や手ぶりで、見た目ほど簡単じゃないということを女に伝えようとしているらしかった。女は、それよりも曖昧でない仕草で、うすのろの間抜けぶりに原因があると伝えたがっているようだった。

「ったく、何をしてる……」トレーラーのタイヤが家の花壇に乗りあげるのを見て、オーヴェは窓の内側から悪態をついた。

手にしていた〝使えるもの〟の箱を床に放り、こぶしをにぎりしめた。数秒後、オーヴ

ェに突き破られるのを恐れたように、玄関のドアがみずからの意思でひらいた。

「いったいあんたらは何をしてるんだ」オーヴェは女に向かって怒鳴った。

「わたしもおなじことを思っていたところよ！」女はわめき返した。

オーヴェは一瞬ぽかんとした。女をじっと見た。女はにらみ返した。

「ここでは車を運転してはならない。標識が読めないのか？」

小柄な外国人女性が一歩こっちに近づいてきて、彼女が妊娠しているか、局部的肥満とでも分類されるべきものを患っているかのどちらかだということに、そのときオーヴェは気づいた。

「運転してるのはわたしじゃないわ！」

オーヴェは数秒間、黙って相手を見た。それから金髪のうすのろのほうを向いた。日本車のなかからやっとこさ出てきて、申し訳なさそうに両手をふって近づいてくる。ニットのカーディガンを着ていて、明らかなカルシウム欠乏を示す姿勢をしていた。

「それで、あんたはだれだ？」オーヴェは聞いた。

「車を運転している者です」うすのろは屈託なくこたえた。

身長は二メートル近くあるにちがいない。オーヴェは一八五センチよりも背の高い人全般を、本能的に疑ってかかった。脳にまで血があがっていかないことは、経験で知っている。

「運転してるだって？　そうは見えないけど！」夫より半メートルほどは背の低い妊婦が怒りをぶつけ、両手で夫の腕をたたこうとした。

「で、こっちはだれだ？」オーヴェは女のほうを見てたずねた。

「妻です」男はにっこり笑った。

「いつまでもそうだと思わないでよ」がみがみ言うのに合わせて腹が上下にはずんだ。

「見た目ほど簡単なことじゃな――」うすのろの弁解はたちまちさえぎられた。

「右だって言ったでしょう！　なのに左にバックしつづけた！　あなたは人の話を聞かないのよ！　いつだってそう！」

その後、彼女は三十秒ほどもつづく怒りの弁舌をはじめたが、オーヴェにはアラビア語の罵詈雑言をならべたてているのだろうと察することしかできなかった。

夫はなんともいえない柔和な笑みをうかべて、妻にうなずき返した。正直な人間が平手打ちしたくなる類《たぐい》の、仏教僧の笑みのようだと、オーヴェは心のなかで思った。

「いやいや、すいません！」妻の叱責がようやく終わると、彼はオーヴェに陽気に言い、ポケットからかぎタバコ《スヌース》の缶を出して、ハンドボールほどもあるパックを上唇の下に入れた。「ちょっと手もとが狂って。でも大丈夫ですよ！」

オーヴェは愛車のボンネットの上に糞をしていった相手を見るように、うすのろを見た。

「大丈夫だ？　うちの花壇を踏んづけてるじゃないか！」

うすのろはトレーラーの車輪をしげしげと見た。

「これが花壇ってことはないでしょう」無頓着に笑い、舌先でタバコの位置を調整した。

「だって、ただの土じゃないですか」オーヴェが冗談を言っていることを疑っていない口調だった。

オーヴェの眉間にひと筋の深く険悪なしわが刻まれた。

「これは花壇だ」

うすのろは疑わしげな顔で頭をかき、もじゃもじゃの髪にタバコをくっつけた。

「だけど、何も植わってないから……」

「自分の花壇をどうしようと、とやかく言われる筋合いはない」

うすのろは慌ててうなずいた。知らないこの男をこれ以上刺激することは避けたいと思っているらしい。援護を期待して妻をふり返った。妻は援護したがっているようにはまったく見えなかった。うすのろはもう一度オーヴェを見た。

「妊娠しているんですよ。ほら、ホルモンの問題とかいろいろあって、あれなもので……」遠まわしに言って笑った。

妊婦は笑わなかった。オーヴェも笑わなかった。妊婦は腕を組んだ。オーヴェはベルトの内側に両手を突っ込んだ。うすのろは自分の巨大な手をいかにももてあまし、布製のものが風になびくように、少々恥ずかしげに両手を身体の前でゆらゆらさせた。

「車を動かして、もう一度やってみます」彼はようやく言い、ふたたび親しげにオーヴェに笑いかけた。

オーヴェは親しげに笑い返さなかった。

「この場所は自動車の乗り入れは禁止されている。標識に書いてあるだろう」

うすのろはあとずさって、力強くうなずいた。日本車まで駆けもどり、小さすぎる車にふたたび身体をねじ込んだ。

「やれやれ」とオーヴェと妊婦は異口同音にぼやいた。そのことにより、オーヴェの彼女に対する悪感情が少しだけ減った。

うすのろは車を数メートル前に出した。トレーラーがきちんと真っすぐになっていないことは、オーヴェの目には火を見るより明らかだった。そしてふたたびバックをはじめた。まさにそのうしろにはオーヴェの郵便受けがあり、トレーラーの角がそこにぶつかって、緑色の薄い金属板がぐんにゃりとつぶれた。

「おい……いったい……何してるんだ」オーヴェは長々とうめき、憤然と歩いていって乱暴に車のドアをあけた。

うすのろはあらためてすまなそうに腕をふった。

「すいません、すいません！　郵便受けがバックミラーで見えなかったんですよ。トレーラーってのはむずかしくて、どっちの方向にタイヤを切ればいいのかわからない……」

オーヴェが車の屋根を強くこぶしでたたいたので、うすのろは跳びあがって頭をドアフレームにぶつけた。

「車から出ろ!」

「え?」

「車から出ろと言ってるんだ!」

うすのろはこわごわオーヴェの顔を見たが、理由を聞く勇気は持っていないらしかった。そこで車を降り、落ちこぼれの生徒のように車の横に立った。オーヴェはテラスハウスのあいだの狭い道の、自転車置場と駐車場の方向を指でさした。

「じゃまにならないところに立ってるんだ」

うすのろは少々戸惑いつつもうなずいた。

「なんてざまだ。腕を失った白内障患者だって、このトレーラーをもっとすんなりバックさせられるぞ」オーヴェはこぼしながら車に乗り込んだ。

トレーラーをバックできないとは、どういうわけだ? 右と左、左と右の基本を習得するのがどれだけむずかしいというのだ? そんな連中がどうやって人生を生きていける?

車はオートマ車だった。案の定といったところだ。理想をいえば、そういうぼんくらどもは最初から車を運転しないほうがいい、とオーヴェは考えながら、日本車をドライブに入れて前に出した。理想をいえば、車が勝手に運転してくれるのがいい。ロボットのように。そうすれば縦列駐車を習う必要もなくなるが、となれば、何ができるかわからない運転手に運転免許証が与えられる必要があるのかという話になる。オーヴェに言わせれば、ろくに駐車もできない連中には、投票権すらやる必要はない。

トレーラーをバックするときに文明人なら必ずそうするように、オーヴェは車を前に出してトレーラーを真っすぐにし、そのうえでようやくシフトレバーをバックに入れた。するとそのとたんに、日本車がピーピー叫びだした。オーヴェはいらいらとまわりを見まわした。

「いったいなんだ……何をそんなに大騒ぎする？」操作パネルに向かって文句を言い、ハンドルをたたいた。

「おい、うるさいと言ってるだろう！」チカチカしている赤い光に怒鳴った。

するとうすのろが車の横にあらわれて、窓をそっとノックした。オーヴェは窓をさげ、恐ろしい形相でそっちを見た。

「ただのバックモニターの音ですよ」うすのろはうなずきながら言った。

「わかってるにきまってるだろう」オーヴェは言い返した。

「少し変わった車種なんです。よければ、操作の仕方を教えてあげ――」

「おれは馬鹿でもない！」オーヴェは鼻を鳴らした。

うすのろは強くうなずいた。

「ええ、ええ、もちろんです」

オーヴェは操作パネルをにらんだ。

「こいつは今度は何をはじめた？」

うすのろは大きくうなずいた。

「バッテリー残量を測ってるんです。電気からガソリン駆動に切り替える前に。これはハイブリッド車だから……」

オーヴェはこたえない。ただゆっくりと窓をあげて、まだ半分口をあけているうすのろを遮断した。左のサイドミラーを確認する。つぎに右のミラー。日本車が恐怖の悲鳴をあげるのも無視して車をバックさせ、自分の家と無能な新しい隣人の家のまんまんなかにきれいにトレーラーをおさめ、車を降り、うすのろにキーを放った。

「バックモニターだの、駐車センサーだの、カメラだの、なんだの。そうしたものがないとトレーラーをバックさせられないやつは、そもそもそんなことをやるんじゃない」

うすのろは明るくうなずいた。

「助けてくれてありがとうございます」この十分間罵倒されつづけたのを忘れたようにオーヴェに声をかけた。

「あんたはカセットを巻き戻すのだって、やめたほうがいい」オーヴェは文句を垂れた。

妊婦はなおも腕組みして近くに立っていたが、もうさっきほどは怒っていないように見えた。

「ありがとう！」そう声をあげ、前を通り過ぎるオーヴェに笑いを噛み殺しているようなゆがんだ笑顔を向けた。

オーヴェがかつて見たことがないほどの、大きな茶色い目をしていた。

「管理組合の取り決めで、この場所は車の通行が禁じられている。あんたらもそれを守ることだ」オーヴェは言い捨てて、足取り荒く自分の家にもどっていった。

自宅と物置小屋とのあいだの、石を敷いた通路の途中で立ちどまった。オーヴェの年ごろの男がよくするように、上半身全体を絞りあげるようにして鼻にしわを寄せた。それから地面にひざをついて、必要の有無を問わず二年ごとに几帳面に敷きなおしている敷石に顔を近づけた。もう一度においをかいだ。ひとりでうなずいた。そして立ちあがった。

新しい隣人たちは今もこっちを見ている。

「小便だ！　このあたりは小便だらけだ」オーヴェはぶっきらぼうに言った。

「ああ……そう」黒い髪の女は言った。

それから敷石を示した。

「ああそうじゃない！　小便はどこでするのも禁止だ！」

オーヴェはそれだけ言うと、家にはいってドアを閉めた。

玄関の椅子に腰をおろし、気が静まってほかのことに手がつけられるようになるまで、しばらくじっとしていた。なんなのだ、あの女は。目の前にある標識も読めないああいう女や家族が、なぜここに来なくてはいけない？　住居エリア内は車両通行禁止だ。みんな知っている。

オーヴェは立ちあがり、妻の山のようなオーバーコートのあいだに自分のコートをつるした。念のため閉まった窓の内側から〝馬鹿どもが〟と文句を垂れた。それからリビングにいって、天井を見あげた。

どのくらいそうやって立っていたかはわからない。オーヴェは思いにふけっていた。霧のなかを漂っていた。もともとそういうことをするようなタイプではなかったし、空想家でもなかったが、このごろは頭のなかの何かがねじれてしまったようだ。物事に集中するのがだんだんむずかしくなってきた。自分でもそれが非常に不愉快だった。

呼び鈴が鳴り、オーヴェはまどろみから揺り起こされたような心地がした。目をしきりにこすり、だれかに見られていたことを心配するようにあたりを見まわした。

ふたたび呼び鈴が鳴った。オーヴェはふり返って、恥を知れとばかりに呼び鈴をにらみつけた。玄関に向かって数歩進んだが、乾いた漆喰のように身体がかたかった。ギシギシいっているのが自分の身体なのか床板なのかも、よくわからない。

「今度はなんだ？」ドアがこたえるわけもないのに、あける前にまずドアに疑問をぶつけた。

「今度はなんだ？」オーヴェはあらためて言いなおし、ドアをあけた。そのあまりの勢いに、三歳の女の子が風圧でうしろに飛ばされて、思わず地面に尻もちをついた。横には怯えきった顔をした七歳の少女が立っていた。ふたりとも、髪は真っ黒だ。そしてオーヴェが見たことがないほどの、大きな茶色い目をしていた。

「なんだ？」オーヴェは言った。

七歳のほうがおずおずとオーヴェの顔を見た。プラスチック製の容器をさしだして持っている。オーヴェは仕方なく受け取った。あたたかかった。

「ごはん！」三歳児は機敏に地面から立ちあがって、嬉しそうに言い放った。

「サフランのごはん。それとチキン」七歳児はもっとずっと用心深い顔で説明した。

オーヴェは疑わしげにそれを見た。

「売りつけるつもりか？」

七歳児は気分を害したようだった。

「わたしたちはここに住んでるの！」

オーヴェは一瞬黙り込んだ。それから、今の前提を説明として受け入れられなくもないという顔でうなずいた。

「そうか」

三歳児も満足そうにうなずいて、少しばかり長すぎる袖をふった。

「おなかすいてるって、ママいった！」

オーヴェは困惑し、袖をバタバタさせた口のまわらない幼女を見た。

「なんだと？」

「おじさんはおなかがすいているみたいだって、ママが言ったの。だからごはんをあげないとって」七歳の女の子が少しいらいらした口調で説明した。「さ、いこう、ナサニン」妹の手をしっかりにぎり、怒った目でオーヴェを一瞥してから帰っていった。

オーヴェは玄関から頭だけを出して、ふたりを目で追った。家の前には妊婦がいて、駆けもどってきた娘たちを迎え入れながらオーヴェに微笑みかけた。三歳児がふり返って、はしゃいだようすでオーヴェに手をふった。母親も手をふった。オーヴェはドアを閉めた。

オーヴェはふたたび玄関の廊下に立っていた。ニトログリセリンの箱を見るような目で、チキンとサフランライスのはいったあたたかい容器を見た。それからキッチンにいって、冷蔵庫にしまった。異国の知らない子供たちが玄関においていった残り物のごはんを進んで食べるような習慣は、彼にはない。ただしオーヴェの家では、食べ物を捨てることはしない。そういう主義だ。

リビングにいった。ポケットに両手を突っ込んだ。天井を見あげた。長いあいだそこに立ち、今度の目的のためにはどのコンクリート壁用のプラグが最適か考えた。目が痛くなるまでそうやって凝視していた。顔をおろし、はてなという目で傷だらけの腕時計を見た。それから窓を見て、すでに外が暗いのにはじめて気づいた。あきらめて、かぶりをふった。日が暮れてからドリルの穴あけをはじめてはいけない。そんなことはみんな知っている。明かりという明かりをつけなくてはいけないが、いつまた消せるかはだれにもわからない。メーターが一、二千クローナ分あがって、電力会社を喜ばせるのは癪だ。論外だ。

〝使えるもの〟の箱を閉じて、二階の広い廊下に運んだ。屋根裏の鍵を、狭い廊下のヒーター裏のいつもの場所まで取りにいった。もどってくると、手を上にのばして屋根裏の落とし戸をあけた。折りたたみの階段をおろした。屋根裏にあがり、きしみがひどいといって妻がしまわせた食卓の椅子のうしろの定位置に、〝使えるもの〟の箱をおいた。椅子はちっともきしまない。あれがただの言い訳だったのは、オーヴェもよくわかっている。妻は新しい椅子が買いたかったのだ。生きるとはそういうものだと思っているらしい。食卓の椅子を買い、レストランで食事をし、そうやって人生を歩みつづける。

階段をつたって下におりた。狭い廊下のヒーターの裏に屋根裏の鍵をもどした。〝少しのんびりする〟と連中は言った。コンピューターで仕事し、ちゃんとしたコーヒーを飲まない、どいつもこいつも三十一歳のカッコつけたち。トレーラーをバックさせることさえできない世のなかだというのに、連中のほうがおまえはもう用なしだと言ってくる。そんな道理がとおるのか？

リビングにいってテレビをつけた。番組を見るつもりもないが、夕方にひとり椅子にすわって、阿呆のようにただ壁をながめているわけにもいかない。オーヴェは外国の料理を冷蔵庫から出してきて、プラスチックの容器からじかにフォークで食べた。

オーヴェは五十九歳。今は火曜日の夜。すでに新聞の購読は解約した。明かりは全部消した。

そして、あしたにはフックを取りつける。

4　オーヴェという男、三クローナの手数料の支払いを渋る

オーヴェは彼女に花を見せた。ふた鉢だ。本当はふたつにするつもりはなかった。なんであれ、過剰はよくない。ただしこれは主義の問題なんだ、とオーヴェは彼女に説明した。それで花がふたつになった。

「きみがいないと家に秩序がない」オーヴェはこぼし、凍った地面を軽く蹴った。

妻はこたえない。

「今夜は雪になる」オーヴェは言った。

天気予報は雪にはならないと言ったが、オーヴェがいつも指摘するとおり、だいたい彼らの予想は逆になる。その話を妻にした。妻はこたえない。オーヴェは両手をズボンのポケットに入れて、小さくうなずいた。

「きみが家にいないのに、わたしひとりが一日じゅう家をうろうろしているのは変だ。そんなのは人生じゃない。それだけは言わせてくれ」

妻はそれにもこたえない。

オーヴェはふたたびうなずいて地面を蹴った。リタイア生活に憧れる人たちの気が知れない。自分が不要とされる日を一生涯待ちわびるなどということが、よくもできるものだ。ぶらぶらしているだけの社会のお荷物。そんな立場になるのを望むやつがどこにいる? 家にいて、ただ死ぬのを待つ。それならまだしも、自分の世話ができなくなり、迎えがやってきてホームに入れられる運命かもしれない。これ以上最悪のことがあるだろうか。トイレへいくにも人の手を借りなくてはならないとは。妻はよくオーヴェをからかって、葬式にいくのに送迎サービスに頼らないといけないくらいなら棺おけに寝かされたほうがいいと言う人は、あなたくらいよと、いたずらっぽく笑った。たしかにそのとおりかもしれない。

この日、オーヴェは五時四十五分に起床した。妻と自分のためにコーヒーを淹れ、各部屋をまわって、妻がこっそりヒーターの温度をあげていないか確認した。もちろんどれも昨日から設定に変わりはなかったが、ひと目盛りさげておいた。念のためだ。その後、廊下の六つのフックのうち妻の服が占領していない唯一のフックから上着を取って、見まわりに出た。寒くなってきた、とオーヴェは思った。そろそろ青い秋用の上着から青い冬用の上着に替える時期だ。

寝室のヒーターの温度をあげろと妻がしつこく言いだすと、もう雪の季節が来たかとオーヴェは知る。馬鹿言え、とオーヴェは毎年言い返した。たまたま季節がそうだというだけで、なぜ電力会社社長の懐をあたためてやらないといけない？　オーヴェの計算によると、ヒーターの温度を五度あげると一年で数千クローナ余計にかかる。だからいつも冬になると、オーヴェは慈善バザーで蓄音機と交換した古いディーゼル発電機を屋根裏からおろした。そして、セールで三十九クローナで買った小型ヒーターにそれをつないだ。発電機であたためられたヒーターは、オーヴェが取りつけた小さなバッテリーで三十分ほど稼動し、妻はそれを横においてベッドにはいる。ただし、無駄《ただ》に使うのはいけないと指摘することをオーヴェは忘れなかった。ディーゼルだって無料ではないのだ。するとオーヴェの妻はいつもどおりの行動に出る。うなずいて、あなたの言うとおりねと認める。そして冬のあいだじゅう、オーヴェが見ていないときにこっそりヒーターの温度をあげてまわるのだ。毎年きまって。

オーヴェはもう一度地面を蹴って、猫の話をすべきか考えた。あの薄汚い半分禿げた動物を猫と呼んでいいのかは知らないが。見まわりからもどってくると、猫はまたしてもそこにいた。オーヴェは指を突きつけ、家々のあいだを怒れるゴムボールのように跳ねてこだまするほどの大声で、あっちへいけと怒鳴った。猫はじっとすわったままオーヴェをながめた。そして、ここを去るのはオーヴェに言われたからではなく、ほかにやることがあるからだと言いたげなもったいぶった仕草で立ちあがり、物置小屋の角をまわって消えていった。

やはり妻に話すのはやめよう、と思った。なぜ猫を追っぱらったのかと叱られるだけだ。もしも妻に決定権があったら、毛の生えているいないを問わず、わが家は浮浪者でいっぱいになるにちがいない。

オーヴェは青いスーツを着ていた。白いシャツのボタンは一番上までとめてある。ネクタイをしないときは一番上ははずしてもいいのだと妻はいつも言うが、そのたびにオーヴェは、〝わたしはギリシア人のパラソル貸しじゃない〟と言い返して反抗的にボタンを上まで閉めた。手首には傷だらけの腕時計をはめていた。父がそのまた父から十九のときに受け継ぎ、さらにそれをオーヴェが受け継いだものだ。父はオーヴェの十六の誕生日の数日後に死んだ。

今着ているスーツは妻のお気に入りだ。すごくすてきに見えると毎度言う。理性的な人はだれでもおなじ意見だが、もちろんオーヴェも、とっておきのスーツを平日に着るのは浮ついたやつらだけだと思っている。ただし、今朝だけは例外にしようと決めた。さらによそ行きの黒い靴まで出してきて、たっぷりの量の靴墨でそれを磨いた。

家を出る前、廊下のフックにかけた秋用の上着を取るときに、オーヴェは妻のコートのコレクションをしげしげと見た。あんな小さなひとりの人間が、よくもこれほどたくさんの冬物のコートを持てるものだ。〝コートの森のあいだを抜けていったら、そこはナルニアなんじゃないかと思えてくるわ〟そんな冗談を言った妻の友人もいた。オーヴェにはなんの話だかさっぱりわからなかったが、コートの森というのにはとにかく賛成だった。

近所の住人がだれもまだ目を覚まさない時間に、オーヴェは家を出た。駐車場まで歩いていって、キーを使ってガレージの扉をあけた。扉のリモコンは持ってはいたが、正直な人間は手でドアをあければよいのであり、オーヴェにはその利点が理解できなかった。それからサーブのドアを、やはりキーを使ってあけた。従来の仕組みがずっと完璧に機能しているのだから、なにも変える理由はない。運転席にすわると、ラジオのチューニングのつまみを半回転まわして半回転もどし、つぎにミラーを調整した。サーブにすわるたびに毎度これをやる。何者かが定期的にサーブに侵入して、意地悪してミラーとラジオチャンネルをいじるわけもないだろうが。

駐車場を横ぎっているときに、前の家に住む、例の外国人の妊婦に出くわした。手には三歳児を引いている。図体の大きな金髪のうすのろも横を歩いていた。三人とも、オーヴェの姿を見つけると陽気に手をふった。オーヴェは手をふり返さなかった。車をとめて、駐車場は児童公園じゃないのだから子供を走りまわらせるなと、きつく釘をさしてやろうと最初は思った。だが、それも時間の無駄だと思いなおした。

そこでオーヴェは車を進め、自分の家そっくりの家が何列も何列も立ちならぶテラスハウス団地の外の道に出た。ここに越してきたころは、家はまだ六軒しかなかった。それが今では数百軒だ。かつては森しかなかったが、今は家で埋め尽くされた。どこもローン払いであることは言うまでもない。それが最近のやり方だ。クレジットカードで買い物し、電気自動車を運転し、電球を交換するのに業者を呼ぶ。はめ込み式のフローリング材を敷き、電気式の暖炉をおく。コンクリート壁に正しいプラグを打つことと、顔を平手で打つことのちがいをだれも理解していない世のなか。いまどきは、それが正しいあり方らしい。ショッピングセンター内の花屋までは十四分で着く。オーヴェはいずれの速度制限も正確に守り、最近引っ越してきたネクタイ族の野蛮人どもが九十キロで飛ばす道でも、きっちり五十キロを守った。自分の家のまわりには〝子供が遊んでいます〟などと書いた表示を出し、減速用のでこぼこをつけるくせに、他人の家の前をいくときはおかまいなしらしい。オーヴェは過去十年、ここへ来る道中、毎度その話を妻にした。しかも、ひどくなる一方だと、万一それまでの話が妻に聞こえていないといけないので、オーヴェはなるべくつけくわえるようにしていた。

今日は一、二キロもいかないうちに、黒いメルセデスがオーヴェのサーブに追いついてきて、腕一本分のすぐうしろにぴたりとつけた。オーヴェはブレーキランプで三度警告した。メルセデスは怒ってハイビームであおった。オーヴェはバックミラーに向かってフンと鼻を鳴らした。自分たちには速度制限は適用されないと連中が判断するたびに、周囲がどかないといけないみたいではないか。あきれてものが言えない。オーヴェはどかなかった。メルセデスはふたたびハイビームであおった。オーヴェはスピードを落とした。メルセデスが警笛を鳴らす。オーヴェは二十キロまで速度を落とした。坂の頂上にさしかかったところで、メルセデスが轟音をあげてうしろから追い抜きをかけた。ネクタイをし、耳から白いコードを垂らした四十代の運転手は、オーヴェに向かってなかから中指を立てた。オーヴェはそのジェスチャーに対し、真っ当にしつけられた五十九歳の男たちがきまってやる仕草で返した。すなわち、人差し指でこめかみをゆっくりとたたいてみせた。メルセデスの男はわめいて窓の内側に唾を飛び散らしながら、アクセルを踏み込んで前方に消えていった。

二分後、オーヴェは赤信号にぶつかった。メルセデスが列の最後尾にいた。オーヴェはハイビームで照らしてやった。運転手が首をのばしてふり返り、その拍子に白いイヤホンが耳からはずれてダッシュボードに落ちるのが見えた。オーヴェは満足げにうなずいた。

信号が緑になった。車の列は動かない。オーヴェはクラクションを鳴らした。何も起こらない。オーヴェは首をふった。ご婦人のドライバーがいるにちがいない。それか道路工事だ。それかアウディだ。三十秒しても動かないので、オーヴェは車をニュートラルにし、ドアをあけ、エンジンをかけたままサーブから出た。道路に立って、大げさに両手を腰にあてて前をうかがった。スーパーマンが交通渋滞にはまったらこんな感じだろうという格好で。

メルセデスの男がクラクションを盛大に鳴らした。〝馬鹿めが〟とオーヴェは思った。

その瞬間、列が動きだした。前の車が先に進んだ。うしろにいたフォルクスワーゲンがオーヴェにクラクションを鳴らした。運転手が早くいけと手をふりまわしている。オーヴェはにらみ返した。サーブに乗り込んで悠然とドアを閉めた。〝何をそんなに急ぐことがある〟とバックミラーに向かって声に出して言い、車を発進させた。

つぎの赤信号で、またしてもメルセデスのうしろについた。ここでも列ができた。オーヴェは腕時計に目をやり、左にまがった。ショッピングセンターへは遠まわりになるが、信号の数が少ない。オーヴェはけっしてケチではない。だが、しょっちゅう停止するより走りつづけていたほうが車が燃料を食わないことは、少しでも頭のある人間ならだれでも知っている。それに、妻がいつも言っているとおりだった。あなたの追悼文に何か書くとするなら〝彼はなんにせよ燃費にはうるさい男だった〟ね、と。

オーヴェは西側からショッピングセンターに近づいた。駐車場が二台分しか空いていないのが遠くから見てわかった。なんでもない平日にみんなショッピングセンターで何をしているのか、理解に苦しむとしか言いようがない。最近の連中は、もはや仕事にいく必要がないらしい。

こうした状況の駐車場に来ると、妻はいつも到着する前からため息をつきはじめる。オーヴェは入り口のそばに駐車したがった。オーヴェはぐるぐると何周もまわって、外国車に乗ったろくでなしに先を越されるたびに愚痴を垂れ、その横で妻は、〝だれが一番いい駐車場所を見つけるか競走しているんじゃないんだから〟とこぼした。六、七周したあとでちゃんといい場所が見つけられることもあったが、ついに負けを認めざるを得なくなって、二十メートルほども離れた場所に駐車させられようものなら、オーヴェは一日じゅう不機嫌だった。妻はまったく理解しなかった。だがそもそも主義のなんたるかを理解するのが、彼女はあまり得意ではなかった。

今日のところも、まずはようすを見るために駐車場を一、二周しようとオーヴェは考えた。けれどもちょうどそのとき、ふたたびあのメルセデスが見えた。南側から近づいてくる。耳からビニールのコードを垂らしたネクタイ男も、つまりはここが目的地だったわけだ。オーヴェは一秒たりとも悩まなかった。アクセルを踏み込んで交差点にとびだした。メルセデスは急ブレーキを踏み、激しくクラクションを鳴らして真うしろについた。これにより決闘がはじまった。

駐車場入り口の案内板は車を右方向へ誘導していたが、メルセデスもすでに空きが二台分あるのを見たようで、オーヴェの左側をすり抜けようとした。オーヴェは怒れる電光石火のすばやさで、ハンドルを切って道をふさいだ。ここからアスファルトの上での男対男のチェイスが開始された。

バックミラーごしに、小さなトヨタが道をまがってきて彼らのうしろについたのが見えた。トヨタは駐車場にはいると、案内板に従って右方向に大まわりしはじめた。オーヴェはそれを横目で見ながら、メルセデスを尻に従えて逆まわりに進んだ。空いているふたつのうちの入り口に近いほうに自分がとめ、親切にももうひとつをメルセデスに与えることも、もちろんできる。だが、そんなことで勝負に勝利したといえるか？

そこでオーヴェはひとつめの空きスペースの前で急停止し、そこに踏みとどまった。メルセデスは猛烈にクラクションを鳴らした。オーヴェは動じない。小さなトヨタが右のずっと先のほうから近づいてくる。メルセデスもそれに気づき、遅まきながらオーヴェの腹黒い計画を理解した。激しくクラクションを鳴らしながらサーブの横をどうにかすり抜けようとしたが、もはや手遅れだった。オーヴェはすでにどうぞと手をふって、空いているところにトヨタを誘導していた。無事に駐車をするのを見とどけたあとで、オーヴェはもうひとつのスペースに平然と車を入れた。

横を通っていったメルセデスの窓には飛んだ唾がびっしりついていて、運転手の顔さえ見えなかった。オーヴェはローマの剣闘士よろしく意気揚々とサーブを降りた。それからトヨタを見た。

「くそ」オーヴェはその場でぼやいた。

車のドアが大きくあいた。

「どうも！」運転席から身体をひねりだしながら、うすのろが陽気な声をあげた。

「これはこれは！」妻がトヨタの反対側から言って、三歳児を抱きあげた。

オーヴェは遠くに消えていくメルセデスを恨めしそうに目で追った。

「場所をありがとうございます！　超イカしてましたよ！」うすのろが顔を輝かせる。

オーヴェはこたえない。

「おなまえなあに？」三歳児が唐突に叫んだ。

「オーヴェだ」とオーヴェは言った。

「あたしナサニン！」三歳児は嬉しそうに言った。

オーヴェはうなずいた。

「僕はパト――」うすのろが言いかけた。

だがオーヴェはすでにうしろを向いて、歩きだしていた。

「場所取りを、ありがとう」外国人の妊婦がうしろから言った。

声に笑いがまじっているのがわかった。オーヴェはそれが気に食わなかった。ふり返らずに〝ああ、わかった、わかった〟と短くつぶやいて、ショッピングセンターの回転ドアを抜けていった。最初の廊下を左にまがり、近所の家族が追いかけてくることを心配するように、何度かうしろをふり返った。だが彼らは右にまがって姿を消した。

オーヴェはなおも疑ってスーパーの前から動かなかった。今週のお買い得品のチラシをながめた。べつにこの店でハムを買う予定はない。だが、値段の動向をチェックするのはつねに大切だ。この世にオーヴェが嫌いなものがひとつあるとすれば、それは人にまんまと騙されることだ。妻はよく冗談を言った。オーヴェにとってのこの世で最低の言葉は〝電池は付属していません〟だと。それを聞くと、たいていみんな笑った。ただし、オーヴェはいつも笑わなかった。

スーパーから花屋に移動した。そこでほどなく、妻の言う〝ひともんちゃく〟がはじまった。あるいはオーヴェがいつも〝話し合い〟だと主張するものが。オーヴェは〝二個で五十クローナ〟とあるクーポンをカウンターに出した。そして、ほしいのはひとつだけで、それを二十五クローナで買えないのはおかしいと、筋道を立ててきっちり店員に説明をした。五十の半分は二十五だからだ。ところが、携帯をいじりっぱなしの脳がチューインガムでできた十九歳の店員は、どうしてもそれに賛成しない。彼女は、花ひとつでは三十九クローナで、ふたつ買った場合だけ、〝二個で五十クローナ〟になるのだと言い張った。店長が呼ばれる事態となった。道理を理解させ、オーヴェが正しいと認めさせるまでに十五分かかった。

あるいは正確にいうと、店長は〝クソじじい〟とかなんとか聞こえなくもない言葉を自分の手のなかに吐いて、悪いのはレジだったとだれもが思うほど乱暴に、二十五クローナと数字を打ち込んだ。オーヴェにとってはどっちでも大差はない。商売をしている連中は、いつもあの手この手で金を多く出させようとする。だがオーヴェはそれを見逃さない。

オーヴェはカウンターにカードをおいた。店長はうっすら微笑んで、表示を指さした—

――〝五十クローナ未満のカードでのお買い物は、三クローナの手数料をいただきます〟。

そういうわけで、オーヴェは妻の前で花をふた鉢持って立っていた。これは主義の問題だった。

「だれが三クローナ払うか」オーヴェは墓を見おろしてこぼした。

オーヴェがいつもなんでもかんでも文句をつけるので、妻はよく怒った。だが、オーヴェは文句を言っているのではない。正しいことは正しくあるべきだと思っているだけだ。それが人生におけるまちがった態度といえるだろうか？

目をあげて、妻を見た。

「約束どおり昨日そっちにいかなかったから、腹を立ててるんだろう」オーヴェはもごもごと言った。

妻は何も言わない。

「だが近所じゅうが大変なことになってきた」言い訳がましく言った。「とんだ無法地帯だ。このごろじゃ、外に出ていってトレーラーをバックすることまでしてやらないといけない。おちおちフックをつけてもいられないんだよ」反論されたわけでもないのにつけくわえた。

咳ばらいをする。

「外が暗くなってから、フックをつけるわけにもいかんだろう。そんなことをしたら、いつまた明かりを消せるかわからない。きっと、ずっとつけっぱなしになって電気を食う。論外だ」

妻はこたえない。オーヴェは凍った地面を蹴った。言葉をさがした。もう一度短く咳ばらいする。

「きみがいないと家に秩序がない」

妻はこたえない。オーヴェは花をいじった。

「きみが家にいないのに、わたしひとりが一日じゅう家をうろうろしているのは変だ。そんなのは人生じゃない。それだけは言わせてくれ」

妻はそれにもこたえない。オーヴェはうなずいた。よく見えるように、鉢を高くあげた。

「ピンク。きみの好きな色だ。店のやつは多年草だと言ったが、そういう種類じゃないだろう。それに、この寒さじゃだめになるかもしれないとも言っていたが、ほかにあれこれ売りつけたいだけだ」

同意を求めるように間をおいた。

「新しいご近所さんは、米にサフランだのを入れる。外国人だ」オーヴェは静かな声で告げた。

あらためて沈黙が流れた。

オーヴェは立ったまま指にはめた結婚指輪をゆっくりひねった。ほかに話題がないかさがしているように。会話を主導する側になるのは、今もオーヴェには大変な苦痛だ。それはいつも妻の役割だった。オーヴェは返事をするだけだった。これは双方にとって新しい状況だ。しばらくすると、オーヴェはとうとうしゃがんで、先週持ってきた花を掘りだしてそっとビニール袋に入れた。それから新しい花を植えるために慎重に土を掘った。地面は凍っていた。

「また電気の基本料金があがったぞ」立ちあがりながら伝えた。

オーヴェは長いこと妻を見ていた。最後に大きな石にそっと手をおき、頬にふれるように優しく左右になでた。

「淋しいじゃないか」オーヴェはささやいた。

妻が死んで六カ月になる。それでもオーヴェは今も一日二回、家じゅうをまわってヒーターにふれ、妻がこっそり温度をあげていないか確かめることを欠かさなかった。

5　オーヴェという若者

なぜオーヴェと結婚したのか、妻の友達が不思議がっているのはオーヴェもよく知っていた。もっともなことだ。

オーヴェは無愛想だと人から言われる。そのとおりなのかもしれない。自分ではよく考えたことがない。それに〝社交的でない〟とも言われる。おそらくオーヴェが人間のことをそれほど好きでないことを言っているのだろう。だとすれば全面的に賛成だ。人間というのは得てしてあまり賢くない。

オーヴェは楽しくおしゃべりをするタイプではなかった。それが近ごろでは重大な欠点であるらしいことには、オーヴェもわかっている。昨今は、たまたまそばにやってきただれとでも、どんな話題でも、おしゃべりできないといけない。それが〝すてきなこと〟だからだ。オーヴェにはそのやり方がわからなかった。おそらく育てられた環境のせいだ。オーヴェのような世代の人間は、何かをやることについておしゃべりするのに、実際それをやるかどうかはどうでもよくなった世のなかに対して、心の準備ができていないのだ。

最近の連中はリフォームした自宅の前に立って、本人はネジまわし一本持たなかったくせに、自分の手でそれを建てたかのように自慢する。しかも、自分でやったふりさえせずに自慢する！　独力で本物の床板を敷いたり、水まわりを改修したり、冬タイヤに交換したりする技能には、今はもう価値はないらしい。ちょっと出かけていけばなんだって買えるのだから、もはやそうした技能にどんな価値がある？　もはや男にどんな価値がある？

妻が毎朝ベッドから起きて、今日もまたオーヴェと一日をすごそうと自発的に思うことが、彼女の友達には理解できなかった。オーヴェも同感だ。オーヴェは妻のために本棚をつくり、妻はページをめくってもめくっても人の感情のことが書いてある本でその棚を埋めた。オーヴェは目で見て手でさわれるものを理解した。コンクリートやセメント。ガラスや鉄。道具。解答のあるもの。直角や明確に書かれた説明書。設計図や図面。紙の上に書きだせるもの。

オーヴェは白と黒の人間だった。

そして、妻は色だった。オーヴェの身のまわりにある唯一の色だった。

彼女と出会うまで、オーヴェが愛情をそそいだただひとつのものは数字だった。子供時代のことは、ほかにはあまり憶えていない。いじめられっ子でもいじめっ子でもなく、運動が得意でも苦手でもなかった。物事の中心にいることもなければ外にいることもない。ただ、そこにいる、そういう子だった。子供のころのことをあまり憶えていないのは、必要以上にむやみに記憶をため込む人間ではなかったからだ。とても幸せだったこと、そして、数年後にはそうでなくなったこと。憶えているのはそんな程度だ。

それでも数字は憶えた。頭は数字でいっぱいだった。学校の算数の授業がものすごく楽しみだったことも記憶している。ほかの生徒には苦痛でしかなかっただろうが、オーヴェにはちがった。理由はわからない。深く考えたこともない。物事がなぜそうなっているのか突き詰める意味が、彼にはまったく理解できなかった。自分は自分で、やることをやる。それで十分だとオーヴェは思っていた。

八月のある朝早くに母が息を引き取ったとき、オーヴェは七歳だった。母は化学工場で働いていた。そのときはわからなかったが、当時は空気の安全性に関する知識がまだあまりなかったのだ。それに母はしょっちゅうタバコを吸っていた。一番よく憶えているのもその姿だ。母は土曜日の朝になると、一家で住んでいた町はずれの小さな家の台所の窓辺にすわり、煙につつまれながら空をながめていた。母はときどき歌をうたい、オーヴェはいつも算数の本をひざに窓の下にすわった。それは憶えている。もちろん声はがさついていたし、音程もときどき怪しかったが、それでも母の歌は大好きだった。

父は鉄道の仕事をしていた。手のひらはナイフで切りつけた革のようになっていて、顔のしわはくっきりと深く、労働すると汗がその筋をとおって胸まで流れた。髪は薄くて身体も細かったが、腕の筋肉は石から切りだしたようにかちかちだった。オーヴェがまだとても小さかったころ、鉄道の仕事仲間が集まる盛大なパーティに両親とともに連れていかれたことが一度あった。ビールが何本かあいたあと、パーティにいた数人が父に挑んできて腕相撲大会がはじまった。向かいの木のベンチにすわったあんな巨人のような男たちを、オーヴェは見たことがなかった。二百キロ近くありそうな男もいた。父は敵を片っ端からやっつけた。その晩、家に帰ると、父はオーヴェの肩に腕をまわして言った。〝オーヴェ、大きいことは強いことだと考えるのは、頭の悪い連中だけだ。憶えておけよ〟。オーヴェはそれを肝に銘じた。

父がこぶしをあげることはなかった。オーヴェにも、だれに対しても。目のまわりを黒くしたり、罰としてたたかれてベルトのバックルの痣をつくって学校にくる同級生もいた。だが、オーヴェにはそうした経験はなかった。〝わが家では暴力は禁止だ〟と父はいつも言った。〝家族どうしでも、よその人が相手でも〟。

寡黙だが親切だった父は、鉄道の職場でもとても好かれていた。〝親切すぎる〟と言う者もいた。それがどうして悪いことなのか子供心にはよく理解できなかったことを、オーヴェは憶えている。

やがて母が死んだ。そして父はいっそう寡黙になった。父にもともとあった数少ない単語を、母がいっしょに持ち去ってしまったかのようだった。

そのためオーヴェと父は無駄なおしゃべりはしなかったが、ふたりでいっしょにいるのは好きだった。食卓をはさんで黙ってすわっているだけで、たがいに満足だった。それに何かとやることがあった。家の裏の朽ちかけた木を棲みかにしている鳥の一家のために、一日おきに餌をおいた。一日おきというのが大切なのだとオーヴェは理解した。理由はわからなかったが、気にしなかった。

夜にはソーセージとじゃがいもを食べた。それからトランプをした。父子には多くのものはなかったが、足りないものもなかった。

母は死んだとき、どうやらエンジンに関係する言葉だけは関心がなくて、父に残していったらしかった。父はその話なら何時間でも語っていられた。〝エンジンはちゃんと相手を見ているんだ〟と父はいつも言った。〝こっちが敬意を持ってあつかえば、自由を与えてくれる。適当にあしらえば、自由を奪い去る〟。

父はのちのちまで自分の車を持つことはなかったが、四〇年代、五〇年代になって鉄道会社の上司や監督がマイカーを買うようになると、操車場で働いている寡黙な男とは仲良くしておいて損はないという噂がたちまち職場にひろまった。オーヴェの父は学校も出ていないし、オーヴェの教科書の算数すらろくに理解できなかった。ところがエンジンのことだけは知りつくしていた。

監督の娘が結婚して、花嫁を派手やかに教会まで連れていくはずの車が故障したときも、オーヴェの父が呼ばれた。父は工具箱をかついで自転車で駆けつけたが、その箱は、自転車を降りるときに男がふたりがかりで持ちあげないといけないほどの重さがあった。父が現場に到着した時点でどんな問題があったにせよ、現場から自転車で去るときには、問題はあとかたもなく消えていた。監督の妻は父を披露宴に招待したが、油汚れが腕の肌に染み込んでそれが地の色になった男が上品な人にまじってすわるのは、あまりよろしくないと思う、と父はひかえめに言った。ただし、家で待っている息子のためにパンと肉をつつんでもらえるなら、喜んでいただきましょう、と。オーヴェは八つになったところだった。その夜、父が食事をならべると、オーヴェは王侯貴族の宴に参加しているような気分になった。

数カ月後、監督はふたたびオーヴェの父を呼んだ。事務所の外の駐車場にはぼこぼこになった古いサーブ92がおいてあった。サーブが製造した初の乗用車で、大幅に改良がくわえられたサーブ93が市場に出されて生産終了になった車種だった。オーヴェの父はこの車をよく知っていた。前輪駆動に、コーヒーメーカーのような音を出す横置きのエンジン。監督は上着の内側のサスペンダーに親指を引っかけて、事故を起こしたのだと説明した。深緑色の車体のフロントはひどくへこんでおり、ボンネット内部の状態も良好なはずはなかった。けれども父は、汚れたつなぎのポケットから小さなネジまわしを出し、じっくり丹念に車を調べたのち、大丈夫、少々の時間と手間とちゃんとした道具さえあれば、ふたたび動くようにすることができると思います、と結論した。

「だれの車なんですか？」父はまげていた背をのばし、ウエスで指の油を拭きながらたずねた。

「親戚の車だった」監督はスーツのズボンのなかからキーを出し、それを父の手のひらに押しつけた。

「そして今からはきみのものだ」

監督は父の肩をたたくと、ふたたび事務所にもどっていった。一方の父は、その場で息を吸うのもやっとだった。その晩、父は目をまんまるにした息子に何度も何度も説明をくり返し、庭におかれたその魔法の怪物について知るべきもののすべてを示してやらなくてはならなかった。息子をひざに乗せて運転席にすわり、機械がどういう仕組みで動くのかを、夜遅くまで語って聞かせた。父はネジのひとつひとつ、細い管の一本一本を説明することができた。この晩の父ほど誇らしげな男を、オーヴェはいまだかつて見たことがなかった。八歳だったオーヴェは、サーブ以外の車には絶対に乗るまいと、その夜、心に誓った。

仕事が休みの土曜日には、父はオーヴェを庭に連れだし、ボンネットをあけて、それぞれの部品の名前や役割を教えた。日曜日には教会へいった。神とたくに深いつながりがあったからではなく、母がとてもうるさい人だったからだ。そのため父子は教会のうしろのほうにすわり、礼拝が終わるまでふたりして足もとの床を見つめていた。それに正直なところ、神に思いをいたすより母を偲んでいる時間のほうが長かった。母はもうそこにはいないが、いわばこれは母のための時間だった。礼拝が終わると、ふたりはサーブに乗って郊外までのんびりドライブをした。一週間のうちのオーヴェの大好きなひとときだった。

家でひとり留守番させておくわけにもいかないので、オーヴェは学校が終わったあと、父のいる鉄道の操車場に来ることを許された。汚れる仕事で賃金もわずかだが、〝実直な仕事で、そこに価値がある〟と父がいつも言っていたとおりだった。

オーヴェは操車場のみんなが好きだったが、トムだけはべつだった。上背のある騒々しい男で、手はトラックの荷台ほど大きく、目はいつも蹴っていたぶれる弱い動物をさがしているように見えた。

九歳のとき、オーヴェは父に言われて、壊れた客車の清掃をするトムを手伝った。トムはふいに喜びの声をあげて、疲れた乗客が忘れていったブリーフケースを床からひろいあげた。荷棚から落ちたものらしく、中身があたりに散らばっていた。トムはすかさず床を這いまわり、見えるかぎりのすべてをかき集めた。

「見つけた者にもらう権利がある」トムがにやりと笑い、その目つきを見て、オーヴェは皮膚の下を虫が這うのを感じた。鎖骨に痛みが走るほど、トムに背中を強くどつかれた。オーヴェは何も言わなかった。

外に出ていこうとしたとき、足が財布を蹴った。ひろってがさがさの指先でふれると、それはとてもやわらかい革でできていて、まるで綿のような感触がした。しかも父の古財布とちがい、ばらけないように輪ゴムでとめてあるのではなかった。あけるとパチッと鳴る、銀の小さなボタンがついていた。なかには六千クローナ以上はいっていた。当時それは、だれにとってもひと財産だった。

気づいたトムがオーヴェの手から財布を奪おうとした。オーヴェはとっさの反応で、奪われまいと抵抗した。トムがこの反応に驚いているのがわかった。大男の手が拳骨になるのが、視界の隅に映った。オーヴェはもう逃げる時間はないと観念し、両目をつむって精いっぱい財布を強くにぎりしめて、殴られるのを待った。

だがつぎにふたりが気づくと、オーヴェの父があいだに立っていた。トムが憎々しげににらみつけ、喉の奥から恐ろしいうなり声を発したが、父はそこをどかなかった。やがてついにトムはこぶしをおろし、慎重に一歩うしろにさがった。

「見つけた者にもらう権利がある。そういうもんだ」トムは財布をさして叫んだ。

「それは、だれが見つけたかによる」オーヴェの父は目をそらさずに言った。

トムは目に凶暴な色をうかべた。それでもブリーフケースを持ったまま、さらに一歩さがった。トムは鉄道で働いて長かったが、オーヴェは父の仕事仲間からいい噂を聞いたことがなかった。信用ならないさもしい男だと、二、三本ビールがあいたあとでは、そんな話があちこちから出た。けれども、父の口からは聞いたことがない。〝四人の子供と病気の妻がいるんだ〟と父は仲間ひとりひとりの目を見て言った。〝そんな状況じゃ、トムよりましな男でも、もっとひどい男になったかもしれない〟。そう言われて、仲間たちはいつも話題を変えた。

父はオーヴェの手の財布を指さした。

「おまえが決めなさい」父は言った。

オーヴェはかたくなに床に目を伏せていたが、トムの焼ける視線が頭に穴をうがつのが感じられるようだった。やがて、小さいが揺るぎない声で、落とし物としてとどけるのがいいと思う、とこたえた。父は無言でうなずくと、オーヴェの手を取り、三十分近くたがいに言葉を交わすことなく線路沿いを歩きつづけた。うしろからは、トムの恐ろしい声が飛んできた。その声はオーヴェの耳から消えることはなかった。

財布を出すと、遺失物取扱所の窓口にいた婦人は目を疑った。

「これだけが、ぽんと床に落ちていたの？　かばんなどはなかったの？」女性は質問した。オーヴェは父をうかがうように見たが、父は黙ったままだったので、オーヴェもそれに倣った。

窓口の婦人はその反応で満足したようだった。

「こんな大金をとどける人は、多くはいないわ」そう言ってオーヴェに笑いかけた。

「分別ある人間も、多くはいない」父はそっけなく言ってオーヴェの手を取り、ふたりは窓口をあとにして仕事にもどった。

線路沿いを数百メートルほど進んだところで、オーヴェは咳ばらいし、勇気をかき集めて、トムがブリーフケースを見つけたことをなぜ話さなかったのかと父にたずねた。

「おれたちは、人の告げ口をするような人間じゃないだろう」父はこたえた。

オーヴェはうなずいた。さらに黙って歩きつづけた。

「お金をもらおうかと思った」オーヴェはとうとう小声で言い、離れていくのを恐れるように父の手をしっかりにぎった。

「わかってる」父は言い、オーヴェの手を少し強くにぎり返した。

「でも、お父さんならとどけると思ったし、トムみたいなやつは、絶対にそうしないと思った」

父はうなずいた。そして、この件については、これ以降二度とふれられることはなかった。

もしもオーヴェが、いつ何がどうなって今のような自分になったのかとくと考えるような男だったら、その日こそ、正しいことは正しくあるべきだと学んだ日だったとこたえたかもしれない。だがオーヴェは、そんなふうに物事を深く考える人間ではなかった。できるだけ父とちがわない人間になろうと、この日心に決めたことを憶えているだけで、彼は満足だった。

父が死んだのは、オーヴェが十六になったばかりのときだった。線路の上を車両が暴走したのだ。オーヴェに遺されたのは、サーブと、町から数キロ離れたところにあるあばら家と、傷だらけの古い腕時計だけだった。その日わが身に起こったことを正確に説明するのはむずかしい。だがともかく、オーヴェは幸せではなくなった。その後何年も、不幸だった。

葬式のさい、牧師はオーヴェに孤児院の話を持ちかけたが、彼が人の慈悲を受ける教育をされていなかったことに、牧師もすぐに気づいた。一方のオーヴェは、今後は日曜礼拝で自分のために席をあけておく必要はないと、牧師にきっぱり伝えた。神を信じないからではなくて、神がとんでもないクソ野郎に思えるからだと、彼は牧師に説明した。

翌日、オーヴェは鉄道会社の賃金課にいって、その月の残りの分の賃金を返した。事務の女性たちがぽかんとしていたので、オーヴェはせっかちに説明した。父は十六日に死んだので、今月の残りの十四日間は、来て仕事をすることはどうしたってできない。賃金は前払いだったので、もらいすぎた分を返すためにここに来た、と。

女性たちが待っているようにと言うので、オーヴェはそのとおりにした。およそ十五分後、なかから監督が出てきて、死んだ親父の給料袋を手に廊下の木の椅子にすわっている、変わり者の十六歳を見た。監督はこの少年がだれだかよく知っていた。いくら説得しても、父にもらう権利はないと思っている金を受け取ろうとしないので、監督は仕方なく、今月いっぱいここで働いて金をもらう権利を得たらどうかと提案した。オーヴェはそれを妥当な案だと考え、今から二週間授業を休むと学校に伝えた。結局、学校にもどることはなかった。

オーヴェは五年鉄道で働いた。そしてある朝列車に乗り、はじめて彼女に会った。父が死んで以来、笑ったのはそのときがはじめてだった。

そこから人生は一変した。

オーヴェは白と黒で世界を見ている、とみんなは言った。そして、彼女は色だった。オーヴェの身のまわりにある唯一の色だった。

6　オーヴェという男と、自転車をおくべきところにおくべきだった自転車

オーヴェはただ静かにあの世にいきたいだけだ。それが贅沢すぎる望みだというのだろうか？　そうは思わない。たしかに、六カ月前に片をつけておくべきだったというのは認める。妻の葬式を終えた直後に。とはいえ、あのときはただ実行に移せばいいというものでもないと思った。オーヴェには仕事があった。自殺したという理由で人々が欠勤しまくったら、どういうことになる？

そういうわけで、金曜に妻が死に、日曜に埋葬され、オーヴェは月曜に出勤した。そういうものだからだ。そして六カ月がたち、〝オーヴェの週末を台無しにしたくなかった〟ので金曜は避けたと言って、月曜にいきなり上司たちがやってきた。そして、火曜日、オーヴェはキッチンで木の天板にオイルを塗っていた。

オーヴェは月曜日の昼の休憩のときに、さっそくすべての準備をととのえた。葬儀屋に代金を支払って、教会の墓地の妻のとなりに自分の場所を用意した。弁護士に電話をかけ、紙にわかりやすく指示を書きだし、重要な領収書のいっさいと、家の売買契約書と、サー

ブの修理履歴といっしょに封筒に入れた。その封筒は、今は上着の内ポケットにある。支払いは全部すませた。ローンや借金はなく、あとでだれかが何かを整理する必要もない。コーヒーカップも洗ったし、新聞の購読も解約した。準備は万端だった。ただ静かにあの世にいきたいだけだ。そう考えながら、オーヴェはサーブにすわって、あけたままのガレージの扉の内側から外をながめた。近所の連中のじゃまがはいらなければ、今日の午後には旅立てるかもしれない。

となりの家に住む太りに太った青年が、駐車場のガレージの扉の前をだらだら歩く姿が見える。オーヴェはデブが嫌いなわけではない。まったくちがう。どんな見てくれをしていようと人の自由だ。ただ、どうやったらあんなふうになれるのかが、さっぱり理解できない。人間はどれだけの量を食べられるのか？　何をしたら人間ふたり分のサイズまで肥えることができるのか？　きっとそれ相応の目的意識がいるにちがいない。

青年はオーヴェに気づいた。明るく手をふった。オーヴェはそっけなくうなずいて返した。青年は肉付きのいい胸がTシャツの下でゆさゆさ揺れるほど、その場から手をふっている。ポテトチップスの山を一気食いできるのは、自分の知るかぎりこの男くらいだとオーヴェはいつも茶化すが、そのたびに、そんなことを言うものじゃないと妻に叱られる。

いや、叱られた、だ。

叱られた。

妻はその太っちょをかわいがっていた。彼の母親が他界してからずっと、週に一度、料理を容器に詰めてとどけてやった。〝ときどきは手作りのものを食べられるように〟というのが妻の弁だった。オーヴェは容器が返ってきたことがないのに気づいて、たぶんあの若造は箱も食べ物も区別がつかないんだと、余計なひとことを言った。すると妻は、いいかげんにして、と言った。そして、オーヴェはいいかげんにした。

オーヴェは容器食らいがいなくなるのを待って、サーブを降りた。ドアハンドルを三回引っぱった。ガレージを出て扉を閉めた。扉のハンドルを三回引っぱった。それから住宅のあいだを通る狭い道のほうへ歩いていった。自転車置場の小屋の前で足をとめた。壁に自転車が立てかけてある。まただ。それがあるのは、ここに自転車をおくべからずとはっきり書かれた掲示の、まさにその真下だった。

自転車を持ちあげた。前輪がパンクしている。小屋の錠をあけて、自転車を列の端にきちんとならべておいた。扉を施錠して三回引っぱり、とそのとき、思春期後期の声が耳にとび込んできた。

「おい！　何してんだよ？」

ふり返ると、数メートル先にいる小僧と目が合った。

「自転車置場に自転車を片づけたんだ」

「勝手にそんなことしていいのかよ！」

よく見てみると、年齢は十八くらいのようだった。言葉を正確に使うなら、小僧というよりは若造だ。

「いいんだ」

「修理するつもりだったんだ！」若造は叫び、声がひっくり返った。

「女物の自転車じゃないか」オーヴェは言った。

「だからなんだよ」

「おまえの自転車なわけがないだろう」オーヴェは結論した。

「ああ、ちがうよ」若造はうめいて空を見た。

「ほらな」オーヴェは話はすんだというように、両手をポケットに突っ込んだ。張りつめた沈黙が流れた。若造は無駄に馬鹿なやつだという目でオーヴェを見た。お返しにオーヴェは、まわりの酸素がもったいないという目で相手を見た。そのときはじめて気づいたが、若造のうしろにはもうひとり若造がいた。さらに痩せっぽちで、目のまわりに煤のような黒いものをくっつけている。ふたりめは、ひとりめの上着をそっと引っぱって、〝トラブルは避けるんだ〟とかなんとか小声で言った。ひとりめは、おまえが悪いんだぞと言わんばかりに雪を蹴った。

「ガールフレンドの自転車なんだ」若造はとうとう言った。

文句というよりはあきらめの口調だった。はいているスニーカーは大きすぎるし、ジーンズは小さすぎると、オーヴェは見て思った。ジャージの上着は、寒さをよけるためにあごまで引きあげてある。うぶ毛でおおわれた痩せた顔はニキビだらけで、髪形は、樽に落ちて溺れかけたところを髪をつかんで引きあげられたといった感じだった。

「そのガールフレンドというのは、どこに住んでる？」オーヴェは問いただした。

若造は麻酔銃を撃ち込まれたかのように重そうに腕をあげ、オーヴェの道の奥にある家をやっとのことで示した。ゴミ分別改革を押し進めた共産主義者どもが娘たちといっしょに住んでいる家だった。オーヴェは用心深くうなずいた。

「なら自分で外に出せる」オーヴェはこの場所に自転車をおいてはならないという掲示を大げさな仕草で示し、向きを変え、自宅に向かって歩きだした。

「なんだよ、クソじじい！」若造がうしろで叫んだ。

「シッ！」目に煤をつけた仲間が言う。

オーヴェは無視した。

住居エリアへの車の進入を明確に禁じた標識のわきを通り過ぎた。外国人の妊婦はこれが読めなかったらしい。だが、目にはいらないわけがないことを、オーヴェはよく知っている。なぜなら、そこに標識を立てたのは自分だからだ。アスファルトをならしていると見まちがわれそうなほど乱暴に地面を踏みつけながら、オーヴェは不満たらたらに家のあいだの道を歩いた。頭のいかれた人間はすでに住んでいる連中だけでもうたくさんだというのに。この住居エリア全体が進化の減速帯のようなところと化したのに、まだ十分じゃないのか。家の斜向かいにはアウディのカッコつけと金髪の棒っきれがいて、道の奥には十代の娘たちのいる共産主義一家が住んでいる。娘たちは赤毛で、ズボンの上に半ズボンをはき、顔はアライグマそっくりだ。もっとも、今はタイで休暇中らしい。だがともかくそういう一家がいる。

そして、となりの家には四分の一トン級の二十五歳が住んでいる。女みたいに髪を長くして、いつも変てこなTシャツを着る。母親が一年ほど前に何かの病気で亡くなるまでは、ふたりで住んでいた。妻によると、名前はイミーだ。どんな仕事をしているかは知らない。きっと、何か悪いことをしているのだろう。あるいは、ベーコンの試食家か。

オーヴェの住むテラスハウスの向こう端には、ルネとその妻が住んでいる。ルネのことは〝敵《かたき》〟とまでは言わない……いや、そうなのかもしれない。管理組合でポシャった案件は、どれもルネが元凶だった。ルネと妻のアニタは、オーヴェとソーニャとおなじ日にここに越してきた。当時ルネはボルボに乗っていたが、やがてBMWに乗り換えた。そんなことをする人間とまともな話ができるわけがない。

それに、オーヴェが管理組合の理事長からしりぞくことになったクーデターを進めたのもルネだ。その結果、この団地はどうなった？　電気代の請求額はあがり、自転車は自転車置場にしまわれず、車両の進入を禁じるとあちこちに標識があるのに、トレーラーをバックさせて住居エリアにはいってくるやつがいる。オーヴェはずっと警告しつづけたが、だれも聞く耳を持たなかった。そんなことがあって、彼は管理組合の集まりにはいっさい顔を出さなくなった。

頭のなかで〝管理組合〟という言葉を言うときには、オーヴェは毎度唾を吐きだすように口を動かした。

自宅のつぶれた郵便受けの十五メートルほど手前まで来たところで、金髪の棒っきれの姿が見えてきた。最初は何をしているのかさっぱりわからなかった。ヒールをはいた脚でよろめきながら道に立ち、オーヴェの家の正面に向かって激しく手をふっている。足もとでは、いつもオーヴェの家の敷石に小便を引っかける、キャンキャンうるさいちっこいのが走りまわっている。あれを犬と呼んでいいのかも悩むところだ。むしろ、目玉をくっつけた毛皮のブーツだ。

棒っきれはサングラスが鼻までずり落ちるほど、激しく何かを叫んでいる。毛皮のブーツもさらに興奮して吠えた。オーヴェはとうとう気がふれたのかと用心して、数メートルうしろから様子見をした。そのときようやく、家に向かって手をふっているのではないのだと気づいた。石を投げている。そして、その目標はオーヴェの家ではなかった。あの猫だ。

猫はオーヴェの物置小屋の奥の角に身体を押しつけていた。毛に、というより毛をむしられた皮膚に、少し血がついている。毛皮のブーツが歯をむいた。猫はシャッとうなって反撃した。

「プリンスに向かって何よ！」棒っきれはわめき、オーヴェの花壇からもうひとつ石をひろって猫に投げつけた。猫は跳びすさった。石は窓枠にあたった。

女はさらに石をひろって投げようとした。オーヴェはすばやく二歩前に出て、息がかかるほどの真うしろに立った。

「その石をうちに投げてみろ、あんたをおまえの家に投げ込んでやる」

女はくるりとふり返った。目と目が合った。オーヴェは両手をポケットに突っ込んでいる。女は電子レンジほどの大きさのある二匹のハエを追いはらおうとするように、オーヴェの前でにぎった両手をふりまわした。オーヴェは顔の筋肉ひとつ動かさない。

「あの汚らわしいやつがうちのプリンスを引っかいたのよ！」女は怒りで目を三角にして、どうにかそれだけ言った。

オーヴェは毛皮のブーツを見た。そいつはオーヴェに唸った。それから、自分の家の前にいる野良猫を見た。血を流して哀れな格好で地面にすわってはいるが、顔を堂々とあげている。

「血が出ているじゃないか。それでおあいこだろう」オーヴェは言った。

「冗談じゃない。あいつを殺してやる！」

「それはだめだ」オーヴェは冷ややかに言った。

頭のいかれた隣人はすさまじい形相をした。

「汚い病気や狂犬病や、いろんなものを持ってるにきまってる！」

オーヴェは猫を見、棒っきれを見て、うなずいた。

「あんただってたぶんそうだろう。しかし、だからといってだれも石は投げない」

棒っきれは下唇をわなわなふるわせた。ずり落ちていたサングラスを勢いよくもどした。

「口に気をつけなさいよ！」女は金切り声をあげた。

オーヴェはうなずいた。毛皮のブーツを指さした。そいつはオーヴェの足に嚙みつこうとしたが、オーヴェが上からどんと踏みつけると、ぎりぎりのところで逃げていった。

「住居エリア内では、ちゃんと綱をつけておくのが決まりだ」オーヴェは言った。

女は染めた金髪をうしろにはらい、中身が出てくるかと思うくらい激しくフンと鼻を鳴らした。

「あれはどうするのよ！」猫に怒りをふり向ける。

「あんたの知ったこっちゃない」オーヴェはこたえた。

自分のほうが明らかに立場が上であるにもかかわらずひどく侮辱されたと感じている人がする表情で、棒っきれはオーヴェを見た。

毛皮のブーツは歯をむいてウーと静かに唸っている。

「この道の所有者にでもなったつもり？」

オーヴェはふたたび冷ややかに犬をさした。

「そいつが今度うちの石に小便をしたら、石に電流を流すことにする」

「プリンスはあんたんとこの石なんかにおしっこしないわ」彼女は早口に言い返し、こぶしをあげて二歩前に出た。

オーヴェは動かない。女はとまった。過呼吸に陥ったように見えた。やがて、なけなしの良識をどうにかかき集めたようだった。

「いくわよ、プリンス」手をひとふりして言う。

それからオーヴェを人差し指でさした。

「アンデシュに言うから。後悔しても知らないわよ」

「そのアンデシュとやらに、うちの窓の真ん前で股のストレッチをするのはやめてくれと、ついでに伝えておいてくれ」

「ええい、クソじじい」女は吐き捨てて、駐車場の方向に歩きだした。

「それから、あいつの乗ってる車はゴミだ！」オーヴェはうしろから叫んだ。

女はオーヴェが見たことのないジェスチャーをしたが、何を意味するかは想像がついた。

それから毛皮のブーツを連れてアンデシュとやらの家にはいっていった。

オーヴェは物置小屋にいった。花壇のそばの敷石に小便の濡れたあとがある。午後に重要な予定があるのでなければ、すぐにもあの毛皮のブーツを玄関マットにしてやるところだ。だが今はほかにやることがあった。オーヴェは物置にはいって、ハンマードリルとドリルビットの箱を取った。

ふたたび外に出ると、猫がすわってこっちを見ていた。

「さあ、もういって大丈夫だ」オーヴェは言った。

猫は動かない。オーヴェはやれやれと頭をふった。

「おい！　わたしはおまえの仲間じゃないぞ」

猫はその場から動かない。オーヴェは両腕を投げだした。

「野良猫め、勘ちがいするなよ。石を投げられているときにかばってやったのは、向かいのあの棒っきれより、おまえのほうがまだ憎たらしくないからだ。言っとくが、それは偉業でもなんでもないぞ。まちがえるな」

猫は言われたことについてそれなりに慎重に考えているようだった。オーヴェは道を指さした。

「いけ！」

猫はまったく動じずに血のついた毛を舐めた。オーヴェを見た。あたかもこれは交渉の場で、相手の提案を検討しているといった態度だった。やがておもむろに立ちあがり、物置の角の向こうに姿を消した。オーヴェはそっちを見ることさえしなかった。すぐに家にはいり、乱暴にドアをしめた。

もうたくさんだ。オーヴェは今から死ぬのだ。

7　オーヴェという男、ドリルでフックのための穴をあける

オーヴェはスーツのズボンをはき、よそ行きのシャツに着替えた。床には貴重な芸術品をおおうように、丁寧に工事用のビニールシートを敷いた。最後にやすりがけしてから二年もたっていないが、とくに新しい床というわけでもない。こうしてシートを敷いたのは、オーヴェ自身がすることともあまり関係はない。首を吊っても血が出るとは考えにくいし、ドリルのくずが落ちることもさほど気にしてはいない。踏み台を蹴ったときに傷がつくのを心配しているのでもなかった。脚の裏に緩衝材を貼りつけておいたので、傷が残るおそれは皆無だ。丈夫なビニールシートを慎重にひろげて、廊下全体と、リビングルームと、キッチンの大部分をおおったのは、オーヴェのためではなかった。

だがいかにも想像がつくが、救急隊員がオーヴェの死体を運びだす前から、商売熱心な若い不動産業者がどかどか押し寄せてきて、ごった返すことだろう。そういう連中に靴で床を傷つけられるのはごめんだ。断じて許せない。それだけはたしかだ。

オーヴェは床のまんなかに踏み台をおいた。少なくとも七色のペンキの汚れがついてい

る。妻はテラスハウスの一室を半年ごとに塗りなおすことを、オーヴェに許可することに決めた。もっと正確にいうと、妻は半年ごとにひと部屋は色を塗り替えたいと思った。そして、それを言われたオーヴェは、とんでもないとこたえた。すると妻は内装屋を呼んで見積もりを出させ、その支払いがいくらになるかオーヴェに伝えた。それを受けてオーヴェはペンキ塗り用の踏み台を買いにいった。

人に先立たれると、奇妙なことが懐かしく思えるものだ。小さなこと。笑顔。妻が寝返りをするやり方。それに、妻のために部屋のペンキを塗りなおしたこと。

オーヴェはドリルビットのケースを取った。これはドリルの穴あけにおいてもっとも重要な要素だ。ドリル本体ではなく、ビット。セラミックブレーキだのなんだのといった余計なものをくっつけるのではなく、車にまともなタイヤを装着するのに似ている。わかる人にはわかる。オーヴェは部屋のまんなかに立って、目で測った。それから外科医が器具を見定める目で、ケースのドリルビットをながめた。ひとつを選びだし、ドリルに挿し、唸りがあがるまで軽く試運転する。頭をふり、しっくりいかないと判断し、ドリルビットを替える。四回それをくり返したところでようやく納得がいき、オーヴェは大きな拳銃のようにドリルを手にさげて、リビングを歩いていった。

床のまんなかに立って天井を見あげた。はじめる前にちゃんと位置を測らなければいけないと思った。穴がしっかり中央に来るように。彼の知るかぎり、行きあたりばったりに天井にドリルで穴をあけることほど最悪なものはない。

オーヴェはメジャーを取ってきた。念のため四隅から二回ずつ計測し、天井のまんなかに×印をつけた。

踏み台からおりた。保護用のビニールシートがその後ずれたりしていないか、ひとまわりして確認した。オーヴェの死体を引き取りにきたときにドアを壊されずにすむように、玄関の鍵をあけた。上等のドアだ。まだ何年ももつはずだ。

スーツのジャケットを着て、内ポケットに封筒があることを確かめる。最後に、窓辺の妻の写真を逆にして物置のほうを向かせた。今からやることを妻に見せたくはないが、かといって写真を伏せるのも気が引ける。外の見えない場所にいくと、妻はいつも恐ろしく不機嫌になった。生きているものをながめていたい性質なのだと、自分でいつも言っていた。だからオーヴェはまたあの野良猫のやつが来るかもしれないと思って、ソーニャを物置のほうに向けた。妻は猫が大好きだった。

あらためてドリルをつかみ、フックを手に踏み台にあがって、穴あけを開始した。最初に呼び鈴が鳴ったときは、空耳かと思い、その理由で無視を決めた。二度目に呼び鈴が鳴ったとき、オーヴェは実際に鳴らしている者がいるのだと知り、まさにその理由から無視を決めた。

三度目でオーヴェはドリルを停止し、ドアをにらみつけた。外に立っている人物を念力で追いはらえるとでもいうように。うまくいかなかった。相手はオーヴェが一度目でドアをあけなかった合理的理由としては、呼び鈴が聞こえなかったこと以外考えられないと思っているらしかった。

オーヴェは踏み台をおり、ビニールシートの上を歩いてリビングを抜け、廊下に出た。どうして自殺するのに、こうしょっちゅうじゃまされないといけないのか？

「なんだ？」オーヴェはそう言うと同時に乱暴にドアをあけた。

うすのろは大きな頭をうしろにどけ、ぎりぎりのところでドアが顔を直撃するのをまぬがれた。

「こんにちは！」妊婦がとなりの、それより五十センチ地面に近いところから、陽気な声をあげた。

オーヴェはうすのろを見あげ、それから妊婦を見おろした。うすのろは顔の出っぱったパーツが全部ちゃんともとの場所にくっついているか確かめるのに忙しかった。

「これを持ってきたの」と妊婦は親しげに言い、青いプラスチック容器をいきなりオーヴェの腕に押しつけた。

オーヴェは怪訝な顔でそれを見た。

「クッキーよ」彼女は背中を押すように言った。

なるほど、というようにオーヴェはゆっくりうなずいた。

「今日はずいぶんオシャレして」彼女はにっこり笑った。

オーヴェはもう一度うなずいた。

そして三人ともがその場に突っ立って、だれかが何かを言うのを待った。とうとう妊婦がうすのろを見て、あきれ顔で首をふった。

「ねえ、顔をいじりまわすのはやめてもらえない？」小声で言い、夫の脇腹をひじで小突いた。

うすのろは視線をあげ、目を合わせてうなずいた。オーヴェを見た。オーヴェは妊婦を見た。うすのろは容器をさして顔を輝かせた。

「妻はイラン人なんですよ。イラン人はどこにでも食べ物を持っていく」

オーヴェは無表情に相手をじっと見た。うすのろは少しもじもじした。

「ほら……だから僕はイラン人と相性がいいんですよ。イラン人は料理するのが好きで、僕は……」彼は少々大げさすぎる笑いをうかべて言いかけた。

いったん口をつぐんだ。オーヴェはいかにも興味のなさそうな顔をしている。

「……食べるのが好きだ」うすのろは締めくくった。

指をあげて今にもドラムロールの音を鳴らす仕草をしそうに見えた。だが、妊婦の妻を見て、それはあまりいい案ではないと考えなおした。

「それで？」オーヴェは妊婦のほうを見て、うんざりした声で言った。

彼女は伸びをして腹に両手をおいた。

「ご近所どうしになったのだから、ちょっと挨拶したいと思って」

オーヴェは短くおざなりにうなずいた。

「わかった。よろしく」

オーヴェはドアを閉めようとした。彼女が腕に手をかけてそれをとめる。

「それから、トレーラーをバックしてくれたことのお礼も言いたかったの。ご親切に、どうもありがとう！」

オーヴェは唸った。しぶしぶながらドアを押さえた。

「礼を言うようなことじゃない」

「でも、本当に助かったわ」彼女は反論した。

オーヴェはあまり感心しない目でうすのろを見た。

「礼を言うことじゃないと言ったのは、いい大人はトレーラーをバックできて当然だという意味だ」

うすのろはそれが侮辱かどうかわからないようだった。オーヴェは教えてやらないことにした。さがってもう一度ドアを閉めようとした。

「わたしはパルヴァネ！」外国人の妊婦がドアのあいだに足を入れた。

オーヴェはその足をじっと見、それから持ち主の顔を見た。相手の行動を理解しかねるというように。

「僕はパトリックです!」うすのろが言った。

オーヴェもパルヴァネも、まったくそっちには注意をはらわなかった。

「いつもこんなにぶっきらぼうなの?」パルヴァネは好奇心からたずねた。

オーヴェはむっとした顔をした。

「べつにぶっきらぼうじゃない」

「ちょっとぶっきらぼうよ」

「ちがう!」

「わかった、わかった。あなたの言う言葉はまるで優しい抱擁だわ。ええ、そのとおりよ」心にもないことを言っている口調でこたえた。

オーヴェはいったんドアの取っ手をはなした。手の容器をしげしげ見た。

「なるほど、アラブのクッキーか。おいしいのか?」しばらくしてオーヴェは言った。

「ペルシャ」パルヴァネが訂正した。

「なんだって?」

「わたしの出身はイラン。ペルシャ語をしゃべる国よ」彼女は説明した。

「ぺちゃぺちゃしゃべる国?」

「ええ」

「それはまちがいないな」オーヴェは賛成した。

彼女の笑いに、オーヴェは圧倒された。炭酸がはいっていて、勢いよくそそぎすぎて縁から泡がこぼれるような、そんな笑いだった。周囲の灰色のセメントや均質な敷石とはまるで不釣り合いだった。規則や規定におさまろうとしない、お転婆で自由奔放な笑いだった。

オーヴェは一歩うしろに引っ込んだ。足が玄関のテープにへばりつく。いらいらと足をふってはずそうとすると、ビニールシートの角がめくれてくっついてきた。テープとビニールシートをまとめてふりはずそうとしてうしろによろめき、さらに広範囲のシートがめくれあがった。オーヴェは憤然として体勢をととのえた。戸口に立ったままどうにか冷静さを取りもどした。もう一度ドアの取っ手をつかみ、急いで話題を変えようとして顔をうすのろに向けた。

「で、あんたは何をしてる?」

彼は小さく肩をすくめてにっこり笑った。

「ITコンサルタントです!」

オーヴェとパルヴァネはシンクロの競技者顔負けのぴったりそろった動きで、同時に首をふった。その一瞬、自分で認めるのも癪だが、オーヴェは彼女のことが少し嫌いではなくなった。

うすのろはそんなことにはまったく気づいていなかった。西側のジャーナリストのインタビューを受けるゲリラ兵の自動小銃のように無造作に手にさげられたオーヴェのハンマードリルに、今は興味津々だった。

その観察がすむと、今度は身をのりだしてオーヴェの家のなかをのぞき込んだ。

「何をしてるんですか？」

オーヴェはハンマードリルを手に立っているときに〝何をしてるんですか？〟と聞かれた人の顔つきで、相手を見た。

「ドリルで穴をあけてる」オーヴェは冷たく言った。

パルヴァネはうすのろを見て、あきれ顔で空を仰いだ。うすのろの遺伝的形質を残すのに進んで一役買おうという意思のあらわれであるあの腹さえなければ、オーヴェはここでも彼女に好意をおぼえたかもしれなかった。

「なるほど」うすのろはうなずいて言った。

それからもう一度身をのりだして、ビニールシートで丁寧におおわれたリビングの床を見た。

顔を輝かせて、にやりと笑ってオーヴェを見た。

「だれかを今から殺そうとしているみたいに見えますよ！」

オーヴェは黙って相手を見た。うすのろはおずおず咳ばらいをした。

「〈デクスター〉の一場面みたいだってことが言いたかった」彼はさらに自信なさそうに笑ってつづけた。「テレビシリーズの……ある男が人を殺しまくる」声が消え入り、やがて靴のつま先で玄関前の敷石の溝をつつきはじめた。

オーヴェは首をふった。うすのろの言ったどの部分に対する仕草なのかは不明瞭だった。

「今からやることがある」オーヴェはパルヴァネにそっけなく言って、ドアの取っ手を強くつかんだ。

パルヴァネは何か言いたげにうすのろの脇腹をひじでつついた。うすのろは勇気をかき集めようとしているようだった。世界じゅうからいっせいに自分に向けて輪ゴムが飛んでくるのを恐れる表情で、妻の顔を、それからオーヴェの顔をうかがった。

「その、じつは、ちょっと借りたいものがあってここに来たんです……」

オーヴェは眉をつりあげた。

「どんなものだ？」

うすのろは咳ばらいした。

「梯子。それに触角レンチ」

「六角レンチのことか？」

パルヴァネが首を縦にふった。うすのろは混乱した顔をした。

「触角レンチっていうんじゃないんですか？」

「六角レンチ」パルヴァネとオーヴェが異口同音に訂正した。

パルヴァネは力強くうなずいて、勝ち誇った顔でオーヴェを指でさした。

「だから言ったでしょう！」

うすのろは聞こえない声で何かをもごもご言った。

「なのにあなたは、〝へええ、これって触角レンチっていうんだ！〟って勝手に勘ちがいして」パルヴァネはからかった。

うすのろは少々むっとしたようだった。

「少なくともそんな声では言ってないよ」

「いいえ、言った！」

「言ってない！」

「言ったの！」

「言ってない！」

大きな犬が眠りをじゃまする二匹のネズミを見るように、オーヴェの視線がふたりのあいだを往復する。

「言った」片方が言った。

「自分がそう思ってるだけだ」もう片方が言った。

「みんなそう言うわよ！」

「大勢が必ずしも正しいわけじゃない！」

「じゃあグーグルに聞く？」

「ああいいね！　グーグルでもウィキペディアでもなんでも調べてくれ！」

「じゃあ、電話を貸して」

「自分のを使えよ！」

「持ってきてないわよ！」

「それはおめでとう！」

オーヴェは片方を見た。それからもう片方を見た。ふたりのしようもない言い合いは、なおもつづいた。壊れたボイラーどうしが、たがいに湯気を吐いたり唸ったりしているようだった。

「やれやれ」オーヴェはつぶやいた。

パルヴァネは、翅のある昆虫の真似らしきものをはじめた。夫をいらいらさせるために、唇をふるわせて小さな音を出している。効き目は抜群だった。うすのろに対しても、オーヴェに対しても。音《ね》をあげたのはオーヴェのほうだった。

家にはいって廊下にスーツの上着をかけ、ハンマードリルをおき、クロッグをはいて、ふたりの横をすり抜けて物置にいった。ふたりともオーヴェが通ったことさえ気づいていないらしい。梯子を外へ引っぱりだすあいだも、彼らの言い争いはなおもつづいていた。

「いって手伝いなさいよ、パトリック」オーヴェに気づいたパルヴァネが怒鳴った。うすのろはぎこちない動きで数歩前に出た。オーヴェは両目に眼帯をして路線バスを運転する人を見る思いで、そのようすをながめた。そしてそのとき、知らぬ間に彼の敷地にさらに三人目の人物が襲来していたことに、オーヴェはようやく気づいた。

道の奥に住むルネの妻アニタがパルヴァネの横に立ち、目の前の場景をつつましやかな顔で見ていた。オーヴェは、ここでの唯一の賢い反応は、彼女がそんなことをしていないようにふるまうことだと考えた。さもないと相手を調子づけるだけだ。オーヴェは六角レンチがきちんと分類しておさまっている筒形のケースをうすのろにわたした。

「うわ、こんなにいっぱい」うすのろはケースをのぞき込んで感心した。

「どのサイズがいるんだ？」オーヴェは質問した。

うすのろは考えていることをそのまま口にしてしまう衝動を抑えられない人の顔をした。

「サイズは……ふつうの？」

オーヴェはじつに長々と相手を見つめた。

「何に使う予定だ？」オーヴェはようやく言った。

「引っ越しのときに解体したイケアのワードローブを組み立てようと思って。触角レンチをどこにおいたか、忘れちゃったんですよ」彼は恥ずかしげもなく説明した。

オーヴェは梯子に目をやった。それからうすのろを見た。

「ワードローブは屋根の上にでもあるのか?」

うすのろは笑いをこぼして頭をふった。

「またまた冗談を! いえ、ちがうんです。梯子がいるのは二階の窓がつかえてるからです。あかないんです」

説明しないと〝つかえてる〟の意味をオーヴェが理解できないとでもいうように、最後のひとことをつけくわえた。

「それで外から窓をあけようというのか?」オーヴェは聞いた。

うすのろはうなずいた。オーヴェから受け取った梯子をやりにくそうにかかえた。オーヴェはまだ何か言いたげな顔をしていたが、思いなおしたらしかった。パルヴァネのほうを向いた。

「で、あんたは具体的になんの目的でここにいる?」

「精神的な支えとして」彼女はさえずった。

オーヴェはその答えに心から納得したようではなかった。うすのろもおなじだった。

オーヴェはしぶしぶルネの妻のほうに目をやった。まだ、そこにいる。見るのはものすごく久しぶりだという感じがした。少なくとも、まじまじと姿を見るのは。その間にずいぶんと老けた。最近ではだれもかれもがオーヴェの知らないうちに老けていくようだ。

「なんだ?」オーヴェは言った。

ルネの妻は穏やかに微笑み、腹の前で手を重ねた。

「オーヴェ、あなたを煩わせたくはないんだけれど、うちのヒーターのことでちょっと相談があって。まったくあったかくならないの」彼女は用心深くそこまで言うと、オーヴェ、うすのろ、パルヴァネに順番に微笑みかけた。うすのろとパルヴァネは笑い返した。オーヴェは傷だらけの腕時計を見た。

「この界隈の連中は、みんなこの時間に仕事をしていなくていいのか？」オーヴェは疑問を口にした。

「わたしはリタイアしたから」ルネの妻は申し訳なさそうに言った。

「わたしは出産休暇中」パルヴァネはそう言うと、無造作に腹をたたいた。

「僕はＩＴコンサルタントだ」うすのろは言った。

オーヴェとパルヴァネは、ここでも同時に首をふった。

ルネの妻は再度がんばった。

「たぶん、ヒーターのどこかが故障したのね」

「空気抜きはしたのか？」オーヴェは言った。

彼女は頭をふって、さらに話を聞きたそうな顔をした。

「原因はそこだというの？」

オーヴェはあきれた目で見た。

「オーヴェ!」パルヴァネがすぐさま生徒を叱る女教師の口調で言った。

オーヴェは彼女をにらんだ。彼女はオーヴェをにらみ返した。

「ぶっきらぼうな態度はやめて」

「言っただろう、わたしはぶっきらぼうじゃない!」

パルヴァネの視線は揺るがなかった。オーヴェは何かをぼやいて、ふたたび玄関にもどって戸口に立った。もう本当にたくさんだと思った。ただ死にたいだけなのに。ここのどうしようもない連中は、なぜそれを尊重できないのか?

パルヴァネはルネの妻の腕に手をおいて励ました。

「オーヴェは必ずヒーターをなんとかしてくれますって」

「そうだとすれば、とてもありがたいわ、オーヴェ」ルネの妻はすかさず言って、顔を輝かせた。

オーヴェはポケットに手を突っ込んだ。戸口のはがれたビニールを足でつついた。

「自分の家のことくらい、亭主がなんとかできないのか?」

ルネの妻は悲しげにかぶりをふった。

「このごろは病気が本当にひどくなって。アルツハイマーと言われてるわ。それに今では車椅子の生活よ。いろいろと大変なことが……」

オーヴェはわかったという顔でうなずいた。妻に千回も言われ、そのつど聞き流していた何かを思いださせられたように。

「ああ、ああ、そうかそうか」いらいらした口調で言った。

パルヴァネの鋭い目が向いた。

「ヒーターに空気を入れにいってあげればいいじゃないの、オーヴェ！」

オーヴェは何か言い返してやろうと相手を見たが、結局そのまま地面に目を落とした。

「そんなに大変なこと？」パルヴァネはたたみかけ、穴をうがつような視線でオーヴェを見つめ、腹の前で憤然と腕を組んだ。

オーヴェは首をふった。

「ヒーターに空気は入れない。空気を抜くんだ……そんなこともわからないとは」

オーヴェは顔をあげて三人を見た。

「まさか、ヒーターの空気抜きをやったことがないとは言わんだろうな」

「ないわ」パルヴァネは平然と言った。

ルネの妻はいくらか心許なさそうにうすのろを見た。

「みんながなんの話をしているのか、僕にはさっぱりわかりませんよ」彼は静かにルネの妻に告げた。

ルネの妻は残念そうにうなずいた。もう一度オーヴェを見た。

「オーヴェ、あまり手間でなければ、助けてくれると本当にありがたいのだけど……」

オーヴェは戸口に立ったまま、じっと床を見つめた。

「そういうことは、管理組合でのクーデターを起こす前に考えておくべきだったな」オーヴェは咳をしいしい言葉を発するように、低い声で言った。

「なんの前ですって？」パルヴァネが言った。

ルネの妻が咳ばらいする。

「でも、オーヴェ、あれはクーデターなんていうものじゃ……」

「いや、クーデターだ」オーヴェは不機嫌に言った。

ルネの妻はきまり悪そうに小さく微笑んでパルヴァネを見た。「じつはルネとオーヴェは、いつも仲がいいわけじゃなかったの。病気になる前、ルネは管理組合の理事長をしていた。その前はオーヴェだった。そしてルネが投票で理事長に選ばれたときに、オーヴェとルネのあいだにちょっといざこざがあったと言えばいいのかしらね」

オーヴェは顔をあげて、相手のまちがいを正すように人差し指を向けた。

「あれはクーデターだ！　それ以外のなんでもない！」

ルネの妻はパルヴァネにうなずきかけた。

「じつはね、ルネは理事会をひらく前に、団地全体の集団暖房システムを入れ替えるべきだという自分の提案について意見を集めたんだけど、そのときオーヴェが――」

「ルネが暖房システムの何を知ってるというんだ？　えっ？」オーヴェは頭に血をのぼら

せて叫んだが、すぐにパルヴァネからじろりとにらまれ、思っていることを最後まで口にするまでもないと考えなおした。

ルネの妻はうなずいた。

「ええ、たぶんあなたの言うとおりね、オーヴェ。でもとにかく、今は病気がひどくて……もうそれどころじゃないの」

下唇のまわりが小さくふるえた。それから落ち着きを取りもどすと、気丈に顔をあげ咳ばらいをした。

「社会福祉課はルネをうちからホームに連れていくと言っているわ」言葉が口からこぼれた。

オーヴェはふたたびポケットに両手を突っ込んで、かたくなな態度であとずさり玄関にはいった。この手の話はもうたくさんだ。

そんななか、うすのろはそろそろ話題を変えて、雰囲気を明るくしようと思いたったようだった。彼は廊下の床を指さした。

「それは？」

オーヴェはめくれたビニールシートの下からあらわれた床を見た。

「なんだろう……車輪の跡みたいなものがついてる。家のなかで自転車に乗ってたりするんですか？」

うすのろの視線をさえぎるようにオーヴェがさらに一歩奥へさがったのを、パルヴァネは見逃さなかった。

「なんでもない」

「でも、ほら、そこに――」うすのろは困惑顔で言いかけた。

「オーヴェの奥さんのソーニャよ。彼女は――」ルネの妻が親切心で横から言ったが、ソーニャの名が出たとたんに、オーヴェが目に激しい怒りをうかべていきなりふり返った。

「うるさい！　おしゃべりはもうたくさんだ！」

四人全員がおなじくらいのショック状態に陥り、言葉を失った。オーヴェは廊下に引っ込み、ふるえる手で扉を乱暴に閉めた。


〝今のはなんだったのか〟とパルヴァネがルネの妻に静かにたずねる声がする。ルネの妻はそわそわと言葉をさがしていたが、やがてふいに言った。〝わたしはもう家にもどったほうがいいわ。オーヴェの奥さんのことは……忘れてちょうだい。わたしみたいなおばあさんは、ついおしゃべりがすぎて……〟。

それから張りつめた笑い声がし、その後、小さな足を引きずる足音が物置の角をまがってそそくさと消えていった。ほどなく妊婦とうすのろも帰っていった。

そして廊下の静けさだけが残った。

オーヴェはスツールにすわり込み、激しく肩で息をした。氷の穴のなかに立っているように、今も手がふるえている。動悸がした。最近、こんなふうになることがとみに増えた。金魚鉢をひっくり返された魚のように、オーヴェは必死に空気を求めて喘がなくてはならなかった。産業医はこれは慢性で、できるだけ興奮するのを避けるようにと言った。言うだけなら簡単だ。

〝そろそろ家で休むのにちょうどいいんじゃないですか〟と職場の上司らは言った。〝心臓にもがたが来ているようだし〟と。連中は〝早期退職〟という言い方をしたが、いっそのこと、もっとはっきり言えばいい。〝人員整理〟だと。三分の一世紀、ずっとおなじ仕事をつづけてきたというのに、結局は厄介あつかいだ。

どのくらいの時間すわっていたかわからない。手には今もドリルがあり、頭のなかまでどくどく響くほど、脈が激しかった。玄関の扉の横には、一枚の写真が壁にかかっている。オーヴェと妻のソーニャの写真だ。もう四十年近くたつ。バスツアーでスペインにいったときに撮った。ソーニャは日焼けし、真っ赤なワンピースを着て、とても幸せそうに見える。横にはオーヴェがいて、妻の手をにぎっている。

オーヴェはただその写真をながめて、一時間近くじっとすわっていた。妻のことで懐かしく偲ばれることはたくさんあるが、心から思うのは、せめてもう一度手をにぎれたらということだ。妻は人差し指をオーヴェの手のひらのなかに折り込んで、内側にしまい込む癖があった。そうされると、オーヴェはこの世には何ひとつ不可能なことはないと思えた。一番淋しいのは、それがもうできないことだ。

ゆっくり腰をあげた。リビングへいって踏み台にあがった。そしてようやくドリルで穴をあけて、フックを取りつけた。

踏み台からおりて、自分の仕事をながめた。

玄関にいってスーツの上着を着た。ポケットに封筒があることを手でさわって確かめた。照明はすでに全部消してある。コーヒーカップも洗った。リビングにはフックを取りつけた。準備はととのった。

廊下の洋服かけからロープを取った。最後にそっと、手の甲で妻のコートをなでた。そしてリビングにいき、ロープを輪に結んでフックにかけ、踏み台にあがって輪のなかに頭を入れた。踏み台を蹴った。

目を閉じ、大きな獣のあごのように、ロープの輪が首に食い込むのを感じた。

8 オーヴェという若者と、父の足跡

彼女は運命を信じていた。人生において歩むすべての道は、何らかの方法で〝あらかじめ決められたところに人を導く〟と信じていた。彼女がこの手の話をしはじめると、言うまでもなくオーヴェはぶつぶつ何かをつぶやいて、ネジまわしや何かをせっせといじりはじめた。それでも、反論したことは一度もなかった。おそらく彼女にとっては、運命が導く先には〝何か〟があるのであり、それはそれでかまわない。ただしオーヴェにとっては、〝だれか〟だった。

十六歳で孤児になるというのは特殊な体験だ。自分自身の家族をつくってその穴を埋められるようになるのは、ずっと先のことだ。そこにあるのはなんとも独特の種類の淋しさだった。

オーヴェは鉄道会社での二週間の仕事を、勤勉かつ忠実に務めあげた。そして、自分でも驚いたことに、彼はその仕事が気に入った。仕事をしていると、ある種の解放感があった。自分の手で物をしっかりとつかみ、自分の成果を目で見る。学校が嫌だと思ったこと

は一度もないが、通う意味がどこにあるのかもよくわからなかった。数学は好きで、同級生より二年先をいっていた。ほかの科目については、正直なところどうでもよかった。

そして仕事はまるで別物だった。オーヴェにはそっちのほうがずっと性に合っていた。最終日の務めが終わったとき、オーヴェの心はしずんだ。学校にもどらなくてはならないというだけではなく、ほかに何をして生計を立てていけばいいのかと、そのときはじめて気づいたからだ。父はいろんな面で立派な人だったが、おんぼろの家と、古いサーブと、傷だらけの腕時計以外ろくな財産を残さなかったのは、残念ながら事実だ。それに、教会からの施しを受けるのは、はっきりいって論外だった。実際オーヴェは更衣室でそのことを声に出して言った。自分に言い聞かせるためだけでなく、神さまにも聞こえるように。

「母さんと父さんをふたりとも連れ去るようなやつの金はいらない！」オーヴェは天井に向かって叫んだ。

それから荷物をまとめて部屋を出た。今の言葉が神さまやほかのだれかに聞こえたかどうかは、もちろんわからずじまいだ。だが、更衣室から出ると、監督事務所からやってきた男がオーヴェを待っていた。

「オーヴェかい？」とその人物はたずねた。

オーヴェはうなずいた。

「この二週間、なかなかの働きぶりだったと監督は褒めている」男は簡潔に言った。

「ありがとう」オーヴェはそれだけ言って歩きだした。

男がそっと腕に手をかけた。オーヴェは足をとめた。

「監督は、このままここで仕事をつづける気はないかと聞いているが」

オーヴェは黙って相手をじっと見た。何かの冗談を言っているのかどうか確かめるのが、おもな目的だった。それから、ゆっくり首を縦にふった。

さらに二、三歩進むと、男がうしろから声をかけた。

「親父さんによく似ていると、監督が言っているぞ!」

オーヴェはふり返らなかった。だが、立ち去るときにはいつもより背筋がしゃんとのびていた。

そういう経緯で、オーヴェは結局父の仕事を継ぐことになった。彼は一生懸命に働き、不平ひとつこぼさず、病気にもならなかった。職場の先輩たちは、オーヴェのことを寡黙で少々変わり者だと感じた。仕事終わりにみんなとビールを飲みにいこうともしないし、女にも興味がなさそうで、それは変わっているというより変だった。それでもオーヴェは親父にそっくりだったし、だれもその父とのあいだには諍いはなかった。オーヴェは人からこれをやれと言われれば、すぐにやった。シフトを変わってくれと言われれば、文句のひとつもなくそれに応じた。そのうちに、だれもがオーヴェにひとつやふたつの借りができた。そんな調子で、周囲はみなオーヴェを受け入れた。

線路沿いを往復するのに使っていた古いトラックが、その年一番の土砂降りに見舞われて町から十五キロ離れた場所で故障したときには、オーヴェはネジまわし一本とダクトテープ半巻きだけで、その修理をやってのけた。それ以来、少なくとも操車場の先輩とのあいだにはなんの問題はなかった。

夜にはソーセージとじゃがいもを茹でて、台所の窓から外をながめながら食べた。そして朝になるとまた仕事に出かけた。そのくり返しが好きだったし、先の読める日々が好きだった。父が死んでから、オーヴェは自分のやるべき仕事をする人としない人をだんだん区別するようになった。仕事をする人と、ただおしゃべりしている人を。オーヴェはますますしゃべらなくなり、ますます仕事に励むようになった。

友人はいなかった。一方で敵もいなかった。ただしトムだけは例外だ。トムは作業長に昇格してからというもの、ことあるごとに最大限の嫌がらせをしてきた。オーヴェには一番汚くてきつい仕事を与え、怒鳴り、朝食のときに足を引っかけて転ばせ、車両の下の点検をさせ、オーヴェが線路に無防備に横になっているときにその車両を動かした。オーヴェが慌ててどくと、トムはからかって笑い、大声をあげた。〝ちゃんと気をつけろよ。さもないと、親父みたいなことになるぞ!〟。

オーヴェは頭を垂れて口をつぐんでいた。自分の二倍ほども大きな男に歯向かってもしょうがないと思った。毎日仕事にいって勤勉に働いた。父がそれで満足していたのだから、自分にもそれで十分なはずだと思った。職場の仲間はオーヴェのそんなところをしだいに評価するようになった。〝あまりしゃべらないやつは余計なことも言わないと、おまえの親父さんが言っていた〟と年上の仕事仲間のひとりが、ある日の午後、作業をしながら言った。オーヴェはうなずいた。それを理解する者もいれば、しない者もいた。

同様に、その日オーヴェが監督の事務室で取った行動についても、理解する者もいれば、しない者もいた。

父の葬式からちょうど二年がたっていた。オーヴェが十八歳になったばかりのある日、トムが客車の銭箱から金をくすねてつかまった。金を盗るのを見たのはオーヴェだけで、そもそも金が消えたとき、その車両にはトムとオーヴェのふたりしかいなかった。両人は監督室に呼ばれたが、そこにいた深刻そうな顔つきの男が説明したとおり、オーヴェが犯人だとはだれひとり考えていなかった。もちろん、オーヴェは悪いことはしていなかった。

オーヴェは監督室の外の廊下の木の椅子で、ひとり待たされた。十五分間じっと床を見つめていると、ようやくドアがひらいた。なかから出てきたトムは強情そうな顔をしていて、血がいかなくなって腕のほうまで白くなるほど両手を強くにぎりしめ、しきりにオーヴェと目を合わせようとした。オーヴェはなかに呼ばれるまで、じっと床だけを見ていた。

監督室には、深刻そうな顔つきをしたスーツ姿の男たちが立ったりすわったりして散らばっていた。監督本人は机のうしろをいったり来たりしていて、顔は真っ赤で、腹が立ってじっとしていられないというようすをしていた。

「すわったらどうだ、オーヴェ？」スーツを着たひとりがとうとう言った。見るとそれは知っている相手だった。父が車を修理したことがある。青いオペルのマンタだ。大きなエンジンを積んでいる。その人物はオーヴェに親しげに笑いかけて、中央にある椅子をおざなりに示した。まわりはみんな味方だから緊張しなくていいということを、暗に伝えようとしているようだった。

オーヴェは首をふって断った。オペルのマンタの男はわかったとうなずいた。

「それならそれでいい。これは形だけのことだ、オーヴェ。きみがお金を盗んだとは、ここにいるだれひとり思っていない。きみは犯人を教えてくれるだけでいいんだ」

オーヴェは床に目を伏せた。三十秒が過ぎた。

「オーヴェ？」

オーヴェは返事をしなかった。とうとう監督の強い声が沈黙を破った。

「質問にこたえろ、オーヴェ！」

オーヴェは黙って立っていた。床をじっと見た。スーツの男たちは顔を見合わせ、確信に満ちた表情は消えて、そこに軽い混乱の色がうかんだ。

「オーヴェ……わかるだろう、きみは質問にこたえないといけない。お金を盗ったのはきみか？」オペルのマンタの男が言った。

「ちがいます」オーヴェはしっかりした声で言った。

「じゃあ、だれが盗った？」

オーヴェは無言だった。

「質問にこたえろ！」監督が命じた。

オーヴェは顔をあげた。背筋をのばして真っすぐに立った。

「僕は人の告げ口をするような人間じゃない」

数分とも思われるほどの長い沈黙が流れた。

「いいか、オーヴェ……きみが犯人の名を言わず、きみが犯人だという目撃者がひとり以上いる場合……われわれとしては、やったのはきみだという結論を出さざるを得なくなる」オペルのマンタの男は言った。その表情は親しげではなかった。

オーヴェはうなずいたものの、やはり何も言わなかった。

監督はポーカーではったりをかけようとする相手を見るように、オーヴェをじろじろ見た。オーヴェは表情ひとつ変えなかった。監督は突き放すようにうなずいた。

「もういっていい」

そう言われて、オーヴェは部屋を出た。

その十五分前のこと、監督室に立たされたトムは即座にオーヴェに罪を着せた。午後になると、トムの下で働く、いかにも先輩のご機嫌取りに熱心な若手ふたりが突然あらわれ、オーヴェが金を盗るのをこの目で見たと言いだした。もしもオーヴェがトムが盗んだと話していたら、主張対主張という構図になった。だが、結果的に、主張対ただの沈黙という形になった。そして明くる日の朝、オーヴェはロッカーをからにして監督室に来いと作業長から告げられることになった。

トムは更衣室の出口に立ち、出ていこうとするオーヴェににやにや笑いかけた。

「泥棒」トムは大声で言った。

オーヴェは目をあげることもせずに、前をすり抜けた。

「泥棒！　泥棒！　泥棒！」オーヴェに不利な証言をした若手のひとりが更衣室の奥から嬉しそうに口をそろえ、とうとうオーヴェの父と仲がよかった年長者のひとりに横っ面をたたかれて黙らされた。

「泥棒！」トムは声高に言い、それはあまりに大声で、数日後までオーヴェの頭のなかで鳴り響いていたほどだった。

オーヴェはふり返らずに夕方の屋外に出た。深呼吸した。むしゃくしゃしたが、それは連中から泥棒呼ばわりされたせいではなかった。オーヴェは他人に何を言われようと気にするような男ではない。だが、父が一生を捧げた仕事を失ってしまったことの恥辱が、真っ赤に焼けた火掻き棒のように胸のなかで燃えていた。

作業着の包みを腕にかかえ、これを最後に監督室に向かうあいだ、オーヴェには自分の人生を考える時間がたっぷりあった。彼はここで働くのが好きだった。ちゃんとした務め、ちゃんとした道具、真っ当な仕事。警察がこういう状況で泥棒をどう処分するのかは知らないが、それがすんだらどこかべつの場所にいって、おなじような仕事を見つけようと思った。遠くへいかないといけないかもしれない。前科がつけば、人の関心が消えるまでは地理的に離れることが必要にちがいない。だが、考えてみれば、オーヴェをここにとどめるものは何もない。どの場所にも、オーヴェをとどめるものはないのだ、と歩きながら思った。ともかく、自分は告げ口をするような男にならなかった。あの世で再会したとき、父はそれに免じて職を失ったことを大目に見てくれるかもしれない。

廊下の木の椅子で四十分近く待たされたあと、ようやく黒いタイトスカートにとがったメガネの年増の女性があらわれて、なかにはいるように言った。女性は外からドアを閉めた。オーヴェは作業着を腕にかかえてそこに立った。監督は椅子にすわって、組んだ両手を前の机においていた。ふたりの男は非常に興味深い美術館の絵画を見るように、たがいを長いことしげしげと見た。

「金を盗ったのはトムだな」監督は言った。

質問ではなく、事実確認の短いひとことだった。オーヴェは返事をしなかった。監督はうなずいた。

「だが、おまえの家の男たちは、人の告げ口はしない」

これも質問ではなかった。やはりオーヴェは返事をしなかった。けれども監督は、〝おまえの家の男たち〟と言ったときに、相手の背筋が少しのびたのに気づいた。

監督はふたたびうなずいた。メガネをかけ、書類の束に目を落とし、一枚に何かを書きはじめた。それと同時にオーヴェは部屋から消えてしまったかのようだった。オーヴェは監督の前でしばらく突っ立っていたが、そのうちに本当に自分の存在を忘れられたのではないかと、本気で不安になりはじめた。とうとうオーヴェは小さく咳払いした。監督は目をあげた。

「なんだ?」

「男は何をするかで決まる。何を言うかじゃなくて」

監督は驚いた目でオーヴェを見た。二年前にこの少年が働きだしてから、操車場のみんなが彼の口から聞いたなかで一番長い文章だった。正直なところ、オーヴェ自身もどこからそんな言葉が出てきたのかわからなかった。ただ、それだけは言っておかなければならないと思った。

監督はふたたび書類の束に目をもどし、何かを書いた。一枚の紙を机の向こうからすべらせてよこした。署名すべき箇所をオーヴェに指で示した。

「自分の意思で仕事を辞めたという証明書だ」監督は言った。オーヴェは署名し、顔に決意の表情をうかべて真っすぐに立った。

「いつでも来ていいと言ってください。準備はできてます」

「だれにだ？」監督は聞いた。

「警察にです」オーヴェは両手をきつくにぎりしめた。

監督は短くかぶりをふって、ふたたび書類の束をかきまわした。

「目撃証言はこの山のどこかにいってしまったようだ」

オーヴェはそれをどういう意味にとらえていいのかわからず、足から足に体重を移し変えた。監督はオーヴェの顔を見もせずに手をふった。

「さあ、もういっていいぞ」

オーヴェは回れ右した。廊下に出てドアを閉めた。頭がくらくらした。建物の出口まで来たところで、さっき案内してくれた女性がばたばたと追いかけてきて、オーヴェが何も言う間もなく一枚の紙を手に押しつけた。

「あなたを長距離列車の夜勤の清掃員としてあらためて雇い入れるとの、監督からの伝言です。あしたの朝、そこの現場主任のところにいくように」女性はそっけなく言った。

オーヴェは女性を見て、それから紙を見た。女性はオーヴェのほうに身をのりだした。

「監督からもうひとつ伝言があるわ――九歳だったとき、あなたは財布を自分のものにしなかった。だから今回もまさか盗んだとは思わない。まともな男の息子を、その子がおなじくまともだからという理由で通りに放りだしたりしたら、罰があたる」

こうしてオーヴェは、その後の二年間は夜勤の清掃員として勤めることになった。そして、そうならなければ、あの朝、仕事明けに彼女を見かけることはなかった。赤い靴、金のブローチ、つややかな茶色の髪の彼女を。そして、彼女のあの笑い声。オーヴェはその後の人生でもいつも感じたが、まるで裸足の足が胸の内側を走りまわるみたいな心地がした。

彼女はいつも〝すべての道は、あらかじめ決められたところに人を導く〟と言った。彼女にとっては、その先にあるのは〝何か〟だったかもしれない。

けれども、オーヴェにとっては〝だれか〟だった。

9　オーヴェという男、ヒーターの空気抜きをする

人は落下するとき、脳がふだんより速く回転するという。瞬時にくわわる爆発的な運動エネルギーにより頭の働きが加速するのか、外界がスローモーションになったような印象を受ける。

そういうわけで、オーヴェにはさまざまなことを考える時間があった。一番考えたのは、ヒーターのことだ。

だれもが知るとおり、何をするにも正しいやり方とまちがったやり方がある。そして、もう何年も前のことなので、管理組合としてどの集団暖房システムを採用すべきかという議論のなかで、オーヴェ自身が何を正しいと思っていたかは正確には憶えていないが、ともかくルネの方法がまちがっていたことだけは、はっきりと記憶している。

もちろん、話は集団暖房システムがすべてではない。ルネとオーヴェは四十年近く前からの知り合いで、少なくとも三十七年間以上は犬猿の仲だった。

正直なところ、はじまりがなんだったかも憶えていない。憶えているような出来事でなかったのはたしかだ。ちょっとした意見のちがいがこじれにこじれ、何かを言うたびにそれが新たな地雷原をつくり、ついには口をひらけば少なくとも四つのむかしの喧嘩が再燃するような事態になった。どこまでも、どこまでも、どこまでも終わりのない喧嘩だった。それは、単純に終わりが来るまでつづいた。

実際、車が原因なのではなかった。だが、オーヴェはサーブに乗った。そしてルネはボルボに乗った。いずれうまくいかなくなることは、だれの目にも明らかだ。それでも、はじめはふたりは友達だった。オーヴェやルネのような男が友達になれる範囲においては。もちろん、おもに妻たちのためだった。四人は全員おなじ時期にこの場所に引っ越してきて、ソーニャとアニタはオーヴェやルネのような男と結婚した女どうしであるだけに、たちまち仲良しになった。

最初の数年は、ルネを少なくとも嫌いでなかったことは、オーヴェも憶えている。住人の管理組合を立ちあげたのも彼らふたりで、オーヴェが理事長に、ルネが副理事長におさまった。市がオーヴェとルネの家の裏の森を切りひらいてさらに多くの住宅を建設しようとしたときも、ふたりは団結した。当然ながら市は、ルネとオーヴェが引っ越してくる何年も前からの計画だと主張したが、ルネとオーヴェのような人間相手にそのような議論が通用するはずもなかった。〝こうなったらもう戦争だ！〟とルネは電話の先の相手に怒鳴った。そして本当に戦争が勃発した。不服申し立て、告訴状、請願書、新聞社への投書。一年半後には市もあきらめて、場所を移して建設をはじめた。

その晩、ルネとオーヴェは、ルネの家のテラスでウィスキーを小さなグラスで一杯ずつ飲んだ。妻たちの目から見ると、ふたりは勝利にそこまで満足してはいないようだった。彼らは市が早々に引いてしまったことに、むしろ落胆していた。ふたりにとってその一年半は、人生でもっとも楽しいひとときだった。

「主義のために戦う気概のあるやつは、もういないのか？」とルネは疑問を口にした。

「ひとりもいない」とオーヴェはこたえた。

そしてふたりは、だらしのない敵のために杯をあげた。

もちろんそれは、管理組合でクーデターが起こるずっと前の出来事だ。それに、ルネがBMWを買うよりも。

愚か者め、とその日オーヴェは思ったし、その後何年たってもずっとおなじことを思いつづけた。〝BMWなんかを買うやつと、どうやったら理性的な会話ができるというんだ？〟と、ふたりはなぜ冷静な付き合いができなくなったのかと問うソーニャに、オーヴェはいつもそうこたえた。ソーニャは〝救いようのない人ね〟とつぶやいて、いつもあきれた目をした。

オーヴェは自分を救いようのない人間だとは考えていなかった。物事にはもう少し秩序があっていいと思っているだけだ。なんでもかんでも取り替えがきくと思って人生を生きるのは、いただけない。忠誠を尽くすことには、もはやなんの価値もないのか？　最近の連中はつぎつぎに物を買い換えるので、物を長持ちさせる専門知識もあまりいらなくなってしまった。品質？　そんなものは、もうだれも気にしない。ルネも、近所のほかの連中も、オーヴェの職場の例の上司たちも。いまどきは何もかもがコンピューターで、きつすぎるシャツを着たコンサルタントがラップトップの蓋のあけ方を解明するまでは、もはや家一軒建てられないといったありさまだ。コロッセオもギザのピラミッドもコンピューターで建てたとでもいうのか。一八八九年にはエッフェル塔をつくれたのに、今では携帯電話を充電するだれかを待って休憩をはさまなければ、平屋の家の設計図さえ完成しない。

今の世は、人は寿命が尽きる前に時代遅れになってしまう。だれもが何もまともにできなくなったという事実に、国をあげて拍手喝采を送っている。凡庸であることが一様にもてはやされている。

だれもタイヤの交換ができない。調光器を設置することもできない。タイルを貼ることも、壁に漆喰を塗ることも、トレーラーをバックさせることも、自分の税を申告することもできない。そうした種類の知識は、どれも今では重要性を失ったのだ。むかしはルネとそうしたことを話し合った。その挙げ句に、ルネはＢＭＷを買った。

何事にも限度があるという考えを持っているからといって、その人は〝救いようがない〟ということになるのだろうか？　オーヴェはそうは思わない。正確なところを憶えていないのはたしかだ。ルネとの対立がどんなふうにはじまったか、ヒーターと集団暖房システム、駐車場、じゃまな木、雪かき、芝刈り、ルネの池の殺鼠剤、原因はさまざまだった。三十五年以上にわたり、ふたりは瓜ふたつの家の裏の、瓜ふたつのテラスに立ち、ふくみのある目つきでフェンスの向こうの相手をにらんだ。数年前のある日、それに終わりがおとずれた。ルネが病気になったのだ。ルネは家からまったく出てこなくなった。ＢＭＷがまだあるのかさえ、オーヴェは知らない。

　そして、あの憎たらしいろくでなしの存在を懐しむ気持ちが、オーヴェの心のどこかにあった。

　人は落下するとき、脳がふだんより速く回転するという。一瞬のうちに数千ものことを考えられるほどに。言い換えると、踏み台を蹴って落下し、床にどすんとたたきつけられるまでのあいだに、オーヴェにはたくさんのことを考える時間があった。その後彼は、床に仰向けに倒れたまま、永遠の半分ほどの長い時間、今なお岩のように頑丈に天井にくっついているフックを見あげていた。それから、まんなかでぷっつり切れたロープを衝撃をもって見つめた。

なんて世のなかだ。もうロープの製造さえできなくなったのか？　オーヴェはもつれた足をほどきながら声に出して文句を言った。いったい全体、どうやったらロープの製造に失敗するのか？　どうやったらダメなロープをつくれるのか？

いや、もはやどんなものにも品質を期待できる世のなかではないのだ。オーヴェはそれを痛感しながらゆっくり立ちあがった。埃をはらい、テラスハウスの一階を見まわした。頬が熱く火照ったが、怒りのせいなのか情けなさのせいなのか、自分でもよくわからなかった。

人に見られていたことを心配するように、カーテンを閉じた窓のほうを見た。

良識的な方法で自殺することさえもはやかなわないとは、これまたいまどきらしい話ではないか。切れたロープをひろって、キッチンのゴミ箱に投げ捨てる。ビニールシートをたたんでイケアのバッグに入れた。ハンマードリルとビットをそれぞれケースにもどし、一式をしまいに外の物置にいった。

オーヴェは数分間そこにたたずみ、ソーニャに物置を整理しろと始終言われていたことを思いだした。オーヴェはいつも拒否した。新しく場所があくと、それがたちまち余計なものを買いにいく口実になるのがわかっていたからだ。そして今となっては、整理しようと思っても遅すぎる。今となっては、余計なものを買いにいきたがる人はいない。今となっては、整理をすれば歯抜けのように隙間ができるだけだ。オーヴェは隙間が嫌いだった。

作業台のところへいって、モンキーレンチと小さなプラスチックの水差しを取った。外に出て物置に鍵をかけ、扉のドアの取っ手を三回引っぱった。それから住宅のあいだの狭い道を進み、最後の郵便受けのところをはいっていって呼び鈴を鳴らした。アニタがドアをあけた。オーヴェは無言で彼女を見た。ルネが車椅子にすわって、ぼんやりと窓から外をながめているのが見える。ここ何年かは、それしかしていないように見えた。

「で、ヒーターはどこにある？」オーヴェは低い声で言った。

アニタは驚いた顔で小さく微笑み、熱意と困惑の入り混じった表情でうなずいた。

「まあ、オーヴェ、本当にご親切に。面倒でなければ——」

オーヴェは彼女が言い終わるのを待たず、靴も脱がずに玄関にはいった。

「ああ、わかった、わかった。今日はどっちみちさんざんな日だ」

10　オーヴェという若者と、オーヴェが建てた家

十八歳の誕生日を迎えた翌週、オーヴェは運転免許の試験を受け、広告を見て、二十キロを超える道のりを歩いてはじめてのサーブを買いにいった。色は青だ。父の古いサーブ92は売って、つぎのモデルを買った。ほんのわずかに新しいだけだったし、とてもくたびれたサーブ93だったが、オーヴェに言わせれば、自分の車を買ってはじめて男は一人前になる。こうして彼は一人前になった。

スウェーデンには変化の波が押し寄せていた。人々は引っ越し、新しい職につき、テレビを買い、新聞はあちこちで〝中間層〟を話題にしはじめた。オーヴェはそれがなんなのかよくわからなかったが、自分がそこに属さないことだけはたしかだった。中間層は壁が直線的で、丁寧に刈り込まれた芝のある新しい集団住宅地に移り住むようになり、オーヴェが両親から引き継いだ家が開発のじゃまになっていることが、じきに彼自身の目にも明らかになってきた。そして、その中間層がこの世で気に食わない何かがあるとすれば、それは開発のじゃまになるものだった。

オーヴェは〝区画整理〟と呼ばれるものについての手紙を、市から何通か受け取った。内容はあまり理解できなかったが、両親が遺した家がおなじ通りの新築の家々のなかで目立っていることは理解した。市は土地を買いあげたいという意向を伝えてきた。そうすればオーヴェの家を取り壊して、そこに新しいものを建てられるからだ。

なぜ拒否することにしたのかは、自分でもよくわからない。たぶん、市の手紙の書き方が気に入らなかったのだろう。あるいは、家がたったひとつの家族の形見だったからかもしれない。

ともかくその晩、オーヴェははじめての自分の車を庭にとめ、運転席にすわって何時間も家をながめた。たしかにぼろぼろだった。父の得意分野は機械であって建築ではなかったし、オーヴェ自身も似たり寄ったりだった。今は台所と奥の小部屋しか使っておらず、二階全体が徐々にネズミの運動場に変わりつつあった。ひたすらじっくり待っても家が勝手に自分を修繕するわけでもないのに、オーヴェは車からずっと家を見つづけた。家は地図で見るとふたつの行政区のまさに境界線の上にあって、市はその線をどちらかの方向にずらすことを考えているようだった。森のはずれの、今は消滅した小さな村の名残で、それはたまたまネクタイ族が家族を連れて移り住んできたぴかぴかの集団住宅地のすぐそばにあった。

ネクタイ族は、道の奥の取り壊しが待たれる家に単身で住んでいる若者が気に入らなかった。子供たちはオーヴェの家のまわりで遊んではいけないと言い聞かされた。オーヴェの理解するところ、ネクタイ族はほかのネクタイ族の近くに住むことを望むらしい。もちろん、彼らがそう考えることにはなんの異存もない。だが、現実問題として、オーヴェの近くに越してきたのは彼らのほうだ。その逆ではなくて。

こうして反発心から意固地になったオーヴェは、数年ぶりに胸の鼓動が速まるのを感じながら、市に家を売らない決意をかためた。そしてその逆のことをしようと決めた。家を修理しようと。

もちろんオーヴェには、何をどうしていいのかさっぱりわからなかった。水準器とじゃがいもを入れた鍋の区別もつかなかったくらいだ。そこで、新しい仕事の勤務時間のおかげで昼間がまるごと使えるのに気づいた彼は、近くの建設現場にいって仕事をさせてもらえないかとかけあった。建築について学ぶのに最高の場所だと思ったし、オーヴェはあまり眠らなくて平気だったからだ。現場監督は今は雑用の仕事しかないと言った。オーヴェはそれを引き受けることにした。

こうしてオーヴェは、夜は南に向かう郊外電車でゴミをひろい、三時間の睡眠を取り、それ以外の時間は足場をのぼったりおりたりしながら、建築技術を論じる作業員の男たちの会話に耳を立てた。週に一度の休みの日には、セメント袋や木の梁を引きずって十八時間ぶっとおしで働き、汗を流し孤独を噛みしめながら、サーブと祖父の腕時計以外に両親が遺してくれた唯一のものの解体と再建を進めた。オーヴェの筋肉はどんどん大きくなり、彼はあっという間に知識を吸収した。

建設現場の作業長はこの働き者の若者を気に入り、ある金曜日の午後、オーヴェを廃材を積んである場所に案内した。寸法に合わせて切ったが、ひびがはいるなどして、あとは燃やされるばかりになっていた。

「たまたまおれの見ていないすきに、たまたまあんたのほしい材料がここからなくなっていたら、きっと燃やしたんだと思うことにするよ」それだけ言うと、作業長は歩き去った。

オーヴェが自分で家を建てているという噂が先輩の仕事仲間のあいだでひろまると、話を聞きにくる者もちらほらとあらわれた。リビングの壁を壊したときには、がたがたの前歯をした筋肉質の先輩が、なぜ前もってちゃんと理解しておかなかったのかと二十分かけてオーヴェをさんざんこきおろしたあとで、耐荷重の計算法を教えてくれた。台所の床張りをしたときには、片手の小指のないがっちりした身体つきの先輩が、オーヴェを阿呆だと三十回ものののしったあとで、正しい測量の方法を示してくれた。

ある日の午後、仕事を終えて帰ろうとすると、オーヴェの着替えのところに使い古した道具がいっぱいにつまった工具箱がおいてあった。メモがついていたが、そこには〝半人前へ〟とだけ書いてあった。

ネジ一本ごと、床板一枚ごとに、家は徐々に形になっていった。もちろん、それを見ていてくれる者はだれもいなかったが、だれかに見てもらう必要もなかった。いい仕事はそれ自体が褒美だと父がよく言っていたが、そのとおりだった。

近所の人にはなるたけ近寄らなかった。好かれてないことはわかっていたし、さらに嫌われる理由を与えても仕方がないと思った。ただし、となりに住む初老のおやじとその妻だけは例外だった。おそらくもう少し若いときまではしていたのだろうが、おやじは近所でネクタイを締めていないただひとりの男だった。

父の死後も、オーヴェは欠かすことなく一日おきに鳥に餌をやった。一日だけ、うっかり忘れた朝があった。翌朝、前の日の分をやろうとして出ていくと、餌台の下のフェンスのところで、その年配のおやじと頭からぶつかりそうになった。彼はむっとした顔でオーヴェを見た。手には鳥の餌があった。ふたりとも何も言わなかった。オーヴェはただうなずき、おやじも小さくうなずき返した。オーヴェは家にもどり、それ以来、自分の日をちゃんと守るように気をつけた。

言葉を交わしたことは一度もなかった。だが、ある朝、おやじが玄関に出ると、オーヴェはフェンスの自分の家の側のペンキ塗りをしていた。それが終わると、今度はフェンスの反対側にもペンキを塗った。おやじはなんの感想も言わなかったが、夕方になりオーヴェが台所の窓の前を通ったとき、ふたりはたがいにうなずき合った。翌日、オーヴェの家の玄関に手作りのアップルパイがおいてあった。母が死んでから久しぶりに食べる手作りのアップルパイだった。

役所からはさらに多くの手紙がとどいた。オーヴェが家の売却の件で連絡してこないことに対して、しだいに脅迫的な言葉がならべられるようになった。そのうちオーヴェは封を切らずに手紙を捨てるようになった。父の家を買いたいなら、ここまで来て奪えばいい。何年も前にトムがオーヴェの手から財布を奪おうとしたときのように。

数日後の朝、となりの家の前を通ると、おやじが小さな子供といっしょに鳥の餌やりをしているのが見えた。孫にちがいない。オーヴェは寝室の窓からこっそりそのようすをのぞいた。ものすごい秘密を分かち合うように、おやじと男の子がひそひそ声で話すのをながめているうちに、オーヴェの胸に何かがよみがえった。

その夜彼は、サーブのなかで夕食を食べた。

数週間後、オーヴェは釘の最後の一本を家に打ち込んだ。太陽が地平線から顔を出すと、青いズボンのポケットに両手を入れて庭に立ち、誇らしい気持ちでおのれの仕事をながめた。

オーヴェは自分は家が好きなのだと気づいた。わかりやすいものだからだ、というのが、きっと一番の理由だろう。家は計算することができるし、紙の上に描くこともできる。しっかり防水をすれば水漏れしない。きちんと支えれば倒れない。家は公平で、やったぶんをちゃんと返してくれる。残念ながら、相手が人間だとそうはいかない。

こうして日々は過ぎていった。仕事へいき、帰宅し、ソーセージとじゃがいもを食べた。人付き合いはなかったものの、淋しいとは感じなかった。そんなある日曜日、オーヴェがなおも板をあっちからこっちへと移動させていると、サイズの少々合わないスーツを着た丸顔の陽気な男が、家の門のところにやってきた。ひたいから汗をだらだら流していて、冷たい水を一杯もらえないかという。オーヴェは断る理由はないと思った。男が門のところで水を飲むあいだ、ふたりはちょっとしたおしゃべりを交わすことになった。もちろん、おしゃべりをしたのはほとんどが丸顔のほうだ。家にとても関心があるのが話ぶりからわかった。彼自身、おなじ町のべつの場所にある自宅を改修しているらしかった。丸顔の男は、どういうわけだかいつの間にかオーヴェの家の台所にあがり込んで、コーヒーを飲んでいた。もちろんオーヴェはこの種の図々しいふるまいには不慣れだったが、家づくりについてたっぷり一時間も話をしたあとでは、たまにだれかと台所ですごすのも悪くないという気になっていた。

帰り際に、男はふと住宅保険のことを聞いてきた。オーヴェは考えたことがないと率直にこたえた。父は保険契約にはあまり関心を持たなかった。

それを聞いた丸顔の陽気な男は顔を不安でくもらせ、もしも家に何かがあったらどれだけ悲惨なことになるかということを、こんこんと語った。男の忠告にひとしきり耳を傾けたオーヴェは、そのとおりかもしれないという気持ちになった。これまでちゃんと考えたことはなく、そんな自分が今では愚かに思えてきた。

丸顔の男は電話を借りていいかとたずね、オーヴェはかまわないとこたえた。暑い夏の日にもてなしてくれたことを恩に着たその男は、どうやらそれに報いる方法を見つけたらしかった。要するに彼は保険会社で働いていて、二、三本電話をかけたあとで、オーヴェのためのお徳な見積もりを出したのだ。

オーヴェははじめは懐疑的で、かなりの長い時間を費やして保険料をさらに安くさせた。

「手ごわいビジネスマンだ」丸顔の男は笑って言った。

オーヴェはこの〝手ごわいビジネスマン〟という褒め言葉を聞いて、自分でも驚くほど誇らしい気持ちになった。その後、男は腕時計をちらりと見てオーヴェに礼を述べ、そろそろいかないといけないと言った。そして、去り際に自分の電話番号を書いた紙をわたし、是非またここでコーヒーを飲みながら家の改築の話がしたいものだと言った。友達になりたいという意思をだれかから示されたのは、はじめてのことだった。

オーヴェは丸顔の男に一年分の保険料を現金で支払った。ふたりは握手を交わした。

丸顔がその後連絡をしてくることはなかった。オーヴェは少しして自分から電話してみたが、だれも出なかった。失望の痛みが胸に突き刺さったが、二度と考えないことにした。少なくとも、ほかの保険会社から勧誘の電話がかかってきても、やましさを感じることなく保険ならかけてあるとこたえることができる。それはそれで意味のあることだ。

オーヴェは引きつづき近所の人たちを避けた。彼らとのあいだに無駄な厄介事を起こしたくはなかった。ただし残念ながら、厄介事のほうがオーヴェに近づくことに決めたらしかった。家が完成してから数週間がたったころ、近所のネクタイ族の家に泥棒がはいった。この界隈では少し前にも泥棒騒ぎがあったばかりだった。翌朝、ネクタイ族は集まって協議し、解体予定の家に住む怪しげな若者が関係しているにちがいないと結論した。〝家の改修のための金の出所〟なら想像がついた。夕方、だれかがオーヴェの玄関の下にメモを差し入れた。それには〝出ていけ。そのほうが身のためだ〟と書いてあった。つぎの日の晩には、窓から石を投げ込まれた。オーヴェは石をひろい、窓ガラスを交換した。ネクタイ族と直接対決することはしなかった。してもなんの意味もないと思ったからだ。ただしオーヴェはよそへ引っ越すこともしなかった。

つぎの日の明け方、オーヴェは煙のにおいで目を覚ました。

オーヴェはがばとベッドから起きあがった。石を投げた何者かはそれでは気がすまなかったらしい、とすぐに思った。階段をおりながら本能的にハンマーをつかんだ。彼は暴力に訴えるような男ではけっしてなかった。だが、もうその保証はできない。

パンツ一枚という姿のままテラスに出た。この数カ月間、建築用の資材をかついだおかげで、自分でも気づかないうちに筋骨たくましい青年になっていた。裸の上半身と、右手にしっかりとにぎられたハンマーに、家の前の野次馬の目は炎から離れてオーヴェに一瞬釘づけになり、全員が思わずあとずさった。

そのときはじめてオーヴェは気づいた。燃えているのは自分の家ではない。となりの家だ。

ネクタイ族は前により集まり、ヘッドライトに照らされた鹿のようにその家を見ていた。初老のおやじがだらりとなった妻をかかえて、煙のなかから出てきた。妻の咳き込みようはひどかった。おやじが妻をネクタイ族のひとりにあずけて火のほうへ引き返そうとすると、何人かが大声をあげて引きとめた。〝もう手遅れだ！　消防隊を待つんだ！〟そう叫んだ。おやじは聞く耳を持たなかった。ふたたび火の海へとび込もうとしたが、ちょうどそのとき、燃え盛る家の一部が上から落下して玄関をふさいだ。

オーヴェはさらに二秒ほどその光景を傍観していた。風に吹かれながら自宅の門のそばに立ち、飛んできた火の粉が早くも二軒のあいだの乾いた草をくすぶらせているのを見た。今すぐ走ってホースを取ってこなければ、あと一、二分で自分の家にまで火が燃え移ってしまう。初老のおやじが倒れた書棚をのりこえて、家のなかにはいっていこうとするのが見えた。ネクタイ族は名前を叫んでとめようとしているが、おやじの妻はまたべつの名前を叫んでいた。

孫の名だ。

オーヴェは踵にのって身体を左右に揺すった。体重を片方の足から反対の足に移した。芝を燃え進む炎を見た。自分がどうしたいか、ということを考えているのではなかった。そうではなく、父ならどうしただろうかと考えていた。いったん頭のなかで答えが練りあげられると、もう悩む余地はなかった。

オーヴェは悪態をつき、建てるのにどれだけの時間がかかったか計算しながら、見納めに家をながめた。そして一瞬後、火に向かって走りだした。

家に充満した煙はものすごく濃くて、まるでシャベルで顔をたたかれたような感じがした。おやじはドアをふさいでいる本箱をどかそうとして、手こずっていた。オーヴェはそれを紙でできているかのように放り投げて、二階へあがる道をつくった。ふたりがふたたび明け方の光のなかに出てきたときには、おやじの煤だらけの腕には男の子が抱かれていた。オーヴェの胸と腕には、血のにじむ大きな傷ができていた。

見物人は右往左往しながら叫び声をあげた。サイレンの音が響きわたった。制服を着た消防士が彼らを取りかこんだ。

今もパンツ一枚という姿で肺の痛みをこらえていたオーヴェは、最初の炎が自分の家をとらえるのを見た。芝生の向こうへ駆けだしたが、すぐさま消防士の一団に押しとどめられた。彼らは突然そこらじゅうにあふれていた。

そしてオーヴェを通せんぼうした。

消防のお偉方と思われる白いシャツを着た男が、足を大きくひろげて立ちはだかり、家の消火をしたいのはわかるが通すわけにはいかないと説明した。それはあまりに危険すぎる。男は手にした書類を示し、残念ながら、と言って説明をつづけた。消防隊もまた、当局からの正式な許可がおりるまでは消火活動を開始できないのだと。

オーヴェの家が行政区の境界線の真上にあるので、消火をはじめる前に双方の管轄から無線で許可を得なければならない、という単純な話だった。許可申請がなされ、書類に承認のスタンプが押されないと、何もはじまらないのだ。

オーヴェが抗議をすると、白シャツは〝規則は規則だ〟と淡々と説明した。

オーヴェは制止をふりきって、憤然とホースのほうへ走った。だが、とてもどうにかできる状況ではなかった。無線を通じてようやく消防隊にゴーサインが出たときには、家はすでに炎につつまれていた。

オーヴェは悲しく庭に立ちつくし、家が焼け落ちるのを見ていた。

数時間後、電話ボックスから保険会社に電話をしたオーヴェは、丸顔の陽気な男のことなど聞いたことがないと相手から告げられた。家にかけられた保険も見つからなかった。女性社員はため息をつき、保険会社の人間だと名乗り家を一軒一軒たずね歩く詐欺師がいるのだと腹立たしげに説明し、せめて男にまだ金をわたしていないといいのですがと締めくくった。

オーヴェは片手で受話器をおき、反対の手をポケットのなかでかたくにぎりしめた。

11　オーヴェという男と、梯子から落ちずには窓をあけられないうすのろ

時刻は五時四十五分。この年初のまとまった雪が降り、眠っているテラスハウス団地を冷たい毛布でおおった。オーヴェはフックから上着を取り、毎日の朝の見まわりに出た。例の猫が玄関の前の雪のなかにいるのを見て、オーヴェは驚きとむかつきを半々におぼえた。ひと晩じゅう、そこにいたように見えた。

玄関のドアを思いきり乱暴に閉めて驚かそうとした。だが、その猫には怯えて逃げるというふつうの感覚がないらしい。それどころか、そのまま雪のなかにいて自分の腹を舐めている。まったく怖がりもせずに。オーヴェは猫のそうした性質が好かなかった。かぶりをふり、足をひろげて前に立った。猫はいかにも無関心そうに小さな頭をあげ、高慢な態度でオーヴェを一瞥した。オーヴェは腕をふって猫を追いはらおうとした。猫は一センチたりとも動かない。

「ここは私有地だぞ！」オーヴェは言った。

なおも反応を示さない猫にとうとうたまりかねて、オーヴェはなめらかな一筆の動きで

猫めがけて木のクロッグを蹴った。本気であてる気だったかは、思い返してもよくわからない。もしも妻が見ていたら、もちろん怒ってかんかんになっただろう。

だがそれはどうでもよかった。どっちみち猫は無反応だった。クロッグは弧を描いて飛んでいき、たっぷり一メートル半ほど目標から左にはずれたところを通過して、物置の壁にコンとぶつかって雪の上に落ちた。猫は平然とクロッグを、それからオーヴェを見た。とくに怖がったようではなかったが、猫はやがて腰をあげて、オーヴェの家の物置小屋の向こうに姿を消した。

オーヴェは靴下の足で雪の上を歩いてクロッグを取りにいった。うまく飛んでいかなかったおまえが情けないというように、木靴をにらんだ。それから気を取りなおして見まわりに出た。

今日オーヴェが死ぬ予定だからといって、狼藉者に好きにさせていいということはない。

ひとまわりして家にもどってくると、雪を踏み分けて物置小屋までいき、扉をあけた。

物置小屋というのはそうあるべきだが、なかはシンナーと黴のにおいがこもっていた。オーヴェはサーブの夏タイヤをまたぎ越え、ネジを入れた瓶をわきにどけた。刷毛を突っ込んだままのシンナーの缶に注意しながら、作業台の横を強引にすり抜け、ガーデンチェアと丸いバーベキューコンロを移動させ、じゃまなX形レンチをどけて、雪かき用のシャベルをつかんだ。両手剣《りょうてけん》を持つように、手で重さを確かめる。それをじっとながめながら、オーヴェは人生をふり返り、長らくその場にたたずんでいた。

シャベルを手にして物置を出ると、またも家の前の雪のなかに猫がいた。オーヴェはその図々しさにほとほとあきれて、にらみつけた。毛皮――あるいはその残骸――からは、雪がとけて水がしたたっている。全体として毛の禿げた部分のほうが、毛の残っている部分より多かった。目を横切って鼻までつづく長い傷跡まである。猫には九つの命があるというが、それが本当なら、こいつは少なくとも七か八番目くらいの人生を生きているにちがいない。

「あっちいけ」オーヴェは言った。

猫は就職面接で決定権がある側にすわっているように、オーヴェをしげしげと見た。オーヴェはシャベルをつかみ、雪をすくって放った。猫は跳びのき、憤慨してオーヴェをにらんだ。いくらかの雪を吐きだした。フンと鼻を鳴らした。それから背を向け、ふたたびオーヴェの物置の角の先に消えていった。

オーヴェはシャベルを雪にさし込んだ。家から物置までの石敷きの通路の雪をかくのに十五分かかった。細心の注意をはらった。線は真っすぐに、角はきっちりと。最近はもうだれもそんなふうに雪かきをしない。スノーブロワーだとかいう代物を使って、ただ道をつくればいいと思っている。やたらめったら、あたりかまわず雪を撒き散らす。それが――前進することが――人生の肝だと思っているように。

雪かきを終えると、狭い道の雪だまりにさしたシャベルにしばしもたれた。バランスを取りながら、まだ眠っている団地の上に太陽がのぼっていくのをながめた。オーヴェはゆうべはほとんど眠らずに、死ぬ方法について考えた。図や表まで書いて、いろんな方法を整理し検討した。メリットとデメリットを慎重に比較した結果、今日行う方法は、悪い選択肢のなかで一番ましなものだと結論した。サーブがニュートラルのまま放っておかれ、オーヴェの死後も高価なガソリンが無駄に消費されつづけるのは、もちろん不愉快だが、目的達成のためには目をつむらなければいけない。

シャベルを物置にもどし、家にはいった。あらためて上等の青いスーツを着た。汚れとにおいがつくだろうが、ついにあちらにいった暁には、少なくともその服を着ていることを妻は喜んでくれるにちがいない、とオーヴェは思った。

朝食を食べ、ラジオを聞いた。食器を洗って、カウンターを拭いた。それから家をまわってヒーターを切った。すべての照明を消した。コーヒーメーカーのコードがコンセントから抜いてあることを確認した。スーツの上に青いコートを着て、クロッグをつっかけ、もう一度物置にいった。ぐるぐるに巻いた長いビニールチューブを持って出てきた。物置の扉に鍵をかけ、左右それぞれのドアの取っ手を三度引っぱった。それから住宅のあいだの狭い道に出た。

白いシュコダが左からやってきて、不意をつかれたオーヴェは物置のそばの雪に尻もちをつきそうになった。オーヴェはこぶしをふりながら、道を追いかけた。

「おいこら、字が読めないのか！」

車を運転していた、タバコを手にした瘦せた男には、それが聞こえたらしかった。シュコダが自転車置場をまがるとき、横のウィンドウごしに視線が合った。男は真っすぐにオーヴェを見て窓をおろし、無関心そうに眉をあげた。

「車の乗り入れは禁止だ！」オーヴェは言い、おなじ文言が書いてあるすぐそこの標識を指さした。こぶしをにぎりしめて、シュコダのところまで歩いていった。

男は窓から左の腕を垂らして、のんびりとタバコの灰をたたき落とした。青い目は平然としていた。柵の向こうの動物を見るようにオーヴェを見ている。威嚇するでもなく、ただただ無関心だった。絞った雑巾で拭き消せる何かを見ているように。

「標識を読──」近づいて言おうとしたが、男はすでに窓を閉めていた。

オーヴェは車に向かって怒鳴ったが、男は無視をきめた。タイヤを空転させながら急発進することさえなかった。ただゆっくりと車を出して、オーヴェの激しい身ぶり手ぶりも街灯が壊れているといった程度の意味しかなさないように、ふつうにガレージのほうへ進んでいって公道に出ていった。

残されたオーヴェはわなわなと拳骨をふるわせた。シュコダの姿が見えなくなると、踵を返し、つんのめりそうになるほどの勢いで家のあいだの道をもどった。ルネとアニタの家の前の、白いシュコダがとまっていたことがはっきりとわかる地面には、タバコの吸い殻が二本落ちていた。オーヴェは重要犯罪の証拠物をあつかうように、それをひろった。

「おはよう、オーヴェ」アニタがうしろからそっと声をかけた。

オーヴェはそっちをふり返った。アニタは灰色のカーディガンにくるまって玄関に立っていた。カーディガンは濡れた石鹸を左右の手でつかもうとするように、アニタの身体をつつんでいた。

「ああ、おはよう」オーヴェはこたえた。

「役所の人よ」彼女はシュコダが走り去った方向を見てうなずいた。

「ここは車の乗り入れは禁止のはずだ」オーヴェは言った。

アニタはふたたび慎重にうなずいた。

「家まで乗りつけていいという許可を市から得ていると言っていたわ」

「許可を得てるなどと、あのクソったれ――」オーヴェは言いかけ、もごもごと言葉をにごした。

アニタが唇をふるわせる。

「ルネをここから連れていこうとしているの」

オーヴェは無言でうなずいた。片手には今もビニールチューブを持っており、反対の手だけをにぎりしめてポケットに突っ込んだ。一瞬、ひとこと何かを言おうと思ったが、考えなおして目を伏せ、背を向けて歩きだした。数メートル進んだところで、吸い殻をポケットに入れて歩いていることに気づいたが、今さらどうしようと手遅れだった。

金髪の棒っきれが道に立っていた。毛皮のブーツはオーヴェを見つけたとたんに猛烈にキャンキャン吠えだした。うしろの玄関のドアはあいている。どうやらアンデシュというやつが出てくるのを、そこで待っているらしい。犬っころは口に毛皮のようなものをくわえている。飼い主は満足げに笑っている。オーヴェは通り過ぎながら棒っきれをじっと見た。棒っきれは目をそらさなかった。それどころか、ますます笑いが大きくなった。オーヴェをあざ笑うかのように。

うすのろと妊婦の家と自宅とのあいだを通るとき、うすのろが玄関にいるのが見えた。

「やあ、オーヴェ！」彼は言った。

うすのろの家の正面にはオーヴェの梯子がかかっている。うすのろは陽気に手をふった。今日は早起きしたらしい。少なくともITコンサルタントにしては。手になまくらな銀のディナーナイフを持っているのが見えた。きっと二階の動かない窓をそれでこじあける気にちがいない。今からのぼるつもりらしいオーヴェの梯子は、雪に深く斜めにさしてあった。

「いい一日を！」歩き過ぎるオーヴェに、うすのろはうしろから陽気に声をかけた。

「ああ、ああ、わかった」オーヴェはふり返らずにこたえた。

アンデシュとかいう男の家の前では、毛皮のブーツがなおもさかんに吠えていた。棒っきれもまだそこにいて、じっとこっちに笑い顔を向けているのが目の端に見える。不愉快だった。理由はわからないが、腹の底から不愉快だった。

住宅のあいだの道を歩いていって、自転車置場の小屋を過ぎ、駐車場のほうへと進みながら、じつはオーヴェは例の野良猫をさがしているのだということを、不本意ながら自分でも認めた。姿はどこにもなかった。

ガレージの扉をあけて、サーブのドアロックを鍵で解除した。そして、あとから思えば三十分以上ものあいだ、ポケットに手を突っ込んで、薄暗いなか、ずっとそうやって立っていた。なぜそんなことをするのか自分でもよくわからなかったが、旅立ちの前には厳かな静寂のようなものが必要だという気はした。

サーブの塗装面にはひどい汚れがつくのだろうか？　たぶん、そうだろう。悔しいし残念だが、どうしようもない。タイヤを二、三度蹴って具合を確かめた。どれも本当にすばらしい状態だ。最後のひと蹴りの感触からすると、少なくともあと三度の冬に耐える。そこでふと思いいたって上着のポケットに入れた紙を出し、夏タイヤについての指示を書き忘れていないか確かめた。ちゃんと書いてあった。〝サーブ＋アクセサリー〟の項目のところだ。〝物置の夏タイヤ〟と書いて、折り紙つきの馬鹿でも理解できるように、トランクのどこにリムボルトがあるかわかりやすく説明を書いた。紙を封筒にもどし、上着の内ポケットにしまった。

肩ごしにふり返り、駐車場をながめた。もちろん、あの野良猫のやつが心配なのではない。ただ、何もあってほしくないと思っているだけだ。もし何かあれば、妻が激怒するのはまちがいない。あのろくでもない猫のせいで叱られるのはごめんだ。ただそれだけのことだ。

遠くから近づいてくる救急車のサイレンが聞こえたが、オーヴェはほとんど気に留めなかった。運転席に乗り込んで、エンジンをかけた。ボタンを押してうしろの窓を五センチほどあける。車から出る。ガレージの扉を閉める。排気口にビニールのチューブをぎゅっとはめ込む。チューブの反対の先から排気ガスの煙が少しずつ出てくるのを確認する。それからあけておいた後部座席の窓にチューブをはさむ。車に乗る。ドアを閉める。サイドミラーを調節する。ラジオのチューナーをひと目盛りひねり、ひと目盛りもどす。シートにもたれる。目を閉じる。そして、排気ガスの濃い煙が一立方センチずつガレージを満たし、肺を満たすのを感じる。

人生、こんなはずじゃなかった。働き、家のローンを完済し、税を払い、やるべきことをする。結婚する。病めるときも健やかなるときも、死がふたりを分かつまで、そんな約束をしたのではなかったか？　オーヴェはそうだったとはっきり憶えている。しかも、先に死ぬと想定されていたのは彼女じゃなかったはずだ。みんなが前提としていたのはオーヴェ自身の死だったのではないのか？　ちがうか？

ガレージのドアをドンドンたたく音がする。オーヴェは無視した。ズボンの折り目をきちんとなおした。バックミラーで自分を見る。ネクタイを締めてくるべきだっただろうか。妻はむかしから彼のネクタイ姿が好きだった。ネクタイをすると、世界一の美男子を見る目でオーヴェを見た。今度はどんな目で見るだろう。職を失い、薄汚れたスーツを着てあの世に会いにいったら、妻は恥ずかしい思いをするだろうか。知識が古くなってコンピューターに仕事を取られ、ちゃんとした職を保ちつづけることさえできなくなった彼を、馬鹿だと思うだろうか？　以前とおなじように、頼りになる男として見てくれるだろうか。責任を引き受け、必要なときに給湯器を修理することができる男として。もはやなんの役にも立たないただの年寄りになったオーヴェを、以前のように好いてくれるだろうか。

ガレージのドアをさらに激しくたたく音がする。オーヴェは忌々しくそっちを見やった。さらにバンバンとたたく音。いいかげんにしてくれ、と思った。

「いいかげんにしてくれ！」オーヴェが怒鳴って勢いよくサーブのドアをあけたので、ビニールのチューブが窓と枠の隙間からすべってはずれ、コンクリートの床に落ちた。排気ガスの煙が四方八方に流れだした。

外国人の妊婦は、反対側にオーヴェがいるときにはドアに近づきすぎないことをすでに学習していたにちがいない。だが、今回はオーヴェがあまりに乱暴にガレージの扉をあけたので、それが顔にあたるのを避けきれなかった。

オーヴェは彼女の姿を見て、動きの途中で凍りついた。妊婦は鼻に手をあてている。そして今まさにガレージの扉が鼻にあたった人間がする顔つきで、オーヴェを見ている。もくもくとした排気ガスがガレージの内側からどっと流れだし、駐車場のなかほどまで濃い煙がひろがった。

「おい、クソ……ドアがあくときには気をつけるもんだろう……」オーヴェはどうにか言った。

「あなたは何をしてるの？」妊婦は言い返し、エンジンをかけたままのサーブと、排気ガスを吐きだしている床に落ちたビニールチューブを見た。

「わたしか？……なんでもない」オーヴェはできるならふたたびガレージの扉を閉めたいという顔で不機嫌に言った。

パルヴァネの鼻の穴に大きな赤いしずくがあらわれた。彼女は片手で顔を押さえ、反対の手をオーヴェのほうにふった。

「病院に連れていってほしいの」首を傾けて言う。

オーヴェは何をほざいているという目をした。「おい、落ち着けよ。ただの鼻血じゃないか」

パルヴァネはペルシャ語と思われる言葉で悪態をつき、親指と人差し指で鼻をつまんだ。それからいらいらと首をふり、着ている上着に血を飛び散らせた。

「鼻血のためじゃないわ!」

オーヴェはそう言われて少々困惑した。手をポケットに入れた。

パルヴァネはうめいた。

「パトリックが梯子から落ちたの」

パルヴァネが頭をうしろにそらしたので、オーヴェは彼女のあごの下に向かって話しかける格好になった。

「パトリックとはだれだ」あごにたずねる。

「わたしの夫よ」とあごはこたえた。

「あのうすのろのことか?」

「ええ、あの夫よ」あごは言った。

「で、そいつが梯子から落ちたって?」オーヴェは確認した。

「そう。窓をあけようとして」

「そうか。それはなんとも驚きだな。そうなることは、わかりきって――」

あごが消えて、ふたたび大きな茶色い目があらわれた。

とても嬉しがっているようには見えなかった。

「そのことについて、今議論しないといけないの？」

オーヴェ少々困って頭をかいた。

「いや、そういうわけじゃない……だが、自分で運転してけばいいじゃないか。この前乗ってた例の日本製のミシンで」オーヴェは反論を試みた。

「わたしは免許を持ってないの」パルヴァネはこたえて、唇から血をぬぐった。

「免許を持ってないとは、どういうことだ？」オーヴェは相手が言ったことがまるで解せないという口調で聞き返した。

パルヴァネはあらためていらいらとため息をついた。

「免許を持ってないと言ったの。その何がいけないの？」

「あんたはいくつなんだ？」本当に度肝を抜かれたようにオーヴェはたずねた。

「三十よ」パルヴァネはせっかちにこたえた。

「三十？　それで免許がないと？　どこかが悪いのか？」

パルヴァネはうめいて片手で鼻をつかみ、反対の手の指をオーヴェの顔の前でもどかしげに打ち鳴らした。

「そんなことはいいでしょう、オーヴェ！　病院！　わたしたちを病院に連れていってくれないと困るの！」

オーヴェはむっとした。

「〝わたしたち〟とはなんだ？　あんたが結婚した男が、窓をあけようとして梯子から落ちたのなら、救急車を呼ぶべきだろう」

「呼んだわ！　夫はもう病院に運ばれた。でも、救急車にはわたしの乗る場所がなかったの。しかもこの雪で町のタクシーは当然つかまらないし、バスはあちこちで立ち往生してる！」

飛び散った小さな血のしずくが頰を流れ落ちた。オーヴェは歯がギシギシいうほど奥歯を強く嚙みしめた。

「バスは信用ならない。運転手はいつだって酒に酔ってる」シャツの襟のなかに言葉を隠そうとしているとしか見えない仕草で、あごを下に向けて小声で言った。

〝バス〟という単語が出たとたんにオーヴェの気分が一変したことに、パルヴァネは気づいたかもしれないし、あるいは気づかなかったかもしれない。ともかく彼女は話がついたというようにうなずいた。

「そういうわけだから、わたしたちを車で送って」

オーヴェは勇敢にも威嚇するように相手に指を突きつけた。残念ながらあまり威力を発揮したようには見えなかった。

「なぜそんなことをしないといけない。わたしは送迎サービスじゃないぞ！」オーヴェはどうにかそれだけ言った。

だが相手は、人差し指と親指で鼻の付け根をつまんだだけだった。そして、オーヴェがたった今言ったことをまるで聞いていなかったようにうなずいた。あいている手でガレージと、床から天井までを着実に排気ガスで埋めようとしているビニールチューブをいらいらと示した。

「こんなふうに言い合っているひまはないの。出発できるように車の準備をして。わたしは子供たちを連れてくるから」

「子供たち？」オーヴェは声をあげたが、反応が返ってくることはなかった。

パルヴァネは大きな腹に比較してえらく小さく見える足で歩き去り、自転車置場の小屋をまわって住居エリアのほうに消えていった。

オーヴェは、自分の代わりにだれかがあとを追いかけていって、話はまだ終わっていないぞと彼女に告げるのを待つように、その場に突っ立っていた。そんなことをしてくれる者はいない。こぶしをベルトの内側に突っ込み、床のチューブに目をやった。自分が貸した梯子の上にしがみついていられないやつがいたとしても、オーヴェにはなんの責任もない。それが彼の見解だった。

だがここでも、妻がこの状況を見ていたらなんと言うかと考えずにはいられなかった。

しかも、残念ながら、その答えを想像するのはむずかしいことではなかった。

オーヴェはとうとう車の横へいき、靴でちょんと蹴ってチューブを排気管からはずした。サーブに乗り、ミラーをチェックし、ファーストに入れ、ガレージから駐車場に車を出した。外国人の妊婦が何に乗って病院へいこうが知ったことじゃない。とはいえ、人生で最後にやったことが、妊婦に鼻血を出させ、バスに乗らせたことだったら、妻からさんざん叱られるのはまちがいない。

それにどうせガソリンを使いきるなら、往復乗せてやったって大差ない。これがすんだら、あの女もきっとじゃませずに放っておいてくれるだろう、とオーヴェは思った。

だがもちろん、そうは問屋が卸さなかった。

12　オーヴェという若者と、もうたくさんだった日

オーヴェと妻は、まるで夜と昼のようだとよく言われた。自分が夜だということは、オーヴェはもちろんよくわかっていた。べつにそれでかまわなかった。一方の妻は、人がそう言うといつも面白がった。みんながオーヴェが夜だと思うのは、オーヴェが太陽を点灯しないほどのケチだからだと、くすくす笑いながら指摘することができるからだ。

妻がなぜ自分を選んだのか、オーヴェにはまったく理解できなかった。彼女は音楽とか本とか奇妙な言葉だとか、そういう抽象的なものばかりを好んだ。オーヴェは具体的なものだけを集めたような男だった。ネジまわしやオイルフィルターが好きだった。いつも両手をポケットに突っ込んで人生を送った。妻は踊った。

「多くの闇をはらうにも、ひと筋の光だけあれば足りるの」あるとき、どうしてきみは四六時中そんなに明るくしていないといけないのかと問うと、妻はそうこたえた。持っている本の一冊に、フランチェスコとかいう坊さんのそんな言葉が書いてあったらしい。

「ごまかそうとしても無駄よ、あなた」妻はいたずらっぽい小さな笑いをうかべて、オーヴェの大きな腕のなかに身を寄せた。「人の見ていないところで、あなたは心で踊っているくせに。だからわたしは一生あなたを好きでいるわ。あなたが望むと望むまいと」

なんのことを言っているのか、オーヴェはよくわからなかった。オーヴェは踊りはあまり好きではなかった。行きあたりばったりすぎるし、めちゃめちゃすぎる。彼は直線と明快な答えが好きだった。算数がむかしから好きだったのもそのためだ。正解と不正解がちゃんと存在する。学校で受けさせられる、〝自分の意見を述べよ〟などというほかの曖昧な教科とはちがう。だれが一番長いつづりの単語を知っているかで議論の決着がつくような教科とは。オーヴェは正しいものは正しく、まちがっているものはまちがっているとしたかった。

人を信用しないただの偏屈屋だと一部の人から思われていることは、オーヴェもよくわかっていた。だがはっきりいってそれは、信用すべき理由を他人から示されたことがいままだかつてなかったせいだ。

男が人生を生きていると、自分がどんな人間になるべきか決めるときが必ず来る。人に踏みつけにされる男になるか、されない男になるかを決めるときが。

火事のあとは、オーヴェはサーブで寝泊まりした。最初の朝は、灰と焼け残りのなかで、ひとり片づけに励んだ。二日目の朝には、もうどうにもならないと認めるにいたった。家も、そのために費やした労力も、すべて失われた。

三日目の朝、消防のお偉いさんとおなじような白シャツを着た男がふたりあらわれた。門の前に立った彼らは、目の前の焼けた家には少しも心を動かされないようだった。どちらも名は名乗らず、どこの役所から来たかだけを告げた。まるで母艦から派遣されてきたロボットだった。

「われわれのほうから手紙を送っているんですが」白シャツのひとりがそう言って、オーヴェに書類の束をつきだした。

「何通も」ともうひとりの白シャツは言って、用箋に何かを書きつけた。

「まだ返事をもらってない」ひとりめが犬を叱る口調で言った。

オーヴェは何もこたえずに足をひろげて前に立っていた。

「不運でしたね」ふたりめがオーヴェの家だったものを適当にあごでさした。

オーヴェはうなずいた。

「消防によると、どってことのない電気系統の問題が出火の原因だったらしい」ひとりめの白シャツが機械のようにつづけ、手に持った書類を示した。

〝どってことのない〟という言葉に、オーヴェは本能的に反発を感じた。

「われわれから手紙で連絡を受けているはずです」ふたりめがくり返し、用箋をふった。

「区画整理が行われるんです」

オーヴェはふたたびうなずいた。

「お宅の立つ土地は再開発されて、新しい住宅が建てられる予定だ」ひとりめが言って、となりの新興の住宅地のほうを示した。

「お宅の立っていた土地は、ということですけどね」ふたりめが誤りを正した。

「市は市場価格で土地を買いあげることにやぶさかでない」ひとりめが言った。

「その……もはや家の立っていない土地の市場価格、ということになります」ふたりめが具体的に言った。

オーヴェは書類を奪った。中身を読みはじめた。

「あなたにはあまり選択肢はない」ひとりめが言った。

「決定権はむしろ市にあります」ふたりめが言った。

ひとりめがせっかちに書類をペンでたたき、〝署名〟と書いてある下線部を示した。

オーヴェは門のそばに立って黙って文面を読んだ。ふと胸の痛みに気づいた。それがなんなのか理解するのに、とても長い時間がかかった。

憎しみだった。

白シャツを着た男たちが憎かった。過去にこれほど人を憎んだ記憶はないが、胸の内側で火の玉が燃えているような感じがした。オーヴェの父と母がこの家を買った。オーヴェはここで大きくなった。ここで歩けるようになった。父はこの家でサーブのエンジンに関するすべてを教えてくれた。それなのに、市の何者かがここにべつのものを建てると決めた。そして、丸顔の男は、保険ではない保険を売りつけた。ある白シャツの男は、オーヴェが消火しようとするのをとめ、さらにべつのふたりの白シャツの男がここにいて、〝市場価格〟がどうのと話している。

だが実際問題として、オーヴェに選択肢はなかった。太陽が朝昇るのをやめる日までここでねばったとしても、状況は変えられない。

そこでオーヴェは書類にサインした。反対の手をポケットのなかでにぎりしめながら。


オーヴェは両親の家が立っていた土地をあとにし、二度とうしろをふり返らなかった。町の老婦人のところに狭い部屋を借りた。一日じゅう、すわってただ壁を見つめていた。夜になると仕事にいった。車両の掃除をした。朝になり、オーヴェやほかの清掃員たちは、更衣室にいく前に事務所に寄って新しい作業着を受け取るようにと指示された。

廊下の途中でトムと出くわした。オーヴェが車両での盗みの罪をかぶったあのときから、顔を合わすのはこれがはじめてだった。トムがもっと賢明な男なら、きっとひたすらオーヴェの目を避けようとしたことだろう。あるいは、そんな過去など忘れたようにふるまったにちがいない。だがトムは賢明と呼ばれる種類の男ではなかった。

「これはこれは、泥棒さんよ！」トムは挑発的に笑って言った。

オーヴェは無視した。横をすり抜けようとしたが、トムの取り巻きの若い連中のひとりに強くひじで小突かれた。オーヴェは顔をあげた。連中は人を食った顔でオーヴェを笑っていた。

「泥棒がいるぞ、財布に気をつけろ！」トムが廊下にこだまするほどの大声で叫んだ。

オーヴェは服をかかえた腕に力をこめた。ポケットのなかで手をにぎりしめた。だれもいない更衣室にはいった。汚れた古い作業着を脱いで、父の傷だらけの腕時計をはずしてベンチにおいた。シャワー室にはいろうとしてふり返ると、戸口にトムが立っていた。

「火事にあったんだってな」トムは言った。オーヴェにどうにかしゃべらせようとしているらしい。その手には乗るかと思った。

「親父さんは、さぞかしおまえを誇りに思うだろうよ！　自宅を燃やしちまうほどの役立たずときた！」シャワー室にはいるオーヴェのうしろから、トムが大声で言った。

若い連中の笑い声があがった。オーヴェは目を閉じ、ひたいを壁につけて、上から熱い湯を浴びた。二十分以上、ずっとそこにいた。人生最長のシャワーだった。

シャワーから出ると、父の腕時計が消えていた。ベンチにおいた服をひっくり返し、床の上をさがし、ロッカーひとつひとつをのぞき込んだ。

男が人生を生きていると、自分がどんな人間になるべきか決めるときが必ず来る。人に踏みつけにされる男になるか、されない男になるかを決めるときが。

トムに車両の盗みの罪をなすりつけられたことが、その理由だったかもしれない。火事のせいかもしれない。ニセの保険屋のせいかもしれない。それか、白シャツの男たちが原因かもしれない。あるいは、単純に我慢の限界だったのかもしれない。とにかくまさにその瞬間、喩えるなら何かが引き金となって、オーヴェの頭の安全ヒューズがとんだ。視界に映るすべてが一段暗くなった。彼は裸の身体から水をしたたらせたまま更衣室を出た。廊下のつきあたりの作業長の更衣室にいってドアを蹴りあけ、唖然とした人たちを押しのけて突き進んだ。トムは奥の鏡の前にいて、長いあごひげを切りそろえていた。その肩をつかみ、オーヴェは板金の壁が振動するほどの大声で怒鳴った。

「時計を返せ!」

トムは余裕の表情でオーヴェを見おろした。巨体が影のように上から迫った。

「おまえの時計など知る――」

「すぐによこせ!」言い終わる前にオーヴェがさえぎり、そのあまりの剣幕に更衣室にいたほかの男たちはそれぞれのロッカーにとっさに身を寄せた。

一秒後、反論の間を与えずにオーヴェはトムの上着をはぎとった。内ポケットから時計を出すあいだ、トムは罰を受けた子供のようにその場に立っていた。

そしてオーヴェは殴った。ただ一発。それで十分だった。トムは濡れた小麦袋のように床に倒れ込んだ。重たい図体が床を打つころには、オーヴェはすでにうしろを向いてその場から歩き去っていた。

男が人生を生きていると、自分がどんな人間になりたいか決めるときが必ず来る。そのときの物語を知らなければ、その男のことも知らないということだ。


トムは病院へ連れていかれた。何があったのかとくり返し聞かれたが、トムはそのたびに目をそらして、足をすべらせたと言って口をにごした。そして摩訶不思議なことに、更衣室に居合わせたほかの男たちも、そのときの出来事について何も思いだせなくなった。

オーヴェがトムを見たのはこれが最後だった。そして、人に虚仮《こけ》にされるのはこれを最後にしようと、彼は胸に誓った。

オーヴェは夜間の清掃員の仕事はそのままつづけたが、建設現場の仕事はやめることにした。もはや建てる家もないし、建築についてもすでに多くを学んだので、建設作業員の男たちももう教えることはなかった。

彼らは別れの贈り物として工具箱をくれた。今度は新品の道具がはいっていた。〝半人前へ、これを使って長持ちするものをつくるんだ〟とメモに書いてあった。

とくにそれを使う用事のなかったオーヴェは、数日間あてもなく工具箱をさげて歩きまわった。しまいに大家の老婦人が気の毒がって、家のなかをさがして修理するものを見つけてくるようになった。どちらにとってもそのほうが平和だった。

その数カ月後、オーヴェは徴兵検査にいった。身体能力の検査では、ことごとく最高評価を獲得した。徴兵官はこの態なみにたくましい無口の青年を気に入り、職業軍人になる道を考えてみないかと強く勧めた。悪い話ではなさそうだ、とオーヴェは思った。軍人は制服を着、命令に従う。みな自分が何をすべきか知っている。軍人には役割がある。秩序がある。オーヴェは自分は立派な兵隊になれそうだと思った。義務づけられた健康診断を受けに階段をおりていくときには、何年かぶりに心うきたつのさえ感じた。突然、目的を与えられたかのようだった。目標を。自分がなるべきものを。

喜びは十分しかつづかなかった。

徴兵官は健康診断は〝形式だけのことだ〟と言った。だが、聴診器を胸にあてられたとき、聞こえてはいけない音が聞こえてしまった。オーヴェは都会の医者に送られた。一週間後、めずらしい先天性の心臓病を患っていると告げられた。今後いっさいの兵役からも免除された。オーヴェは電話をして抗議した。いくつもの手紙を書いた。誤診であることを期待して、三人のべつの医者のところにもいった。すべて無駄骨だった。

「規則は規則だ」決定をくつがえしてもらおうと軍の事務所に最後に談判にいくと、白いシャツを着た男がそう言った。

オーヴェは落胆のあまり、バスを待つことをせずに列車の駅まで徒歩でもどった。ホームのベンチにすわった。こんなに心がしずんだのは、父が死んで以来はじめてだった。数ヵ月後オーヴェは、まさにそのホームを将来妻となる女性と歩くことになる。だがむろん、今はそんなことは知るよしもなかった。

オーヴェは列車の清掃員の仕事にもどった。それまで以上に寡黙になった。大家の老婦人は陰気な顔にとうとう我慢できなくなって、オーヴェのために近所にガレージを借りた。あの青年にはいつもいじくっている車がある。それが気晴らしになるかもしれない、ということで。

オーヴェは翌朝、ガレージでサーブまるごとを分解した。すべての部品をきれいにし、ふたたび組み立てた。自分にそれができるか確かめるために。それに、何かすることをつくるために。

完成するとそれを売って利益を得、少し新しいモデルのサーブ93を買った。最初にやったのは、それをバラバラにすることだった。自分にそれができるか確かめたかった。ちゃんとできた。

こうしてゆっくり整然と日々が過ぎていった。やがてある朝、オーヴェは彼女を目にすることになる。茶色い髪に青い目、赤い靴をはき、大きな黄色い髪留めをつけた彼女を。

その瞬間、オーヴェの世界から静寂が消えた。

13 オーヴェという男と、ベッポーというピエロ

「オーヴェ、おもしろいね」三歳児は嬉しそうに笑った。

「うん」七歳児はあまり共感していない口調で言い、妹の手をにぎって、大人びた足取りで病院の入り口に向かって歩いていった。

母親のほうはオーヴェに文句をぶつけたそうな顔をしていたが、今はそのひまはないと判断したらしかった。赤ん坊が脱走を企てるのを危惧するように大きな腹に片手をそえ、おなじく入り口に向かってひょこひょこ歩いていった。

オーヴェは足を引きずってうしろを歩いた。パルヴァネが〝言い争うより払ったほうが早い〟と考えていたとしても、それはどうでもよかった。なぜなら、これはまさしく主義の問題だからだ。そして、なぜ病院駐車場の料金を払わなくてはならないのかと聞いただけで違反切符を切られたとき、オーヴェはその駐車場の係に向かって〝ニセ警官め！〟と叫ぶのを慎むようなタイプではなかった。それだけの話だ。

病院は死ににいくところだ。政府は人が生きているあいだのあらゆる行動に金を課して

いて、もうそれで十分のはずだとオーヴェは思っていた。死ににいくのにも駐車料金を取るとすれば、それはまちがいなくやりすぎだろう。オーヴェはそのことを簡潔に駐車場の係に説明した。するとその係はオーヴェの前で切符のつづりをふりはじめた。するとパルヴァネは自分が喜んで支払うとわめきだした。そここそが話の論点だと思っているのか。女は主義というものを理解しない。

前のほうでは、排気ガスで服がくさくなったと七歳児がこぼしている。サーブの窓をずっと全開にしていたにもかかわらず、悪臭を完全に追いだすことはできなかった。本当はガレージで何をしていたのかとパルヴァネにたずねられたが、オーヴェはバスタブを引きずってタイルをこするような音を出して、受け流した。氷点下のなか、車の窓を全開にして走るという経験は、当然、三歳児にとっては人生最大の胸躍る冒険だったが、他方、七歳児は顔を襟巻きにうずめて、怪訝そうな目で周囲をうかがっていた。子供が〝汚すといけない〟という理由でオーヴェがシートに新聞を敷いたので、尻が前後左右にすべり、そのことにもいらいらしていた。オーヴェは助手席にも新聞を敷いたが、母親のほうはすわる前にさっと取りのけた。オーヴェはまったく嬉しくない目でそのようすをながめたが、どうにか文句はこらえた。それでも、シートの上でいきなり破水されるのを案じるように、病院までの道中ずっと腹にちらちらと視線を送った。

「ここでおとなしく待ってて」パルヴァネは病院の受付で子供たちに声をかけた。

そこはガラスの壁と消毒薬のにおいのベンチにかこまれた場所だった。白い制服にカラフルな合成素材のつっかけをはいた看護師や、危なっかしく歩行器にもたれた老人が廊下を行き来している。床の上には、ホールAの第二エレベーターが故障しているので、一一四号室への見舞客はホールCの第一エレベーターをご利用ください、という案内が立っている。その下にはまたべつの案内が出ていて、ホールCの第一エレベーターは故障しているので、一一四号室への見舞客はホールAの第二エレベーターをご利用ください、とあった。その下には三つめの案内があり、一一四号室は改修のために今月いっぱい閉鎖、と出ている。さらにその下にはピエロの写真があった。病院のピエロ〈ペッポー〉が、今日、病気の子供たちに会いにやってきます、というお知らせだった。

「オーヴェはどこにいったの?」パルヴァネが声をあげた。

「たぶんトイレじゃないの」七歳児はぶつぶつこたえた。

「ピエロー!」三歳児は嬉しそうにお知らせを指でさした。

「知ってたか。ここじゃトイレにはいるにも金を取られるぞ」オーヴェがパルヴァネのうしろから叫んだ。

パルヴァネはふり返り、うんざりした目でオーヴェを見た。

「ああ、もう、そこにいたのね。小銭がいるの?」

オーヴェはむっとした。

「なぜ小銭をもらわないといけない？」

「トイレのためにきまってるでしょう！」

「べつにいきたくない」

「だって、今……」パルヴァネは言いかけたがやめ、かぶりをふった。「もういい、忘れて。パーキングメーターには何分分入れたの？」彼女はかわりに質問した。

「十分だ」

パルヴァネはうめいた。

「十分じゃすまないことは、もちろんわかっているんでしょう？」

「そしたらわたしが十分後にまた出ていって、メーターに金を入れる」自明の理だと言いたげにオーヴェはこたえた。

「最初から入れておけばいいでしょうに」パルヴァネは言い、口にしたとたんに言ったことを後悔する顔をした。

「まさにそれこそやつらの思うつぼだ！　利用しないかもしれない時間の分まで、金をくれてたまるか！」

「もうこれ以上付き合いきれない……」パルヴァネはため息をついて、ひたいに手をあてた。

娘たちを見た。

「ママがパパのようすを見てくるあいだ、オーヴェおじさんといっしょにおとなしく待っていられる？　いいわね？」

「わかった」七歳児はむっつりとうなずいた。

「わーい！」三歳児は興奮の叫びをあげた。

「なんだと？」オーヴェは言った。

パルヴァネは立ちあがった。

「〝オーヴェといっしょに〟とはどういうことだ？　あんたはどこへいく？」

驚くことに、オーヴェの声に大変な怒りがこめられていたというのに、妊婦はそれをまったく気にかけていないようだった。

「あなたはここにいて子供たちを見ていて」パルヴァネはオーヴェが文句を言う前にてきぱきと告げ、廊下の先に消えていった。

オーヴェはうしろ姿を目で追った。駆けもどってきて、今のはただの冗談よと言うのを期待するように。だが、それは起こらなかった。そこでオーヴェは子供たちのほうを向いた。そして、今にも顔にデスクランプを向けて、〝殺人の犯行時刻〟にどこにいたと尋問しそうな顔をした。

「ごほん！」いきなり三歳児が声をあげ、おもちゃ、ゲーム、絵本の無法地帯となっている、待合室の隅のほうへ走っていった。

オーヴェはうなずいて、三歳児は自分ひとりでやっていけそうだと確信したうえで、今度は七歳児のほうに注意をふり向けた。

「で、あんたは？」

「わたしが何よ？」七歳児は不機嫌そうに言い返した。

「おなかすいたとか、おしっこしたいとか、そういうことはないか？」

七歳児はビールかタバコを勧められたような顔でオーヴェを見た。

「もうすぐ八歳になるんだから！　トイレくらい、ひとりでいけます！」

オーヴェは勢いよく両手を前に出した。

「ああ、わかった、わかった。クソみたいなことを聞いて悪かった」

「ふん」少女は鼻を鳴らした。

「いけないことば、いった！」三歳児は叫ぶと、ふたたびこっちにやってきてオーヴェの足の近くをちょろちょろ走りまわった。

オーヴェはこの文法に難のある小さな天災をじっと見た。子供は顔をあげると、満面の笑みをうかべてオーヴェを見た。

「よむ！」興奮気味に叫び、バランスをくずしそうになるほど両手で持った本を思いきり前につきだした。

オーヴェは送りつけられてきた不幸の手紙を見る目で、その本を見た。自分はナイジェリアの王子で、オーヴェのために〝非常に有利な投資機会〟を提供したいので、それにまつわる〝何かの処理のために〟急いで口座番号を教えてくれ、と言ってきたかのように。

「よむ！」子供がふたたびせがみ、驚くべき敏捷さで待合室のベンチをよじのぼった。

オーヴェはベンチの一メートルほど離れた場所にしぶしぶ腰をおろした。三歳児はいらいらと息を吐いて視界から姿を消したが、一秒後にオーヴェの腕の下からふたたび頭があらわれ、オーヴェのひざに両手をついて、本のにぎやかな色の絵に鼻を押しつけた。

「むかしむかしあるところに、小さな電車がありました」オーヴェは税金の計算書を読みあげるような熱心さで音読をはじめた。

そしてページをめくった。三歳児がそれを押しとどめて、ページをもどした。七歳児はやれやれと首をふった。

「そのページのなかで起こってることを説明しないといけないの。それに声をつくらないと」

オーヴェは相手をじっと見た。

「そんなクソみたいな――」

言いかけて咳ばらいする。

「どんな声だ？」オーヴェは言いなおした。

「おとぎ話風の声」と七歳児はこたえた。

「いけないことば、いった」三歳児が嬉しそうに言った。

「言ってない」オーヴェは言った。

「いった」三歳児は言った。

「声をつくるなど、そんなクソ――そんなことはしないでいい！」

「お話を読むのがあまりうまくないみたいだね」七歳児がコメントした。

「あんたはお話を聞くのがあまりうまくないみたいだな！」オーヴェは反論した。

「お話を聞かせるのがあまりうまくないの！」

オーヴェは感心しない目で本を見た。

「しかし、なんてくだらない話だ。しゃべる電車だ？　車の絵本はないのか？」

「変てこなおじいさんの話なら、きっとあるんじゃない」七歳児がつぶやく。

「わたしは〝おじいさん〟じゃないぞ！」オーヴェはがみがみ言った。

「ピエロー！」三歳児が嬉しそうに声をあげる。

「わたしはピエロでもない！」オーヴェはすぐに怒鳴り声で言い返した。

姉のほうがあきれた目でオーヴェを見た。母親がしばしばオーヴェに向ける目に似てなくもなかった。

「そうじゃなくて、妹はピエロの話をしてるんじゃない」

目をあげると、大真面目にピエロの格好をしたいい大人が、待合室の入り口に立っていた。

大きな間抜けな笑いまで顔にうかべている。

「ピーエーロー」三歳児が叫び声をあげてベンチから乗ったり降りたりをくり返しているので、何かの薬が効いているにちがいないと、オーヴェは最終的に納得した。

そういう子供の話なら聞いたことがある。アルファベットを組み合わせたなんとか障害とかいうものがあって、アンフェタミンを服《の》まされるのだ。

「おや、ここにいる小さな女の子は、だれかな？　女の子は魔法の手品が見たいかな？」ピエロは大声で取り入るように言い、赤い大きな靴をはいた酔ったヘラジカよろしくドタドタと子供たちのほうに近づいてきた。まともな職をさがさずにそんな靴をわざわざはこうと思うのは、まったくどうしようもない役立たずだけだ、とオーヴェは強く確信した。

ピエロは楽しげにオーヴェを見た。

「おじさん、たぶん五クローナのコインを持ってますよね？」

「いいや、たぶんおじさんは持ってない」オーヴェはこたえた。

ピエロは驚いた顔をした。ピエロとしてはあまり褒められない表情だった。

「でも……だって手品ですよ。小銭くらい持ってるでしょう？」ピエロはいくらかふつうの声で言ったが、それはまったく役柄とはそぐわない声で、阿呆みたいなピエロの仮面のうしろに、二十代半ばほどのごくあたりまえの阿呆が隠れていることを示していた。

「ねえ、僕は病院のピエロですよ。子供たちのためじゃないですか。コインはちゃんと返しますって」

「さっさと五クローナわたしたらいいじゃない」七歳児が言う。

「ピーエーローー！」三歳児が叫ぶ。

オーヴェは小さいほうの子供をながめた。鼻にしわを寄せた。

「いいだろう」オーヴェは財布から五クローナのコインを出し、それからピエロに指を突きつけた。

「だがちゃんと返せよ。すぐにだ。これで駐車料金を払う予定だからな」

ピエロは力強くうなずいて、オーヴェの手からコインを奪った。

十分後、パルヴァネは廊下の向こうから待合室にもどってきた。彼女は足をとめ、戸惑った目でなかをきょろきょろさがした。

「お嬢さんたちのこと？」看護師がうしろから声をかけた。

「ええ、そうなんですけど」パルヴァネは困惑した声で応じた。

「あそこですよ」看護師はあまり嬉しくなさそうに言い、駐車場に出る大きなガラス扉のそばのベンチを指さした。

オーヴェがやけに怒った顔をして、腕組みしてそこにすわっている。

となりには七歳児がいて、うんざりしきった顔で天井を見あげ、反対どなりには三歳児がいて、この先の一ヵ月、毎朝アイスクリームをごはんに食べられると知らされたような表情をしていた。ベンチの両側には、病院の警備員のなかでもとくに体格のいい男が立っていて、ふたりともとても険しい顔つきをしている。

「あなたのお子さんですか？」警備員の片方が言った。アイスクリームを朝食にもらえそうな顔はしていなかった。

「そうですけど、子供たちが何か？」パルヴァネはおそるおそるたずねた。

「ふたりは何もしてません」もう片方がこたえ、糾弾する目でオーヴェを見た。

「わたしだって何もしてない」オーヴェは不機嫌に言った。

「ピエローをぶったの！」三歳児が嬉々として叫んだ。

「告げ口屋め」オーヴェは言った。

パルヴァネはあいた口がふさがらず、言葉もなかった。

「どっちみち、手品は上手じゃなかった」七歳児が言った。「ねえ、もうおうちに帰れるの？」立ちあがってたずねた。

「どうして……ちょっと待って……ピエロって、何？」

「ベッポーっていうの」幼児は説明して、賢そうにうなずいた。

「手品をやろうとしたの」姉が言った。

「ばかばかしい手品だ」オーヴェは言った。

「オーヴェの五クローナのコインを消すようなやつ」七歳児がさらに詳しく述べた。

「それでべつの五クローナのコインを返してよこそうとした！」オーヴェは割ってはいり、そのひとことですべての説明がつくだろうと言いたげに、そばの警備員を怒ってにらみつけた。

「ピエローぶったの、ママ」三歳児はそれが人生で一番の体験だったかのように楽しげに笑った。

オーヴェ、三歳児、七歳児、ふたりの警備員を、パルヴァネは長々と見つめた。

「夫の見舞いに来たんです。怪我をして。今から子供たちを連れて、夫に顔を見せにいきたいんですけど」

「パパおっこちたの！」三歳児が言った。

「かまいませんよ」警備員の片方はうなずいた。

「ただし、この人は残ってもらいます」もう片方が言って、オーヴェを指さした。

「あれはぶったうちにはいらない。小突いただけじゃないか」オーヴェはぼやき、念のため「ニセ警官めが」とつけたした。

「はっきりいって、どっちみち手品は上手じゃなかった」七歳児はオーヴェをかばって不機嫌に言いながら、父の病室へ向かっていった。

一時間後、一行はオーヴェのガレージにもどってきた。パルヴァネの話によると、うすのろは腕一本と脚一本にギプスをはめられ、あと数日は病院から出られないということだった。それを聞いたとき、救いようのない馬鹿だという言葉が口から出そうになるのを、オーヴェは唇を強く嚙んでこらえなければならなかった。パルヴァネも実際おなじことをしているような印象があった。シートの新聞紙を回収するときも、車はまだ排気ガスくさかった。

「ねえオーヴェ、どうしても駐車違反の罰金をはらわせてくれないの？」パルヴァネが言った。

「これはあんたの車か？」オーヴェは言った。

「ちがうけど」

「そういうことだ」オーヴェはこたえた。

「でも、やっぱりわたしの責任だという気がするから」パルヴァネは遠慮してもう一度言った。

「違反切符を切るのはあんたじゃない。行政だ。だから悪いのは行政だ」

オーヴェはサーブのドアを閉めた。

「それにあの病院のニセ警官だ」さらにつけくわえた。パルヴァネがもどってきてオーヴェを連れて帰るまでじっとベンチにすわらされていたことを、今も根に持っていた。あれはまるでオーヴェが信用ならない人物で、ほかの見舞客がいるなかに野放しにするわけにはいかないという態度だった。

パルヴァネは無言で何かを考えながら、長いことじっとオーヴェを見つめた。七歳児は待ちくたびれて、駐車場を家に向かって歩きだした。三歳児は輝く笑顔でオーヴェを見た。

「オーヴェおもしろい！」

オーヴェは幼児に目をやり、ズボンのポケットに手を入れた。

「そうかそうか。おまえさんだって負けてないぞ」

三歳児ははしゃいでうなずいた。パルヴァネはオーヴェを見、ガレージの床のビニールチューブを見た。それからいくらか心配そうに表情をくもらせて、もう一度オーヴェを見た。

「梯子をはずすのを手伝ってもらいたいんだけど……」つらつらと何かを考えている途中で口にするような調子で、パルヴァネが言った。

オーヴェは気のないふうにアスファルトを蹴った。

「あと、もしかしたらうちにも故障したヒーターがあった気がするの」ふと思いついたようにつけくわえた。「見てもらえるとありがたいわ。パトリックはそういうもののことは、まったくうといから」パルヴァネは三歳児の手を取った。

オーヴェはゆっくり首を縦にふった。

「ああ。想像はつく」

パルヴァネはうなずいた。そしてふっと満足げな笑いをうかべた。

「それにあなたとしても、今夜子供たちを凍死させるわけにはいかないでしょう。ピエロを襲うところを見せられただけで、子供には十分な災難だった。ちがう？」

オーヴェは不機嫌な目をパルヴァネに向けた。それから、心のなかで協議するように自問自答した。役立たずの父親が窓をあけようとして梯子から落ちたばっかりに子供たちが死なねばいけないという事態は、やはり見逃すわけにはいくまい。幼児殺しの犯人としてあの世にいったら、ソーニャに締めあげられる。それはまちがいない。

そういうわけでオーヴェは床のビニールチューブをひろって、壁に引っかけた。キーでサーブをロックし、ガレージの扉を閉めた。三度引っぱって閉まったか確認した。そして物置に道具を取りにいった。

自殺なら、あしたでもできる。

14　オーヴェという若者と、列車に乗っていた女

彼女は赤い靴をはき、大きな黄色い髪留めをつけ、ワンピースの胸にさした金色のブローチは、列車の窓にいたずらっぽい光を投げかけていた。朝の六時半、オーヴェはその日の務めを終えて、今からべつの列車に乗って家に帰るところだった。だがそのとき、ホームに立つ彼女を見たのだ。豊かな赤茶色の髪に、青い目をした、はじける笑顔の彼女を。そこでオーヴェはもう一度列車に乗り込んだ。もちろん、自分でもなぜそんなことをするのかよくわからなかった。思いつきで行動したことも、女性に興味を持ったことも、それまで一度もなかった。けれどもあとから思えば、彼女を見たとたんに、いわばオーヴェのなかの何かが停止してしまったといったような感じだった。

オーヴェは車掌に頼み込んで着替えのズボンとシャツを貸してもらい、清掃員に見えないように身なりをととのえると、ソーニャのとなりの席にすわりにいった。これはオーヴェの人生におけるもっとも褒められた決断だった。

どう声をかけていいかわからなかったが、なんとかなった。席に腰をおろすかおろさな

いかのうちに、彼女がにこやかな顔でふり返り、優しく笑って、こんにちはと言ったのだ。するとオーヴェもとくにややこしいことを考えずに、こんにちはと返すことができた。そしてオーヴェの視線がひざに積んだ本に流れたのに気づくと、彼女はタイトルが見えるように本を少し傾けた。オーヴェは単語の半分しか理解できなかった。

「読書がお好きなの？」彼女は嬉しそうに聞いた。

オーヴェはいくらか不安になりつつ首をふったが、相手はさして気にしていないようだった。

「わたしは本が大好きなの」彼女はかわりに宣言した。

それから、ひざの上の本がそれぞれどんなものなのか、熱く語りはじめた。そしてそのときオーヴェは、彼女が大好きなものについて語るのを一生聞いていたいと思っている自分に、ふと気づいた。

彼女の声ほどすばらしいものは耳にしたことがなかった。ずっとくすくす笑いつづけていて、その合間にしゃべっているようだった。それもシャンパンの泡ならこんなふうに笑うだろうと想像するような、くすくす笑いだった。オーヴェは無教養のぼんくらだと思われないためには何を言えばいいのかと悩んだが、結局のところ、それは思ったほどの問題にはならなかった。

彼女は話すのが好きで、オーヴェは黙っているのが好きだった。人間には相性があるというが、まさにこういうことなのだろうとオーヴェはあとになって思った。

数年たってからソーニャは、車両にはいってきてとなりの席にすわったオーヴェのことを、ずいぶん変わった人だと思ったと語った。存在自体が唐突でぶっきらぼうだった。それでも、肩幅は広く、腕の筋肉はたくましくて、シャツの布がはちきれそうだった。そして優しい目をしていた。話に耳を傾けてくれたし、オーヴェが笑ってくれるのが嬉しかった。それに学校までの毎朝の車中はどのみちものすごく退屈だったので、連れがいるのはいい気分転換だった。

ソーニャは教師になる勉強をしていた。毎日列車に乗り、三、四キロ先で乗り換え、さらにその後バスに乗る。オーヴェにとってそれは、家とはまったくちがう方向に一時間半いくことを意味した。いっしょにホームを歩いてバス停の前まで来たとき、彼女ははじめて、ここで何をしているのかとオーヴェにたずねた。そして心臓に問題がなければ勤めていたはずの軍のキャンプが五キロほどのところにあるのを思いだすと、オーヴェは自分でもなぜだかよくわからないうちに言葉を口にしていた。

「兵役ですぐそこに通ってるんだ」と言って曖昧に手で示した。

彼女は嬉しそうにうなずいた。

「じゃあ、もしかしたら帰りの電車でも会えるわね。わたしは五時に帰るわ!」

なんとこたえていいのかわからなかった。兵役についているときに五時に帰宅するなどあり得ないことは、もちろんオーヴェは知っていたが、どうやら彼女はちがうらしい。そこでオーヴェは肩をすくめるにとどめた。彼女はバスに乗って去っていった。

どこからどう考えても無理があると思った。でもほかにあまり方法がなかった。ふり返ると、そこには小さな学生町の中心地への案内板が出ていて、ふと気づいてみるとオーヴェは家から少なくとも二時間離れた場所に来ていた。そこから歩きはじめた。四十五分かけてこの界隈で唯一の仕立屋の場所をさがしあて、なかにはいり、シャツとズボンにアイロンをかけてもらえないか、また、それにはどのくらい時間がかかるかたずねた。〝その場で待つなら十分です〟という答えが返ってきた。

「それなら、四時にまた来ます」オーヴェはそう言って店を出た。

列車の駅まで歩いてもどり、待合室のベンチで横になった。三時十五分、ふたたび仕立屋まで歩いていって、従業員用の洗面所で下着姿で待っているあいだにシャツとズボンにアイロンをかけてもらい、また駅まで取って返し、彼女の乗る列車に乗り、一時間半かけて彼女の下車駅までいっしょに帰った。そしてその後、また三十分かけて自分の駅にもどった。翌日もそっくりおなじことをくり返した。さらにその翌日も。その明くる日、駅の切符売り場の係に、浮浪者のようにここで寝るのはやめてほしい、そのくらいわかるだろう、と告げられた。オーヴェは、言いたいことはよくわかるが、じつは女の問題がからんでいるのだと説明した。それを聞くと切符売り場の係は小さくうなずき、それからというもの、オーヴェを荷物置場で寝かせてくれるようになった。列車の駅で働く男たちにも、恋をした経験はあった。

こうしてオーヴェは三カ月間、毎日おなじことをくり返した。ソーニャはしまいに、ちっとも夕食に誘おうとしないオーヴェにとうとう業を煮やした。そこで自分から誘うことにした。

「あしたの夜八時にここで待ってるわ。ジャケットを着て、わたしをレストランに連れていってほしいの」ある金曜の夕方、彼女は列車から降りるときに単刀直入に言った。

そして、そういうことになった。


彼女と出会う前はどんなふうに人生を生きていたのか、と聞かれた経験はない。だがもし聞かれたら、自分は生きていなかったのだとオーヴェはこたえただろう。


土曜日の夜、オーヴェは父の古い茶色いスーツを着込んだ。肩まわりがきつかった。それから自室の小さな調理台で料理したソーセージ二本とじゃがいも七つを腹に入れ、その後、大家の老婦人に頼まれていたネジを締めなおすために家をひとまわりした。

「だれかに会いにいくの？」階段をおりてくるオーヴェを見て、婦人は嬉しそうに声をかけた。

オーヴェのジャケット姿を見るのははじめてだった。オーヴェはぶっきらぼうにうなずいた。

「ああ」言葉だか息を吸う音だかわからないような声で、彼はこたえた。

老婦人はうなずき、こぼれる笑いをどうにかこらえた。

「そんなふうにめかし込んでいるところを見ると、とても特別な相手なのね」彼女は言った。

オーヴェはふたたび息を吸い込んで、そっけなくうなずいた。玄関まで来ると、老婦人がふいにキッチンから興奮した声をあげた。

「オーヴェ、花よ！」

オーヴェは意味がよくわからず、キッチンに首を突っ込んで、相手の顔をじっと見た。

「そのお嬢さんはきっと花をもらったら喜ぶから」老婦人はきっぱり言いきった。

オーヴェは咳ばらいして、外に出て玄関の扉を閉めた。

きついスーツに磨いた靴といういでたちで、十五分以上駅で彼女を待った。オーヴェは遅刻する人を信用しなかった。父も遅れてくるやつは信頼できないとよく言っていた。三、四分遅れで打刻したタイムカードを手に平然と仕事場にあらわれる連中のことを、〝時間通りに来ることとさえ期待できない相手は、ほかの重要なことでもあてにならない〟といつもこぼしていた。線路は毎朝、彼らをただのんびりと待っているわけではないのだ。

そういうわけで、オーヴェは駅で待っていた十五分のあいだじゅう、いくらかいらだっていた。やがていらだちはある種の不安に変わり、そしてとうとう、会おうと言ったのは、ただからかっただけにちがいない、という確信に変わった。こんな馬鹿みたいな気分を味わうのは、人生ではじめてだった。ソーニャがオーヴェとデートしたがるはずがあるわけないではないか。よくもそこまでうぬぼれたものだ。そう思ったとき、屈辱が溶岩流のようにこみあげてきて、オーヴェは近くのゴミ箱に花を投げ入れて、二度とうしろをふり返らずにその場を立ち去りたい衝動に駆られた。

それなのになぜ待ちつづけたのかは、あとから考えてみてもよくわからない。たぶん、いずれにせよ約束は約束だという意識があったからだろう。それにたぶん、べつの理由もあったにちがいない。具体的に説明するのがむずかしい理由が。

もちろんその時点では知るよしもなかったが、オーヴェはその後の人生で幾度となく彼女を十五分間待つことになる。父が生きていたら、きっとあきれた目をしたにちがいない。そして、ようやく長い花柄のスカートに真っ赤なカーディガンを着た彼女があらわれたとき、オーヴェは右足から左足に体重を移しながら、彼女が時間を守れないことは、とくに目くじらを立てるべき問題ではないのだと思った。

花屋の女店員は、何がほしいのかとオーヴェにたずねた。オーヴェは、それは愚問だとぶっきらぼうに相手に告げた。店員は草花を売る人間であり、オーヴェはそれを買う人間で、その逆ではないのだ。店員は少々むっとした顔をしながらも、贈る相手の好みの色はあるかと質問した。〝ピンクだ〟とオーヴェは知りもしないのに妙にきっぱりと言った。

そして今、彼女は駅の外に立ち、まわりの世界が白黒に見えてくるほどの真っ赤なカーディガンの胸に、オーヴェがあげた花を嬉しそうに押しあてている。

「ものすごくすてき」彼女が心からの笑みをうかべたので、オーヴェはつい地面に目を伏せて、足で砂利を蹴った。

オーヴェはレストランにはあまり関心がなかった。家で食べることもできるのに、わざわざ高い金を払って外で食事をする意味がよくわからなかった。洒落た内装や凝った料理にも興味はないし、自分が会話下手であることも承知していた。それはともかくとして、オーヴェは財布のことを考えて事前に腹をふくらませてきたので、彼女にはメニューからなんでも好きなものを頼んでもらい、自分は一番安い料理を選ぶつもりでいた。しかもそうすれば、何かを聞かれたときに食べ物で口がふさがっていることもない。オーヴェには、これはなかなかの名案に思えた。

ウェイターは愛想のいい笑いをうかべて彼女の注文を受けた。ふたりがレストランにはいってきたときに、このウェイターやほかの客たちが何を考えたかは想像がつく。オーヴェは彼女とはつりあわない、そう思ったはずだ。それを考えるととても恥ずかしい気分になった。オーヴェもまったく彼らと同意見だったからだ。

彼女は今している勉強や、読んだ本や観た映画の話を、いきいきと語った。そして、彼女に見つめられると、こんな経験は生まれてはじめてだが、自分がこの世にいるただひとりの男のように感じられた。そしてオーヴェには、これはまちがっていると気づくだけの誠実さがあった。このまま嘘をつきとおしていっしょにいていいわけがない。そこで彼は咳ばらいして勇気をかき集め、本当のことを洗いざらい話した。自分は軍には属していないということ、実際は心臓が悪くてただの列車の清掃員をしていること、いっしょに列車に乗っているのがあまりに楽しくて、つい嘘をついてしまったこと。オーヴェはこれが彼女との最初で最後の夕食になると思ったし、彼女が嘘つきといっしょにテーブルにつくようなことはあってはならないと思った。話を終えるとナプキンをテーブルにおき、支払いをして帰ろうとして財布を出した。

「ごめん」オーヴェは恥じ入る顔で言い、椅子の脚を軽く蹴ってから、聞き取れないほどのごく小さな声でつけたした。「きみに注目されるのがどんな気分か、知りたかったんだ」

席を立とうとすると、彼女がテーブルの向こうから腕をのばして、オーヴェの手に手をかけた。

「一度にこんなに長くしゃべるのを聞いたのは、はじめてね」彼女はにっこり笑った。

オーヴェは、そうかもしれないが、だからといって事実は変わらない、というようなことをもごもごつぶやいた。自分が嘘つきだという事実は変わらない、と。けれどももう一度席につくように言われ、オーヴェは言われるまま椅子にすわった。しかも、意外なことに彼女は怒っていなかった。それどころか笑いだした。そして、制服姿を見ないので、軍の人でないと推測するのはそれほどむずかしいことではなかったと、最後に言った。

「それに、軍人が毎日五時に帰れないことは、だれだって知ってるわ」

あなたはロシアのスパイみたいに周到じゃなかったということよ、と彼女はつけくわえた。けれども、きっとあなたなりの理由があるにちがいないと思った。それに、話を聞いてくれるのが嬉しかった。笑ってくれるのが嬉しかった。それだけでもう十分だった、そう彼女は語った。

そのあとで、もしも自分で好きに選べるとしたら、本当は人生で何がしたいのかと、彼女は質問した。するとオーヴェはひとつも悩むことなく、家をつくりたいとこたえた。家を建設する。設計図を描く、その場所に建てる最良の方法を計算する。てっきり笑われると思ったが、ちがった。そうではなくて、彼女は怒りだした。

「じゃあ、どうしてそれをしないの？」彼女は問い詰めた。

そのときのオーヴェは、その問いに対する具体的な答えを持ち合わせていなかった。

つぎの月曜日、彼女は工学系の資格を取るための通信教育講座のパンフレットを持って、オーヴェの家にやってきた。大家の老婦人は、自信たっぷりの足取りで階段をあがっていく美しい娘を見て腰を抜かした。そのあとでオーヴェの背中をぽんとたたき、あの花はすばらしい投資だったようねと耳打ちした。オーヴェは同意するしかなかった。

二階にあがっていくと、彼女はオーヴェのベッドに腰かけていた。オーヴェはポケットに手を入れ、むっつりと戸口に立った。そんなオーヴェを見て、彼女は笑った。

「わたしたちは付き合っているの？」彼女はたずねた。

「ああ、そういうことかもしれない」オーヴェはこたえた。

そして、そういうことになった。

彼女はオーヴェにパンフレットをわたしした。二年間のコースだった。家づくりを学ぶのに費やした時間は無駄だったと一度は思ったが、結局、そうではなかった。オーヴェはふつうのやり方の学習はあまり得意でなかったかもしれないが、数字を理解し、家を理解した。それが強みとなった。彼は六カ月後に試験を受けた。さらに試験を受け、またつぎの試験を受けた。そして建築事務所の仕事を得て、三分の一世紀以上そこに勤めることになった。一生懸命に働いて、病気にもならず、ローンを払い、税金を払い、義務を果たした。森のなかの新興団地に小さな二階建てのテラスハウスを買った。彼女は結婚を望んだので、オーヴェはプロポーズした。彼女は子供をほしがり、オーヴェもそれに異論はなかった。子供はほかの子供たちのいるテラスハウス団地で育つのがいい、というのが、ふたりの共通の意見だった。

そして四十年近くがたち、家の周囲の森はなくなった。あるのは家ばかりだ。そしてある日、彼女は病院のベッドに横たわり、オーヴェの手をにぎって、心配しないでと言った。大丈夫だから、と。言うのは簡単だと、オーヴェは怒りと悲しみで胸をふるわせながら思った。だが彼女はただ〝大丈夫だから、大切なオーヴェ〟とささやいて、彼の腕に頭をのせた。それから、オーヴェの手のひらのなかにそっと人差し指を押し込んだ。そして目を閉じ、息を引き取った。

オーヴェは手をにぎって、そのまま数時間彼女のそばにすわっていた。とうとう病院のスタッフが病室にやってきて、ものやわらかな声と遠慮がちな態度で、遺体を運びださなければいけないと告げた。オーヴェは腰をあげ、ひとりうなずき、葬儀屋の手配をしにいった。日曜日、彼女は埋葬された。月曜日、オーヴェは仕事にいった。

だが、もしだれかに聞かれたら、彼女があらわれるまで自分は人生を生きていなかったとオーヴェはこたえただろう。それは、彼女が去ったあともおなじことだ。

15 オーヴェという男と、遅れた列車

アクリルガラスの向こうの太った男は、髪の毛をうしろになでつけ、腕全体にタトゥーを入れていた。マーガリンひとパックを頭に塗りたくったように見せるだけでは飽き足らず、身体じゅうに落書きまでするとは、とオーヴェは思った。しかも見てみると、ちゃんとした図柄でさえない。ただの模様を描き連ねただけだ。脳の状態が健全ないい大人が、みずから望んでやることか？　ジャケットの裏地みたいな両腕をして、外を歩きたいか？

「発券機が故障している」オーヴェはその男に告げた。

「故障してる？」男はアクリルガラスの向こうから言った。

「〝故障してる？〟とはどういう意味だ？」

「いや……ほんとに故障しているのかとたずねただけです」

「だからそうだと言っただろう！」

アクリルガラスの向こうの男は疑わしげな顔をした。

「たぶん、おたくのカードに問題があるんじゃないですか？　磁気テープに汚れがついて

いるとか」

オーヴェは勃起障害があるのではないかと指摘されたような形相で相手を見た。アクリルガラスの向こうの男は口をつぐんだ。

「磁気テープには汚れはついてない」オーヴェはまくしたてた。

男はうなずいた。それから思いなおして、首をふった。男は発券機が〝さっきまではちゃんと動いていた〟ことをオーヴェに説明しようと試みた。もちろんオーヴェは、今は明らかに故障しているのだから、そんなことは知ったことかと取り合わなかった。アクリルガラスの向こうの男は、カードではなく現金を持っていないかとたずねた。オーヴェは、おまえが口出しすることじゃないとこたえた。いくらか張りつめた沈黙が流れた。

しばらくして、アクリルガラスの向こうの男は、〝カードをチェックさせてもらえないか〟と言った。オーヴェは、暗い路地で会ったばかりの男に時計を〝チェックさせてくれ〟と言われたような目で相手を見た。

「悪さをするなよ」オーヴェは釘をさし、しぶしぶカードを小窓から押し込んだ。

アクリルガラスの向こうの男はカードをつかむと、それを自分の脚に激しくこすりつけた。オーヴェが新聞で〝スキミング〟というものについて読んだことがないと高をくくっているように。オーヴェを馬鹿だと思っているように。

「おい、何してる!」オーヴェは声をあげて、アクリルガラスを手のひらでたたいた。

男は小窓からカードを返してよこした。

「もう一度試してみてください」男は言った。

オーヴェは、時間の無駄にきまっている、という顔をした。三十秒前に使えなかったカードが今使えるはずがないことは、どんな馬鹿でもわかる。オーヴェはそのことをアクリルガラスの向こうの男に伝えた。

「お願いしますよ」と男は言った。

オーヴェは大げさにため息をついた。アクリルガラスをじっと見たまま、もう一度カードを試した。今度はうまくいった。

「ほら！」アクリルガラスの向こうの男はにやりと笑った。

オーヴェは裏切られたような気持ちでカードをにらみつけ、財布にしまった。

「いい一日を」男がアクリルガラスの向こうから陽気に声をかけた。

「見てるがいい」オーヴェはつぶやいた。

この二十年のあいだ、会う人会う人全員が、オーヴェにクレジットカードを持てと言った。だが用事はつねに現金で事足りたし、さらにいえば、数千年ものあいだ、人類は現金で事足りたのだ。そのうえオーヴェは、銀行も電子機器も信用していなかった。

ただし、彼がいくら強く反対しても、妻はそういうカードの一枚くらい持っているべきだと言って譲らなかった。そして、彼女が死ぬと、銀行は彼女の口座にひもづけされたオーヴェ名義の新しいカードを送ってよこした。そして半年間、墓参りの花を買いつづけた結果、口座の残高は一三六クローナ五四エーレになった。使いきらないうちにオーヴェが死ぬと、その金が銀行の懐にはいることは、当然オーヴェも知っている。しかし、いざこうしてカードを利用しようとすると、案の定使えない。それか、店に多額の手数料を上乗せされる。結局のところ、オーヴェが最初から正しかったということだ。妻と再会できたら、オーヴェはそれを真っ先に言うつもりだった。

今朝は、近所が眠っているのはもちろんのこと、太陽が地平線から顔を出すよりも早く家を出た。まずは廊下の時刻表で電車の時間を慎重に調べた。家じゅうの電気を消し、ヒーターを切り、全部の指示がはいった封筒をドアの内側のマットの上においた。家の処理に来ただれかが、そこにあるのを見つけることを期待して。

雪かき用のシャベルを取ってきて、玄関前の雪をかき、シャベルを物置にもどした。物置の鍵をしめた。その後、駐車場のほうへ歩いていくとき、オーヴェがもう少し注意深ければ、物置のすぐ外の少し大きめの雪のかたまりのなかに、少し大きめの猫形の空洞ができていることに気づいただろう。だが、ほかに目的があったので、そこには目がいかなかった。

前回の出来事に学んだオーヴェは、サーブに乗るのはやめて駅まで徒歩でいった。今度こそ、外国人の妊婦や、金髪の棒っきれや、ルネの妻や、粗悪なロープに、朝をぶちこわすチャンスを与えてなるものか。ヒーターの空気抜きをしてやり、持っているものを貸しだし、車で病院にも連れていってやった。だがもう十分だ。今度ばかりは、ちゃんとあの世に旅立ってやる。

もう一度電車の時刻表を確認した。オーヴェは遅れるのは嫌いだ。計画全体が台無しになってしまう。すべての調子が狂ってしまう。計画に忠実に行動することにかけては、妻は絶望的なまでに無能だった。だが、女はいつだってそうだ。女はたとえ糊でくっつけようとも計画にそっていられないということを、オーヴェは学んだ。ドライブにいくときには、オーヴェは予定をたて、タイムスケジュールを練り、どこでガソリンを入れ、いつコーヒーでひと息つくか事前に考え、そうやって最大限の時間的効率を図った。地図を調べ、区間ごとの移動に正確にどのくらい時間がかかるか推測し、いかにしてラッシュを避けるか考え、カーナビを積んだ連中が思いもつかないような近道を考える。オーヴェにはつねに明確な移動の戦略があった。一方の妻は、〝気の向くままに走る〟だの〝のんびりいく〟だの、とんでもないことを言いだす。そうするのがこの世では当然の方法だとでもいうように。そして、電話をかける用事や、スカーフか何かを忘れていたことを突然思いだす。または荷物にどのコートを入れていくべきか、ぎりぎりまで決められない。あるいは、何かべつのことが起きる。いつも必ずコーヒーを入れた魔法瓶を流しに忘れる。本当に大事なのは、それだけだというのに。荷物のなかにはコートが四着もあって、コーヒーがない。一時間ごとにガソリンスタンドに寄って、そこで売っている熱々の泥水を買えというのか。そんなことをすれば計画がさらに遅れる。そしてオーヴェが不機嫌になると、妻は車でどこかにいくのに、時間を守ることがどうしてそんなに重要なのかと毎度聞いてくる。

〝べつに急いでいるわけじゃないんだから〟と。そういう話ではないというのに。

オーヴェはプラットホームに立って、ポケットに手を突っ込んだ。スーツの上着は着てこなかった。だいぶ薄汚れて、排気ガスのにおいが強烈に染み込んでいるので、そんな格好であらわれたら妻に叱られるだろうと思った。今着ているシャツとセーターは彼女の好みではないが、清潔できれいな状態であることはまちがいない。気温はマイナス十五度ほどまでさがった。青い秋のコートはまだ青い冬のコートと替えておらず、身を切る冷気がなかまではいってくる。最近、少々気が散漫になっていることは、自分でも認めざるを得ない。上の世界にいくときにどんな格好をするべきか、これまで具体的に考えたことはなかった。正装したきちんとした身なりでないといけないと、最初は思った。だが考えるうちに、きっとあちらの世界では、余計な混乱を避けるために制服のようなものを着るにちがいないという気がしてきた。あらゆる種類の人間が集まってくるのだ。異人やら何やらもいて、みんなそれぞれ奇妙な服を着てくることだろう。だから、向こうにたどりついたあとで服をどうにかできるのではないか。きっと衣装部のようなところがあるにちがいない。

ホームはがらんとしていた。線路をはさんだ向こう側には、やけに大きなバックパックを背負った眠そうな若者たちがいる。麻薬がつまっているにちがいない、とオーヴェは踏んだ。その少し先では、灰色のスーツに黒いオーバーコートを着た四十代の男が新聞を読んでいる。さらに少し先では、県のロゴを胸につけた熟年の女たちがおしゃべりをしていた。髪に紫のハイライトを入れ、異様に長いメンソールのタバコを吸っている。

オーヴェのいるホームには、作業ズボンにヘルメット姿の、三十代半ばの身体の馬鹿でかい自治体職員が三人いるだけで、彼らは輪になって足もとの穴を見おろしていた。規制テープで周囲をおざなりにかこってある。ひとりはセブンイレブンのコーヒーカップを持っている。もうひとりはバナナを食べている。三人目は手袋をしたままの手で携帯電話をつつこうとしている。うまくいかないらしい。そして、穴はずっとそのまま存在している。そしていつか全世界が財政危機で崩壊すると、だれもが驚くのだ。横に立ってバナナを食べ、一日じゅう地面の穴をのぞき込むことしか、みんなしていないくせに。

腕時計をチェックする。あと一分だ。オーヴェはホームの端に立った。きわのところで、靴底でバランスを取った。落ちるのはほんの一・五メートルほどだ、とオーヴェは見積もった。一・六かもしれない。列車にはねられて死ぬというのには象徴的なものがあるが、オーヴェはあまり気に入らなかった。運転手が悲惨なものを見なくてはならないのも忍びない。だから、列車がごく近くまで迫ってからとび込もうと決めていた。大きな前面のガラスではなく先頭車両の角にぶつかって、レールに引き込まれるように。電車がやってくる方向を見ながら、ゆっくり数をかぞえはじめる。タイミングがぴたりと合うことが重要だとオーヴェは思った。朝日がのぼってきて、懐中電灯を与えられたばかりの子供のようにしつこくオーヴェの目を照らした。

そのとき、最初の悲鳴が聞こえた。

そっちを向くと、黒いオーバーコートを着たスーツの男が、精神安定剤を過剰投与されたパンダのように前後に揺れているのが見えた。一、二秒それがつづいたあと、男は虚ろな目で天を仰ぎ、ある種の神経の痙攣に襲われたように全身をふるわせた。両腕がぴくぴくした。そしてつぎの一瞬は、長い連続写真を見ているようだった。新聞が手から落ち、気を失い、セメント袋のようにホームの端から線路にどさっと転げ落ちた。そして、のびた。

胸に県のロゴをつけたタバコ吸いのおばさんたちは、パニックになって悲鳴をあげはじめた。ドラッグ吸いの若者たちは線路をじっと見つめ、自分たちも転落するのを恐れるように、バックパックのストラップをしっかりにぎりしめた。オーヴェは反対のホームのきわに立って、いらだった目でひとりひとりを見た。

「ったく、こんなときに」オーヴェは独り言《ご》ちた。

そして線路に飛びおりた。

「おい、そっちから引っぱりあげろ！」ホームにいる一番髪の長いバックパッカーに向かって叫んだ。

若者はのろのろホームの端までやってきた。オーヴェは、ジムに足を踏み入れたことはなくとも、若いときからずっとコンクリートのかたまりを両腕にふたつずつかかえてきた者の物腰で、スーツの男をかつぎあげた。それから蛍光色のジョギングパンツをはいてアウディを運転する者たちがまず真似できない手際で、男の身体をバックパッカーの腕のところまで持ちあげた。

「列車の通り道に寝てたらまずいだろう。それがわからないか？」

バックパッカーたちはどんくさくうなずき、力を合わせてスーツの男をようやくホームに引きあげた。県のおばさんたちは、こうした状況下ではそれが助けになると疑っていないようすで悲鳴をあげつづけていた。仰向けにされると、スーツの男の胸がゆっくりと、だが着実に、呼吸で上下に動くのが見えた。オーヴェはまだ線路の下にいた。電車が近づいてくる音がする。計画どおりとはいかないが、これでもいいだろう。

そこでオーヴェはしずしずと歩いて線路のまんなかまでもどり、ポケットに手を入れ、ヘッドライトをにらんだ。灯台の霧笛にも似た、ボーッという警笛の音が響いた。足の下では、ホルモン剤で勢いづいた雄牛が突進してくるように、線路が激しく揺れている。オーヴェは息を吐いた。激しい振動と、叫び声と、列車のブレーキの甲高い悲鳴の地獄絵図のさなかにいながら、彼は深い安らぎを感じた。

とうとう、そのときが来た。

それにつづく瞬間は、まるで時間みずからがブレーキをかけたかのようで、オーヴェのまわりのすべてのものがスローモーションで進んだ。耳に響く轟音は小さくなって、列車は二頭の老いた牛が引っぱっているようにゆっくりと近づいてきた。ヘッドライトが必死にオーヴェに警告する。オーヴェは真っすぐにヘッドライトをにらみつけた。そして光が点滅するあいだの、目がくらんでいない一瞬に、列車の運転手とふと目と目が合った。まだ二十《はたち》にもなっていない感じだった。先輩の仕事仲間から〝半人前〟と呼ばれるくらいの年齢だ。

オーヴェは半人前の顔をじっと見た。ポケットのなかでこぶしをつくり、自分のくだした決断を恨めしく思った。だが、しょうがない。何をするにも正しいやり方がある。それにまちがったやり方が。

列車があと十五メートルほどまで迫ったとき、オーヴェはいらいらと愚痴をこぼしながら、立ってコーヒーを取りにいくような冷静さで列車の前からどいて、ふたたびホームにあがった。

列車はオーヴェの真横に来たところで、ようやくとまった。半人前は恐怖のあまり血の気が引いて、顔が真っ白になっていた。泣きそうなのをこらえているのがわかる。ふたりの男は、木ひとつ生えない荒野をべつべつの方向からやってきて、自分が地上最後の人間でなかったことをたった今知ったような顔で、機関車の窓ごしに見つめ合った。それを知って、ひとりは安堵した。もうひとりは失望した。

機関車の青年はおずおずとうなずいた。オーヴェはあきらめの気持ちでうなずき返した。これ以上生きたくないというのはオーヴェの勝手だ。だが、目を合わせた直後に血まみれの姿でぐしゃりとフロントガラスにへばりつき、その相手の人生を台無しにするような人間になっていいのか。断じて、オーヴェはそんな人間ではない。そんなことをすれば父もソーニャも、けっしてオーヴェを許すまい。

「大丈夫ですか?」ヘルメットのひとりがうしろから声をかけた。

「間一髪だった!」べつのひとりが叫んだ。

作業員たちはオーヴェを見ていたが、今もあの穴をのぞき込んでいるような顔をしていた。実際、それが――ただながめることが――彼らがもっとも能力を発揮する分野なのだろう。オーヴェも相手をじっと見た。

「まじで、間一髪だった」三人目が強調した。手にはまだバナナを持っている。

「悲惨なことになってたかもしれない」ひとりめの作業員がにやりと笑った。

「まじで悲惨なことに」もうひとりも言った。

「死んでたかもしれない」三人目が具体的に言った。

「だけど、本物のヒーローじゃないですか！」

「人の命が救った！」

「命を。命を救った、だ」オーヴェは正し、それをソーニャの声が言うのが聞こえた。

「死ぬところだった」三人目が言い、のんきにバナナをかじった。

線路で停止した列車は赤い非常ランプを片っ端から灯し、壁まで走ってきた肥満した人間のように、喘いでヒーヒーいっていた。ＩＴコンサルタントやほかの怪しげな職業についていると思われる連中が、ぞろぞろホームに出てきた。オーヴェはズボンのポケットに手を入れた。

「これで何本もの列車に遅れが出るな」オーヴェは言って、ホームで右往左往している大勢をとりわけ不快げに見た。

「たしかに」ひとりめの作業員が言った。

「でしょうね」ふたりめは言った。

「何本も遅れる」三番目も口をそろえた。

オーヴェは事務机の錆びついた重い引き出しのような声を出した。それ以上何も言わずに三人の横をすり抜けていった。

「どこいくんですか？　あなたはヒーローですよ！」驚いたヘルメットのひとりめがオーヴェに向かって叫んだ。

「そうですよ」とふたりめ。

「ヒーローだ！」と三人目。

オーヴェはこたえなかった。アクリルガラスの男の前を通り、ふたたび雪の積もった通りに出て、家に向かって歩きはじめた。外国車とコンピューターとクレジットカードとその他すべてのろくでもないものとともに、町はゆっくり目を覚ましはじめていた。そして、今日もまた失敗に終わったと、オーヴェは苦々しい思いを噛みしめた。

駐車場の自転車置場のところまで来ると、アニタとルネの家のほうから白いシュコダがやってくるのが見えた。助手席にはメガネをかけた決然とした顔つきの女がいて、腕には山ほどのファイルや書類をかかえていた。運転しているのはあの白シャツの男だ。車が角をまがってきたので、オーヴェはひかれないように慌ててどかなくてはならなかった。

男はフロントガラスごしにオーヴェに向かって火のついたタバコをあげ、不敵な薄ら笑いをうかべた。通り道にいたそっちが悪いが、寛大にも見逃してやろうという笑いだった。

「馬鹿野郎！」オーヴェはうしろからシュコダに叫んだが、白シャツの男が反応する気配はなかった。

角をまがって姿を消す前に、オーヴェはナンバーを記憶した。

「そのうちあんたの番が来るから、待ってなさいよ」うしろから悪意たっぷりの声がした。

とっさにこぶしをあげてふり返ると、そこには金髪の棒っきれのサングラスに映った自分自身がいた。棒っきれの腕には例の毛皮のブーツがいる。そいつはオーヴェに唸った。

「社会福祉課の人よ」棒っきれは意地の悪い笑いをうかべ、道路の先をあごでさした。

駐車場では、カッコつけのアンデシュがアウディをバックでガレージから出そうとしている。波打ったヘッドライトのついた例の新しい車種だと、オーヴェは見て気づいた。暗いなかでもクソが運転する車が近づいてくるのがひと目でわかるようにと設計されたにちがいない。

「あんたになんの関係がある？」オーヴェは棒っきれに言った。

彼女は環境毒と神経毒を唇に注入した女の精いっぱいの微笑みのようなものを唇にうかべて、笑った。

「関係あるわ。今回施設に入れようとしているのは、つきあたりに住むほうのクソじじいだけど、そのつぎはあんたが入れられる番だからよ！」

棒っきれはオーヴェの足もとの地面に唾を吐くと、アウディのほうへ歩いていった。オーヴェは激しく胸を上下させながら、うしろから目で追った。アウディが方向転換するとき、彼女はウィンドウごしにオーヴェに向かって中指をあげた。ただちに追いかけていって、あのドイツ製の板金の怪物を、カッコつけと棒っきれと犬っころと波打つヘッドライトごとめちゃめちゃにしてやりたい、と衝動的に思った。だが、全速力で雪のなかを走ったあとのように、急にひどい息切れがした。オーヴェは腰をかがめてひざに手をつき、腹立たしいことに、心臓をどきどきさせながら空気を求めて喘いでいた。

一分ほどして真っすぐに立った。右目の視界が少しちかちかする。アウディの姿はもうなかった。オーヴェはうしろを向いて、手で胸を押さえながらゆっくり自宅のほうへ歩いていった。

家まで来ると、物置の前で足をとめた。積もった雪のなかの、猫形の空洞をのぞき込んだ。

その一番奥に一匹の猫がいた。

想像はできたはずだった。

16　オーヴェという若者と、森のなかのトラック

たくましい身体つきと悲しげな青い目をした、気難し屋でちょっぴり不器用な青年が、あの日、列車のとなりの席にすわるまで、ソーニャが無条件に大好きだったものは三つだけだった。本と、父親と、猫だ。

彼女は言うまでもなく、おおいにもてた。ありとあらゆる男たちが言い寄ってきた。長身で黒髪、チビで金髪、楽しいことが好きな男、退屈な男、上品な男、自信満々の男、ハンサム、業突く張り。そして、ソーニャの父が人里離れた森にぽつんと立つ木造の一軒屋に住んでいて、一本や二本の銃を持っているという、村で流れる噂に動じないとしたら、それは少々肝の太い男だったにちがいない。けれども、列車で横にすわった青年のような目でソーニャを見た人は、ひとりもいなかった。自分はこの世でただひとりの女だという感じがした。

とりわけ最初の数年は、ソーニャの正気を疑う声が女友達のあいだからたびたびあがった。ソーニャはとても美人で、周囲はそのことを本人につねに言って聞かせる必要がある

と考えたらしい。しかも、ソーニャは笑うことが好きで、人生がどんな難題を用意しようとも、いつも前向きでいられるような人間だった。ところがあのオーヴェときたら――要するに、オーヴェはオーヴェだった。まわりの友達は、そのこともソーニャに言いつづけた。オーヴェは小学校にあがったときから偏屈おやじだったにちがいない、とみんなは主張した。それにソーニャにはもっとずっとすてきな相手がいるはずだ、と。

だがソーニャにとってオーヴェは、陰気でも、偏屈でも、嫌みな男でもなかった。彼女にとってのオーヴェは、はじめての夕食のときの、あの少しだらりとしたピンクの花だった。幅広の悲しげな肩に着込んだ、父親のお古のきつすぎる茶色いジャケットだった。そして、オーヴェが信じている物事だった。正義、公正、勤勉な労働、正しいものが正しくある世界。それを守ることでメダルや卒業証書や褒め言葉がもらえるわけではないが、それが物事のあるべき姿だという理由でオーヴェは信念を貫いた。そうした男がもうあまりいないことを、ソーニャはちゃんと理解していた。だからこそ、この男をしっかりつかんだのだ。詩を書いたり、歌を捧げたり、高価な贈り物を持って訪ねてくることはないかもしれない。それでも、おしゃべりするソーニャの横にいるのが好きというだけの理由で、数カ月ものあいだ、毎日何時間も逆方向の電車に乗るような男は、ほかにいなかった。

そして、自分の太腿ほどもある彼の太い腕をつかんでくすぐると、石膏型が割れてなかから宝石がのぞくように青年の無愛想な顔に笑みがこぼれ、そのようすを見るたびにソーニャのなかで何かが歌いだした。しかも、そうした小さな一瞬は彼女だけのものだった。

「最高の男というのは失敗から生まれるというでしょう。しかも、一度も失敗をしない男よりもずっと大成するって」オーヴェがソーニャをはじめての夕食に誘い、兵役のことで嘘をついていたと告白したあの晩、彼女はそう言った。

ソーニャは怒らなかった。もちろんその後何度となくオーヴェを怒る機会はおとずれるが、その晩はともかく怒らなかった。

「だれが言った言葉?」オーヴェは質問し、箱をあけて〝好きな武器を選べ〟と言われたように、テーブルにならべられた三組のナイフとフォークを見た。

「シェイクスピア」ソーニャは言った。

「面白いの?」オーヴェは聞いた。

「すばらしいわ」ソーニャは笑顔でうなずいた。

「その人の本には一度も読んだことないな」オーヴェはテーブルクロスに向かってつぶやいた。

「その人の本は」ソーニャは正し、オーヴェの手にそっと手をおいた。

連れ添っておよそ四十年のあいだに、ソーニャは何百人もの学習障害の生徒に読み書きを教え、シェイクスピア全集を読ませた。そのおなじ年月を費やしても、オーヴェにはシェイクスピアの一作品も読ませることがかなわなかった。けれども、オーヴェはテラスハウスに引っ越すとすぐ、何週間も毎晩のように物置小屋にこもった。そして作業が完成すると、ソーニャがこれまで見たことないほどの美しい本棚がリビングルームにあらわれた。

「いい置き場所を見つけてくれ」オーヴェはつぶやくように言い、親指の小さな傷をネジまわしの先でつついた。

そしてソーニャは彼の腕のなかにとび込んで、愛してると言った。

するとオーヴェはうなずいた。

ソーニャはオーヴェの腕のいくつもの火傷のあとについて、一度だけ質問したことがあった。両親の家を失うことになった経緯の正確なところを知るために、彼女はオーヴェがしぶしぶ語る短い断片をつなぎ合わせなくてはならなかった。だが最後にはとうとう火傷を負った理由がわかった。そして、友達になぜオーヴェを愛しているのかと、さらにしつこく聞かれると、ソーニャはこうこたえた。たいていの男は燃え盛る火から逃げる。でも、オーヴェのような男は、むしろ火のなかにとび込んでいくのだ、と。

オーヴェはソーニャの父親とは、片手の指で数えられるほどの回数しか会わなかった。父ははるか北の、森の奥深くに住んでいた。この国の全居留区が載った地図を調べ、できるかぎり人里離れたところをさがしたのではないかと思えるような場所だった。

ソーニャの母は産褥で死んだ。父は再婚はしなかった。〝女ならいる。今、家にいないだけだ〟あえてその話題を持ちだそうとした何人かに対しては、父はそう吐き捨てた。

ソーニャは高等教育を受けるために町に引っ越した。いっしょに来る気はないかとたずねると、父は血相を変えた。〝そこで何をしろというんだ？　町の連中と会えというのか？〟と恐い声で言った。父は〝町の連中〟という語をいつも忌まわしい言葉のように発音した。そのためソーニャは父の好きにさせた。毎週末にソーニャが会いにいき、一ヵ月ごとに近くの村の食料品店にトラックで買い出しにいったが、日ごろ父の身近にいるのはエルンストだけだった。

エルンストは世界一大きな野良猫だった。ソーニャがまだ小さかったときには、ポニーくらいの大きさがあるように感じていた。気の向くままに家に来ては去っていったが、住み着いてはいなかった。実際にどこをねぐらにしているかは、だれも知らなかった。ソーニャはアーネスト・ヘミングウェイから名前を取って、その猫をエルンストと名づけた。父は本にはまったく興味のない人だったが、五歳になった娘がひとり新聞を読んでいるのを見て何も手を打たないほどのろまではなかった。〝あんなのは女の子が読むものじゃない。頭が馬鹿になる〟そう説明して、ソーニャを村の図書館のカウンターの前に押しだした。老齢の司書は父親の言い分はよく理解できなかったが、その子がきわめて聡明な少女であるのは一目瞭然だった。

そこで、月に一度の食料品店通いに、月に一度の図書館通いを単純にくっつければいいということで司書と父の話はまとまり、それ以上の議論の必要はなかった。十二歳の誕生日を迎えたころには、ソーニャはすべての蔵書を少なくとも二度ずつ読んでいた。『老人と海』のようなお気に入りの本は、数えきれないほど何度も読んだ。

そういう背景で、エルンストはエルンストという名をもらうことになった。だれの飼い猫でもなかった。エルンストはしゃべらないが、父と釣りにいくのが好きで、父はそのふたつの性質を買っていた。釣りから帰ってくると、いつも釣果を半分ずつ分け合った。

森の古い木造の家にはじめてオーヴェを連れていった日、ソーニャはどうにかして会話らしい会話をさせようとがんばったが、オーヴェと父は向かい合わせにすわり、一時間近くも黙ったまま、自分の食事に目を落としていた。どちらの男も、自分のただひとりの大切な女性にとって、これが重要なのだということだけは理解していたものの、自分の役割がよくわかっていなかった。こういう席をもうけることについては、ふたりともこれまで一貫して激しく抵抗してきたが、その試みは失敗に終わった。

ソーニャの父ははなから否定的だった。その青年についてソーニャから聞いて知っていることといえば、町の出身であることと、猫があまり好きではないということだけだった。父にしてみれば、そのふたつの特徴はオーヴェが信用ならない男だと考える根拠として十分だった。

オーヴェにとっては就職の面接に臨むようなもので、彼はそうしたものがむかしからあまり得意でなかった。そのため、ソーニャが話すのをやめると――彼女はあえて何度もそうした――部屋のなかには娘を取られたくない男と、父のもとから彼女を連れ去るために選ばれたことをまだ完全に理解していない男とのあいだにしか流れ得ない、沈黙が流れた。とうとうソーニャはオーヴェのむこうずねを蹴って発言を促した。皿から顔をあげたオーヴェは、彼女の目のまわりが怒りでぴくぴくしているのに気づいた。オーヴェは咳ばらいし、必死になってあたりを見まわし、ソーニャの父に質問できることはないかさがした。オーヴェは学んで知っていた。話すことがないときには、相手に質問するにかぎる。敵対心を忘れさせるには、自分のことをしゃべらせるのが一番だ、と。

とうとうオーヴェの目が台所の窓から見えるトラックをとらえた。

「あれはL10でしょう?」フォークでさして言った。

「そうだ」父は皿に目を伏せたまま言った。

「製造してるのはサーブだ」オーヴェは説明して短くうなずいた。

「スカニアだ!」父は叫んでオーヴェをにらんだ。

するとまた部屋は、女の恋人と父親とのあいだにしか発生し得ない沈黙に支配された。オーヴェはむっつりと自分の皿に目を伏せた。ソーニャは父のむこうずねを蹴った。父は怒った顔で娘を見た。だが、やはり目のまわりがぴくぴくしているのに気づいた。そこまでの愚か者ではない彼は、そうした前触れのあとに待っている出来事はなるべくなら避けるべきだと、経験から知っていた。そこで咳ばらいし、不機嫌に料理をつついた。「サーブのお偉い人が財布にもの言わせて工場を買収しようと、スカニアはスカニアだ」責める口調ではなくぼそぼそと言い、すねを娘の靴から少し遠くにどけた。

ソーニャの父はむかしからスカニアのトラックに乗っていた。それ以外の車を買う人の気が知れなかった。ところが、長年忠実な客でいたというのに、スカニアはサーブと合併してしまった。これは断固許せない裏切りだった。

サーブと合併したのを機にスカニアに強い興味をいだくようになった一方のオーヴェは、じゃがいもを噛みながら窓の外をしげしげと見た。

「よく走りますか？」オーヴェはたずねた。

「だめだ」父は怒ったように言い、ふたたび自分の皿に注意をもどした。「この車種はそもそもつくりがよくない。修理しようとすれば、財産の半分を整備士に持ってかれる」テーブルの下にすわる相手に説明するように、話をつづけた。

「よかったら、見せてもらえませんか？」オーヴェは言い、俄然やる気に満ちた顔をした。何につけオーヴェがここまでの熱意を見せたのは、ソーニャが憶えているかぎりはじめてだった。

ふたりの男はしばし相手の顔をじっと見た。やがてソーニャの父がうなずいた。するとオーヴェは短くうなずき返した。そして今から第三者の男を殺しにいくことで合意したふたりの男のように、彼らは目的意識を持って決然と席を立った。数分後、ソーニャの父は台所にもどってきて杖にもたれ、少しすると、いつものようにぶつぶつ文句をこぼしながら、自分の椅子にどっかり腰をおろした。長いことそうしてすわり、念入りにパイプに葉を詰めていたが、やがてとうとう鍋をあごでさして言葉をしぼりだした。

「うまかった」

「ありがとう、お父さん」ソーニャは笑顔で言った。

「料理したのはおまえだ。わたしじゃない」

「料理のことじゃないわ」ソーニャはこたえ、皿を片づけ、外のトラックのエンジンに頭を突っ込むオーヴェを見ながら、父のひたいにそっとキスした。

父は何も言わず、小さく鼻を鳴らして立ちあがると、流しのそばにあった新聞を手に取った。けれども肘掛け椅子のある居間へいく途中で足をとめ、所在なげに杖にもたれた。

「釣りはするのか？」とうとう父はソーニャの顔を見ることなくぼそりと言った。

「しないと思うわ」ソーニャはこたえた。

父はぶっきらぼうにうなずいた。しばらく無言で立っていた。

「そうか。じゃあ習わんとな」父は長い沈黙のあとでようやく言い、パイプをくわえて居間に消えていった。

父がだれかに対してこれ以上の賛辞を送るのを、ソーニャはいまだかつて聞いたことがなかった。

17　オーヴェという男と、雪に埋もれた迷惑猫

「死んでるの？」パルヴァネが妊娠中の腹をかかえた最高速度で駆けてきて、穴を見おろして怯えた声で言った。

「わたしは獣医じゃない」オーヴェはこたえた。

刺々しい言い方ではなかった。ただの事実を伝えただけだ。この女がいつもどこから湧いて出てくるのか、オーヴェには不思議でしょうがなかった。自宅の敷地の、雪のなかにできた猫形の穴を落ち着いて見ていることさえ、もうできないのか？

「早く出してあげて！」パルヴァネが叫んで、手袋でオーヴェの肩をたたいた。

オーヴェは不機嫌な顔をして、上着のポケットのさらに奥まで手を突っ込んだ。今もまだ少々息が苦しかった。

「その必要はない」オーヴェは言った。

「何馬鹿なことを言ってるの？」

「わたしは猫とはあまり相性がよくない」オーヴェはパルヴァネに告げ、踵で雪を踏みし

めた。

だが、ふり返ったパルヴァネの目を見て、オーヴェはとっさに彼女の手袋から少し遠ざかった。

「たぶん眠ってるんだ」オーヴェは言いながら穴をのぞき込んだ。そしてつけくわえた。「雪がとければ、ともかく出てくるだろう」

ふたたび手袋が飛んできたので、安全な距離を保っておくことこそが最適な方策だと、オーヴェは心のなかで再確認した。

ところが、つぎに気づくとパルヴァネが雪のなかに頭を突っ込んでいて、そして数秒後、カチカチに凍った小さな生物を細腕にかかえて外に出てきた。ぼろぼろの襟巻きで適当にくるまれた四本のアイスキャンディーのように見えた。

「玄関をあけて！」パルヴァネにもはや冷静さはなかった。

オーヴェは靴底を雪に押しつけた。女や猫を家にあげるつもりで、今日という日をはじめたわけではない。そのことだけははっきりさせたかった。だが猫をかかえたパルヴァネが、断固とした足取りで向こうから歩いてくる。彼女がオーヴェを突き抜けていくか、横を通り過ぎていくかは、オーヴェの反応速度ひとつにかかっていた。まともな人間の助言にここまで耳を貸さない女は見たことがない。ふたたび息切れがした。胸を手で押さえたい衝動と闘った。

パルヴァネがずんずんやってくる。オーヴェはどいた。彼女は大股で通り過ぎた。

パルヴァネの腕にある氷柱をくっつけた小さな荷物を見て、脳が押しとどめる間もなくエルンストの記憶がどっとよみがえった。デブで馬鹿な老猫のエルンスト。ソーニャにものすごく愛された猫。彼女はエルンストを見かけるたびに、心臓の上で五クローナのコインが跳びはねそうなほど、胸を躍らせた。

「ほら、玄関をあけて！」パルヴァネが鞭打ち症が懸念されるほどの勢いでオーヴェをふり返って、怒鳴った。

オーヴェはポケットから鍵を引っぱりだした。べつのだれかが腕をあやつっているようだった。自分のしていることが信じられなかった。頭の一部は〝やめろ〟と叫んでいるのに、身体の残りの部分が十代のような反抗的態度をつづけようとする。

「毛布を持ってきて！」パルヴァネは命じると、靴をはいたまま大急ぎで玄関からなかにはいった。

オーヴェはその場で数秒間息をととのえてから、あとにつづいた。

「凍えそうに寒いじゃない。ヒーターの温度をあげてよ！」パルヴァネは当然のことのようにずけずけ命じ、猫をソファにおいて、オーヴェに手でせっかちに合図した。

「ヒーターの温度はあげない」とオーヴェはきっぱり言った。リビングの入り口で足をとめ、猫の下に新聞くらい敷けと言ったら、またパルヴァネの手袋が飛んでくるだろうかと考えた。ふり返ったパルヴァネを見て、オーヴェは試すのはやめておこうと思った。これほど頭に血をのぼらせた女は、見たことがなかった。

「毛布は二階にある」オーヴェはようやく言い、彼女の視線を避けて、廊下の照明に急になみなみならぬ興味を示した。

「じゃあ取ってきて！」

オーヴェは言われた言葉をわざとらしく軽蔑的に、だが声に出さずにくり返したが、仕方なく靴を脱いで、パルヴァネの手袋のとどく範囲を用心深く迂回しつつリビングを通り抜けた。

階段をのぼっておりてくるまで、どうしてこの界隈では平安と静寂を得ることがこんなにもむずかしいのかと、オーヴェはずっとこぼしつづけた。二階では、立ちどまって二、三回深呼吸をした。胸の痛みはなくなった。動悸もふつうにもどった。こうしたことはときどきあるので、今ではいちいち心配しなくなった。いつも症状は消える。それに、この先長いこと心臓を使う必要があるわけでもないので、いずれにしてもどうでもよかった。

下のリビングから複数の声が聞こえてきた。オーヴェは耳を疑った。死ぬのをしつこくじゃまするくせに、あの近所の連中は人を逆上させて自殺に追い込むことはなんとも思わないのだろう。それだけはまちがいない。

オーヴェが毛布を手にふたたび一階にもどると、となりに住む太っちょの青年がリビングのまんなかにいて、猫とパルヴァネを興味津々の目で見ていた。

「やあ、どうも！」彼は陽気にオーヴェに手をふった。

外は雪だというのにTシャツ一枚という格好だ。

「何をしてる？」ちょっと二階にいっていただけなのに、下にもどってくると、いつの間にか民宿の経営をはじめていたといった状況に、オーヴェは心のなかで愕然としていた。

「悲鳴が聞こえたから、大丈夫か見にきただけだよ」青年が肩をすくめると、背中の脂肪でTシャツに深いしわが寄った。

パルヴァネはオーヴェの手から毛布を奪って、猫をくるみはじめた。

「そんなんじゃ、いつまでたってもあったまらない」青年がにこやかに言った。

「口出しをするな」オーヴェは猫を解凍する専門家ではないが、人が家に押し入ってきて支配者面で勝手に指示を出すのは気に食わなかった。

「黙って、オーヴェ！」パルヴァネはすがるような顔で青年を見た。「じゃあ、どうしたらいい？　氷みたいに冷たくなってるの！」

「わたしに命令するな」オーヴェはぶつぶつこぼした。

「死んじゃうわ」パルヴァネは言った。

「死ぬはずあるか。ちょっと凍えたぐらいで——」オーヴェは支配権を取りもどすための新たな試みとして横から言おうとした。

妊婦は唇に人差し指をあててオーヴェを黙らせた。オーヴェはこれには憤慨し、怒りのあまりつま先旋回《ピルエット》をしそうになった。

パルヴァネが抱きあげてみると、猫の色は紫から白に変化しようとしていた。それを目にしたオーヴェは少し不安な顔をした。横目でパルヴァネを見た。そして、しぶしぶうしろにどいて場所をあけた。

すると太っちょの青年はTシャツを脱ぎはじめた。

「いったい……おい……なんのつもりだ?」オーヴェはどもりどもり言った。

オーヴェの視線は、解凍中の猫をかかえて床にぽたぽた水をしたたらせているソファの横のパルヴァネから、オーヴェの家のリビングのまんなかで上半身裸で立っている太っちょに移った。脂肪が胸からひざまで波打って、彼自身が一度とけてまた凍りついた、巨大なアイスのかたまりのように見えた。

「さあ、猫を僕に」彼は平然と言って、木の幹ほどの太さのある両腕をパルヴァネのほうにのばした。

猫を受け取ると、巨大な猫春巻きをつくろうとするように、胸に押しあてて大きな身体でつつみ込んだ。

「ところで、僕はイミーだ」青年はパルヴァネに笑いかけた。

「パルヴァネよ」とパルヴァネは言った。

「すてきな名前だ」

「ありがとう！　〝蝶〟という意味なの」パルヴァネは朗らかにこたえた。

「いいね！」

「おい、猫が窒息するぞ」オーヴェは言った。

「まあ、見てててって、オーヴェ」イミーは言った。

「猫にしたって、絞め殺されるよりは、威厳を持って凍死するほうを選びたいだろうよ」

オーヴェはイミーの腕のなかの水のしたたる毛のかたまりを、あごでさした。

イミーは陽気な顔に大きな笑いをうかべた。

「だから、見てててって。僕らデブのことで何を言おうと勝手だよ。だけど、熱を放出することにかけては、だれにも負けないんだ！」

パルヴァネは分厚い脂肪のついた腕のなかを心配そうにのぞき込んで、猫の鼻の前にそっと手をおいた。そして、顔を輝かせた。

「あったかくなってきた」声をあげ、勝ち誇ったようにオーヴェをふり返った。

オーヴェはうなずいた。何か嫌みのひとつでも言ってやろうと思った。だが、今の言葉を聞いて、不本意ながらほっとしてしまった。パルヴァネに見つめられながら、自分の感情をごまかすためにテレビのリモコンを熱心に調べた。

猫の身を心配しているんじゃない。ただし、ソーニャが喜ぶだろう。それだけのことだ。

「お湯を沸かしてくるわね」パルヴァネはきびきびと行動し、オーヴェの横をすり抜けたと思うと、もうキッチンにいて戸棚をあけていた。

「おい、なんだ」オーヴェは文句を言って、リモコンを放って慌てて追いかけた。

キッチンにいくと、電気ケトルを手にしたパルヴァネが、放心した顔で部屋のまんなかに突っ立っていた。状況がふいに呑み込めてショックを受けているらしい。この女が言葉を失うのを見るのは、はじめてのことだった。

キッチンはきれいに片づいてはいるものの、埃っぽかった。淹れて時間のたったコーヒーのにおいがし、隅には埃がたまり、いたるところにオーヴェの妻のものがおいてある。窓辺の小さな飾り物、木のテーブルにおきっぱなしにされた髪留め、冷蔵庫に貼った妻の手書きのポストイット。

そして、床一面にはうっすら車輪のあとがついている。だれかが何千回も自転車で行ったり来たりしたかのように。それにコンロと調理台は、通常のものよりも明らかに低い。子供向けにつくられたキッチンのように。はじめて見た者はみなそうだが、パルヴァネも目をまんまるに見ひらいてそれをながめていた。オーヴェももう慣れた。事故のあと、彼はこれを自分でつくった。言うまでもないことだが、市は支援を拒否した。

パルヴァネは動作の途中でかたまってしまったようだった。

オーヴェは目を合わせることはせずに、彼女ののばした両手から電気ケトルを取りあげた。なかにゆっくり水を入れて、プラグを電源に差し込んだ。

「知らなかったわ、オーヴェ……」パルヴァネが恥じ入った声でつぶやいた。オーヴェは彼女に背を向けて、低いシンクにおおいかぶさるようにもたれた。パルヴァネは進みでて、指の先をそっとオーヴェの肩においた。

「ごめんなさい。本当に。勝手にずかずかキッチンにはいったりして」

オーヴェは咳ばらいし、うしろを向いたままうなずいた。ふたりがどのくらいそうしていたかはわからない。彼女の手はそのまま肩にのっていた。オーヴェはそれをはらうのはやめることにした。

イミーの声が静けさをやぶった。

「ねえ、何か食べるものはない？」リビングから大声で叫んでいる。

オーヴェの肩がパルヴァネの手の下からすべりでた。オーヴェは首をふり、手の甲ですばやく顔をぬぐい、やはりパルヴァネの目を見ることなく冷蔵庫まで歩いていった。

キッチンからもどったオーヴェがハムをのせたパンを手に押しつけると、イミーは嬉しそうに喉を鳴らした。オーヴェは少し不機嫌な顔をして、数メートル離れた場所に陣取った。

「で、どうなんだ、ようすは？」イミーの腕の猫をそっけなくあごでさした。

水をぽたぽたと床にしたたらせてはいるが、動物はまちがいなく徐々にもとの形と色を取りもどしつつあった。

「いい感じでしょう?」イミーはひと口でハムののったパンを平らげて、にっこり笑った。オーヴェは訝しげに相手を見た。イミーはサウナのストーブの上におかれた豚肉のように汗をかいている。目と目が合うと、その顔にふいに悲しげなものがうかんだ。

「あらためて言うけど……奥さんのことは本当に残念だった。小さいときから好きだったよ。それに、つくる料理はとびきりだった」

オーヴェはイミーを見、この午前中ではじめて怒りの消えた表情をした。

「ああ、妻は……とても料理上手だった」オーヴェは同意した。

オーヴェは窓のほうに歩いていって、部屋に背を向け、窓のハンドルを調整した。それからシール剤を指でつついた。

パルヴァネは自分と自分の腹に腕をまわして、キッチンの戸口に立っていた。

「完全にとけるまではいていいが、あとでそいつを連れていけよ」オーヴェは大声で言って、肩をぐいと動かして猫を示した。

視界の隅にこっちをうかがうパルヴァネが見える。オーヴェにどんな手があるのか、カジノテーブルの向こう側からじっとさぐっているようだった。落ち着かない気分がした。

「悪いけど、無理」とうとうパルヴァネは言った。

「娘たちが……アレルギーなの」さらにつけくわえた。

オーヴェは〝アレルギー〟と言う前のほんの一瞬の間を聞き逃さなかった。窓に映ったパルヴァネを疑いの目でじっと見たが、何も言わなかった。かわりにイミーを見た。

「じゃあ、あんたが引き取ってくれ」

滝のような汗を流しているだけでなく、今では顔をまだらに赤くしたイミーは、優しい表情で腕の猫を見おろした。猫は短い尻尾をゆっくりと動かしはじめ、濡れた鼻先をたっぷりした腕の脂肪のクッションの奥にもぐりこませた。

「残念ながら、僕が引き取るっていうのはクールな案じゃないな」イミーが短く肩をすくめたので、猫は遊園地の乗り物に乗っているように、ぐるりとあがってさがった。イミーは猫を胸に抱いて、腕を前にのばした。皮膚が燃えるように真っ赤になっていた。

「僕もちょっとアレルギーがあって……」

見るとパルヴァネは小さな悲鳴をもらし、イミーに駆け寄って猫を受け取り、急いでもう一度毛布でくるんだ。

「イミーを病院に連れていかないと！」パルヴァネは叫んだ。

「わたしは病院は出入り禁止だ」オーヴェは深く考えずに言った。

見るとパルヴァネは猫をこっちに投げてよこしそうな顔をしていたので、オーヴェはふたたび目を伏せて、あきらめのうめき声をもらした。わたしは死にたいだけなのに、と心のなかで思いながら、つま先を床板の一枚に押しつけた。板はわずかにしなった。顔をあげてイミーを見た。猫を見た。濡れた床を見わたした。パルヴァネに向かって首をふった。

「じゃあ、うちの車でいくのがいいだろう」オーヴェはぶつぶつ言った。

フックから上着を取り、玄関のドアをあけた。数秒後、オーヴェはふたたび家のなかに首を突っ込んだ。パルヴァネをにらみつけた。

「だが、家の前まで車を持ってくることはしないぞ。それは禁――」

パルヴァネがさえぎって、ペルシャ語で何かをまくしたてた。オーヴェは意味は理解できないものの、ずいぶん大げさだと思った。やがてパルヴァネは猫をきっちり毛布でくるみ、オーヴェの横をすり抜けて雪のなかをずんずん歩いていった。

「きまりはきまりだ」駐車場のほうへ歩いていくパルヴァネに、オーヴェは挑発的にうしろから言ったが、返事はなかった。

オーヴェはふり返ってイミーを指でさした。

「上を着るんだ。さもなければサーブには乗せん。わかったか」

パルヴァネは病院の駐車料金を払った。オーヴェはそれについてとやかく言うことはしなかった。

18　オーヴェという若者と、エルンストという猫

オーヴェはとくにその猫が嫌いだったわけではない。猫全般があまり好きでないというだけだ。猫というのはどうも信用がおけない感じがすると、前から思っていた。エルンストのようにミニバイクほどの大きさがあれば、なおさらだ。実際、ただの異様に大きな猫なのか、並外れて小さなライオンなのか、判断に迷うほどだった。寝ているあいだに食われる不安が払拭できない相手とは、仲良くなれるはずがない。少なくともそれがオーヴェの人生哲学だった。

ただし、ソーニャがエルンストを無条件にかわいがっていたので、こうした理性的な意見はもちろん胸にしまっておいた。彼女の好きなものにケチをつけるほど、オーヴェは愚かではない。それに、だれもが不思議がるなかでソーニャから愛されるのがどんな気持ちか、なんといってもオーヴェ自身が一番よく知っていた。そんなこんなで森の一軒屋を何度かたずねるうちに、尻尾の上に腰をおろして嚙みつかれたことは一度あるものの、オーヴェとエルンストはそれなりにうまくやる方法を学んだ。あるいは、うまくやらないまで

もたがいに距離をおくことを学んだ。ちょうどオーヴェとソーニャの父のように。

そして、猫がひとつの椅子を占領し、もうひとつの椅子に尻尾をのばすのを不当だと感じたとしても、オーヴェはそれを放っておいた。ソーニャのためだ。

オーヴェが釣りを習うことはなかった。だが最初の訪問から二度目の秋がめぐっても、家が建てられて以来かつてないことに、屋根からは一度も雨漏りしなかった。そしてトラックは、キーをまわすとプスプスいわずに一度でエンジンがかかった。言うまでもなく、ソーニャの父が感謝を態度で示すことはなかった。だが他方、オーヴェが〝町の出身〟であることに二度とふれなくなった。そして相手がソーニャの父である場合、それは愛情のあかしといっても過言ではなかった。

二度の春と二度の夏が過ぎた。そして三度目の六月のある肌寒い晩、ソーニャの父は死んだ。あのときのソーニャほど泣き暮れる人を、オーヴェは見たことがなかった。最初の数日は、ほとんどベッドから出てこなかった。人生で何度も人の死を経験したオーヴェは、むしろそれについて冷めた思いを持っていて、森の一軒屋の台所をただうろうろと歩きまわった。やがて村の教会から牧師が来て、葬式の段取りについてひととおり説明した。

「善良な男だった」牧師は言葉少なに述べ、リビングの壁に飾られたソーニャと父の写真を指さした。

オーヴェはうなずいた。どんな返事を期待されているかわからなかった。その後オーヴェは外に出て、修理するところがないかトラックを見にいった。

四日目、ソーニャはベッドから出てきて、猛烈な勢いで家の掃除をはじめた。賢明な人々が竜巻を避けるように、オーヴェも彼女には寄りつかなかった。オーヴェは敷地をさまよって、やれることをさがした。そして、冬の嵐で傾いた薪小屋を建てなおした。つづく数日のあいだに、新しく割った薪で小屋をいっぱいにした。芝を刈った。まわりの森からおおいかぶさるようにのびてきた枝をはらった。六日目の夕方遅く、食料品店から電話がかかってきた。

もちろん、だれもが事故だと言った。それでも、エルンストを一度でも見たことがある者には、あの猫がうっかり車の前にとびだすなど信じられなかった。悲しみは生き物に奇妙な行動をさせるものだ。

その夜オーヴェは、かつて出したことのないスピードで車を走らせた。ソーニャはエルンストの大きな頭をずっと抱きかかえていた。獣医のところに着いたときには、エルンストにはまだ息があった。だが怪我はあまりにひどく、失った血の量も多かった。

二時間後、ソーニャは手術室でひざまずき、大きな猫のひたいにキスして、〝さよなら、大好きなエルンスト〟とささやいた。さらに、雲につつまれて口から出てくるように、言葉がつづいた。

「そして、さよなら、大好きな、大好きなお父さん」

すると猫は目を閉じて息を引き取った。

待合室から出てくると、ソーニャはオーヴェの広い胸にひたいを押しつけた。

「淋しくて仕方ないわ、オーヴェ。心臓が身体の外で鼓動しているみたい」

ふたりは無言のまま長いことたがいを抱きしめていた。しばらくしてソーニャはようやく顔をあげ、ひどく真剣な目でオーヴェを見て言った。

「これからは、わたしのことを二倍愛してね」

そしてそのとき、オーヴェは二度目に——これを最後に——彼女に嘘をついて、そうする、とこたえた。今以上に彼女を愛することなど不可能だと、自分ではわかっていた。

エルンストのことは、ソーニャの父とよく釣りにいった湖のほとりに埋葬した。牧師もやってきて、祈りの言葉を読んだ。その後オーヴェはサーブに荷物を積み込み、ソーニャの頭を肩で受けとめながら、細い道を走った。町にもどる途中、商店が数軒あるだけの最初の小さな村で車をとめた。ソーニャはそこでだれかと会う約束をしていた。オーヴェは相手がだれだか知らなかった。だいぶあとになってから、そうしたところがオーヴェのとてもいい点だとソーニャは評した。何にそんなにかかるのかと問いただすことなく、車で一時間も待っていられる人を、彼女はほかに知らなかった。ただしそれは、オーヴェが文句を言わないという意味ではまったくない。駐車料金が発生するとなれば、なおさらだ。

けれども、ソーニャになんの用事かと聞くことは一度もなかった。そしていつも、オーヴェは彼女を待った。

やがてとうとうソーニャがもどってきて、車に乗り込んだ。そうしないと生き物を蹴ったみたいにオーヴェが悲しげな顔をするので、彼女はサーブのドアを優しく閉じ、それからオーヴェの手を取った。

「わたしたちもそろそろ家を買わないといけないと思うの」ソーニャは穏やかに言った。

「それはまたどうして？」オーヴェは聞き返した。

「子供は自宅で育つべきだと思うからよ」ソーニャはそうこたえて、オーヴェの手をそっとおなかの上においた。

オーヴェは長いこと黙っていた。オーヴェの基準に照らしても、それは長い時間だった。そこに旗が高く掲げられるのを期待するように、彼はソーニャの腹をしげしげと見た。やがて運転席で背筋をのばすと、ラジオのチューニングボタンを半回転まわし、半回転もどした。左右のサイドミラーを調節した。そして冷静にうなずいた。

「じゃあ、ステーションワゴンを買わないといけないな」

19　オーヴェという男と、傷だらけでやってきた猫

昨日は、死んでも猫をこの家に住まわせるものかとパルヴァネ相手に怒鳴って、ほぼ一日が終わった。

そして今、オーヴェは立って猫を見ていた。猫もオーヴェを見た。

さらにオーヴェの身体は、今もみごとにぴんしゃんしている。

何もかも、非常に腹が立つ。

オーヴェは夜のあいだに五、六回、起こされた。敬意がないという以上の不遜な態度で、猫がベッドによじのぼってとなりに横になったからだ。そして、ちょうどおなじ回数だけ猫もまた目を覚まされることになった。オーヴェがそっけないという以上の乱暴な態度で、足で床に押しもどしたからだ。

そして五時四十五分になった今オーヴェが起きてくると、猫はキッチンの床のまんなかにいて、オーヴェに金を貸しているとでも言いたげな不機嫌な表情を鼻のまわりにうかべ

ていた。オーヴェは、猫が前足に聖書をかかえて戸口にあらわれ、〝イエス様を人生に迎えるつもりはありませんか〟と言ったように、怪訝そうな目でにらみ返した。

「餌をもらえると思ってるんだろう」オーヴェはしまいにつぶやいた。

猫は反応しない。腹の毛の残ったところを嚙み、それからのんきに肉球を舐めた。

「だがこの家では、どこぞのコンサルタントみたいにただぶらぶらしながら、スズメのフライが向こうから口に飛び込んでくると思うなよ」

オーヴェは流しの前にいった。コーヒーメーカーのスイッチを入れた。腕時計を見て、猫を見た。イミーを病院へ送りとどけたあと、パルヴァネは獣医だという友人を夜のうちにつかまえることに成功した。やってきた獣医は猫を診断し、〝ひどい凍傷と極度の栄養失調〟が認められると言った。そして、猫に与えるべき食べ物と、世話全般についての注意事項を書いた長い箇条書きのリストをオーヴェにわたした。

「うちは猫の修理工場じゃないぞ」オーヴェは猫に説明した。

猫は反応しない。

「おまえがここにいるのは、あの妊婦と理性的な会話ができなかったからだ」パルヴァネの家の見えるリビングの窓をあごでさした。

猫は自分の目のあたりを舐めるのに忙しかった。

オーヴェは猫に向かって四足組の小さな靴下をふった。獣医がおいていったものだ。猫のやつに何より大事なのは運動らしく、そのことなら助けになってやるのも悪くないとオーヴェは思った。あの爪と壁紙との距離が遠ければ遠いほどいい、そう理論立てたのだ。

「さあ、これをはいて、外にいくぞ。いつもより遅れている！」

猫はもったいぶった仕草で起きあがり、自意識過剰に玄関までの距離を歩いた。レッドカーペットを歩くように。最初は靴下を胡散臭そうに見たが、オーヴェが無理やりはかせても、必要以上に騒ぐことはしなかった。四足すべてはかせると、オーヴェは立ちあがって猫を上から下までじろじろ見た。首をふった。

「靴下をはいた猫。尋常じゃないな」

猫は立って自分の新しい装いを興味津々にながめ、ふいに至極満足そうな表情をうかべた。

見まわりをしてきたあと、オーヴェはもう一度道のつきあたりまでいって帰ってきた。アニタとルネの家の前で吸い殻をひろった。それを指にはさんで転がした。シュコダに乗った例の役所の男が、わが物顔で車で走りまわっているらしい。オーヴェは悪態をつき、吸い殻をポケットに突っ込んだ。

家にもどると、オーヴェは猫にマグロの缶詰をやり、自分は立ったまま流しでコーヒーを飲んだ。片づけを終えたあと、出かける用事があると猫に告げた。

この小動物としばらく同居せざるを得ないにしても、野生動物を家に残していくのは論外だ。そういうわけで猫はオーヴェといっしょに来ることになった。サーブの助手席に乗るのに新聞紙を敷くか敷かないかで、猫とオーヴェのあいだでたちまち意見の衝突が起こった。最初、オーヴェは芸能情報の見ひらき二枚の上に猫をおいたが、猫は憤慨してうしろ足でそれを床に蹴落とし、やわらかな張り地にゆったり身を横たえた。それを見たオーヴェは、首根っこをむずとつかんで持ちあげ、猫が穏やかでない威嚇的な声をあげるのも無視して、下に文化情報三枚と書評をすべり込ませた。猫は憎々しげにオーヴェをにらんだ。オーヴェは猫をおろしたが、不思議なことに猫は新聞の上にそのままとどまり、傷ついたわびしげな顔でただ窓の外をながめた。オーヴェは戦いに勝ったのだと結論し、満足してうなずくと、サーブのギアを入れて公道に出た。すると猫は新聞紙をのんびりわざとらしく爪で三回引っかいて、裂けたところに両方の前足を突っ込んだ。そして〝さあ、どうする？〟という、なんとも挑発的な顔でオーヴェを見た。

そこでオーヴェはサーブのブレーキを思いきり踏み込み、あわてふためいた猫は前に投げだされて、鼻からダッシュボードにぶつかった。オーヴェの顔には〝これが答えだ！〟と書いてあるようだった。

その後の道中では、猫はオーヴェのほうをいっさい見ようとせず、シートの隅で背中を丸めて不満げに前足で鼻をこすっていた。だがオーヴェが花屋にいったすきに、ハンドルとシートベルトとドアの内側を、濡れた舌でたっぷり舐めあげた。

花屋からもどって、車が猫の唾液だらけなのに気づいたオーヴェは、三日月刀のように人差し指をふって威嚇した。すると猫はオーヴェの三日月刀に嚙みついた。その後の道中は、オーヴェは猫に話しかけることを拒絶した。

教会の墓地に着くと、オーヴェは残った新聞を丸め、用心してそれを使って有無を言わさず猫を車から押しだした。そしてトランクから花を出し、キーでサーブをロックし、車を一周まわって全部のドアを確認した。オーヴェと猫は凍った砂利道をあがっていって、横道にはいり、雪を踏み分けてソーニャの前までやってきた。オーヴェは墓石の雪を手の甲ではらい、小さく花をふった。

「花を持ってきたぞ」もごもご言った。

「ピンクだ。きみの好きな色だ。霜でだめになると店で言われたが、もっと高いのを買わせようとしただけだろう」

猫は雪にどっかり尻をついてすわった。オーヴェはむっつりとそちらを見やり、ふたたび墓石に向きなおった。

「ああ……こいつは迷惑猫だ。うちでいっしょに住んでる。家の前で半分凍え死んでた」

猫はむっとした顔をした。オーヴェは咳ばらいした。

「やってきたときから、こんなふうだった」急に言い訳がましい声になり、オーヴェは猫に、つぎに墓石にうなずきかけた。

「傷つけたのはわたしじゃないぞ。最初から傷だらけだった」ソーニャにあてて言い足した。

墓石も猫も無言だった。オーヴェはしばし自分の靴を見つめた。ぶつぶつこぼした。雪にひざをついて、墓石の雪をさらにはらった。上にそっと片手をおいた。

「淋しいじゃないか」ささやき声で言った。

オーヴェの目の端に一瞬光るものがあらわれた。すると、何やらやわらかなものが腕にふれた。その正体が猫で、オーヴェの手のひらに小さな頭をのせてきたのだと理解するのに、一瞬かかった。

20 オーヴェという男と、ずかずかはいってくる人間

オーヴェは二十分近くのあいだ、ガレージの扉をあけたままにして、サーブの運転席にすわっていた。最初の五分間は、猫はいらいらして助手席からオーヴェを見ていた。つぎの五分間は、少々不安そうな顔をした。その後、自分でドアをあけようと試みた。それができないとわかると、すぐにシートにごろりと横になり居眠りをはじめた。

オーヴェは寝そべっていびきをかきはじめた猫を見やった。迷惑猫は非常に現実的な問題解決法を知っていると、彼としても認めないわけにはいかなかった。

オーヴェはふたたび前の駐車場に目をもどした。その場所にルネとともに百回以上は立っただろう。ふたりはかつて友人だった。人生でそんなふうに呼べる相手は、あまり多くはいない。何年も前、テラスハウス団地に一番乗りで引っ越してきたのがオーヴェと妻だった。当時はまだ建ったばっかりで、周囲には森があった。おなじ日、ルネと妻がやってきた。アニタもやはり妊娠していて、当然のごとくオーヴェの妻とは、すぐに女だけがなれる類の大の仲良しになった。そして大の仲良しになった女が必ず考えるように、ルネと

オーヴェも親友になるべきだと考えた。なぜなら、ふたりの男には〝共通の関心事〟がいっぱいあるからだ、と。何をもってそう言っているのか、オーヴェにはよくわからなかった。なんといったって、ルネはボルボに乗っていた。

それ以外には、ルネに対してとくに悪い感情はなかった。まともな仕事についているし、無駄なおしゃべりはしない。たしかにボルボには乗っているが、オーヴェの妻がしつこく言うとおり、だからといって悪い人間ということにはならない。そこで、オーヴェはルネを我慢することにした。そのうちに道具を貸すくらいの間柄になった。そしてある日の午後、ふたりは駐車場に立ってベルトの内側に親指を引っかけ、芝刈り機の値段について話し合った。別れ際、ふたりは握手を交わした。友達になるという両者の合意が、ビジネス上の何かであるように。

しばらくして、このテラスハウスのまだ空いている物件にあらゆる人種が越してくる予定だということを耳にすると、ふたりの男はオーヴェの家のキッチンでひざをつき合わせて協議を重ねた。そうするなかで規則の枠組みを決め、何が許されて何が禁止かを記した標識をつくり、新しく管理組合の理事会を設置した。オーヴェが理事長で、ルネが副理事長だった。

その後の数カ月間は、彼らは連れ立ってゴミ置場に通った。車のとめ方のなってない運転手に文句をつけた。金物屋へいってペンキと排水管の値切り交渉をし、電話会社の人間が電話とジャックを設置しに来たときには、その相手をはさんで両側に立ち、最適な方法をあれこれぶっきらぼうに指図した。電話線の敷設方法を正確に理解していたわけではないが、こうした若造はよく見張っているべきだということは、ふたりともよく知っていた。さもないとすぐにインチキをする。そういうことだ。

二組の夫婦はいっしょに夕食を食べることもあった。オーヴェとルネが夜のあいだじゅうほとんど駐車場に出て、それぞれの車のタイヤを蹴ったり、積載量や旋回半径などの大事な情報を比較したりしているなかで、どれだけまともに夕食を食べられたかはわからないが。

ソーニャとアニタの腹は着実にふくらみ、ルネ曰く、そのせいでアニタは〝頭が変になった〟。妊娠三カ月目にはいると、毎日冷蔵庫のなかにコーヒーポットをさがさなくてはいけないようなありさまになった。一方のソーニャも負けてはおらず、ジョン・ウェインの映画に出てくる酒場の扉にも負けない速さで、気分がくるくる翻るようになったので、オーヴェは口を利くのも億劫になった。そして当然、それは彼女のさらなるいらだちを買った。汗をかいていないときには寒がった。そして言い争うのにうんざりしたオーヴェがヒーターの温度を〇・五あげると、またすぐに汗をかきだし、オーヴェはふたたび家のなかを駆けずりまわって目盛りをさげなくてはならなかった。さらには、オーヴェが家で動物園をはじめたとスーパーの人に勘ちがいされそうなほどの、大量のバナナを食べた。

「ホルモンが出陣の準備をしているんだ」ルネはそう言って、わかったようにうなずいた。女どうしのおしゃべりをする妻をオーヴェの家のキッチンに残し、男どうしで家の裏のテラスでくつろいでいた、ある晩のことだった。

昨日などは、アニタはラジオの前で目を腫らして泣いていた、とルネは言った。それも〝いい歌だった〟というだけの理由で。

「いい……歌？」オーヴェにはわけがわからなかった。

「ああ、いい歌だ」ルネはこたえた。

ふたりの男は信じられないとばかりにそろって頭をふり、暗闇を見つめた。沈黙がつづいた。

「芝を刈らないといけない」そのうちにルネが言った。

「おれは芝刈り機用の新しい刃を買った」オーヴェはうなずいた。

「いくらで買った？」ルネが聞いた。

そんな調子でふたりの友達付き合いはつづいた。

ソーニャは毎日夜になると、おなかの子のために音楽を流した。そうすると子供が動くのだという。そのあいだは、オーヴェはいつも部屋の反対側の肘掛け椅子にすわって、テレビを見ているふりをした。内心では、子供がとうとう外に出てきたらどうなるのだろうと考えていた。たとえば、オーヴェがあまり音楽を好きではないという理由で、子供から嫌われたりするのだろうか？

不安だったわけではない。ただ、どうやって父になる準備をしたらいいかがわからなかった。手引書のようなものがないかソーニャにたずねたこともあるが、笑われただけで終わった。オーヴェには理由がわからなかった。ほかのものにはなんだって手引書がある。オーヴェはちゃんと人の親になれるか自信がなかった。子供がものすごく大好きというわけでもない。子供でいることも、そもそもあまり上手でなかった。ソーニャは、ふたりは〝おなじ状況にある〟からと言って、オーヴェにルネと話をするように勧めた。オーヴェにはその意味がうまく理解できなかった。実際問題として、ルネはオーヴェの子の父になるのではなく、まったくべつの子の父になるのだ。ただし、話し合うべき事柄はあまりないという点でオーヴェとルネの意見は一致し、それはそれで意味のあることだった。そういうわけで、夜ごとアニタがやってきて痛みや不快感についてソーニャとキッチンでおしゃべりをはじめると、オーヴェとルネは〝話し合うべきさまざまな事柄がある〟と言い訳してオーヴェの物置小屋へいき、ただだまって突っ立って作業台の上のものをいじくった。

ふたりで何をしていいかわからず、扉を閉じた物置小屋で突っ立ってすごして三日目、何かやることを見つけるべきだということで、彼らの意見は一致した。さもないと〝新しいご近所さんに、ここでいかがわしいことが行われていると疑われる〟とルネは言った。

オーヴェも何かするのがいいと思った。そして実行に移した。作業をしているあいだはあまり口を利くことはなかったが、ふたりは助け合って設計図を描き、角度をはかり、角がきっちりと整うよう、おたがいに目配りし合った。そしてアニタとソーニャが妊娠四カ月目を迎えたある晩遅く、それぞれの家に準備された子供部屋に、二台の水色のベビーベッドが設置された。

「もし女の子が生まれたら、やすりで削ってピンクに塗りなおせばいい」オーヴェはぶつぶつ言いながらソーニャにそれをお披露目した。ソーニャは両腕でオーヴェに抱きつき、オーヴェは首のところが涙で濡れるのを感じた。これぞまさしく、わけのわからないホルモンというやつだった。

「妻になってくれって言って」ソーニャはささやいた。

そして、そういうことになった。ふたりは市役所でごく簡素な式を挙げた。どちらにも家族がいないため、立ち会ったのはルネとアニタだけだった。ソーニャとオーヴェはたがいの指に指輪をはめ、その後、四人でレストランにいった。支払いをしたのはオーヴェだが、勘定書きが〝ちゃんとしているか〟ルネもいっしょに確かめた。当然、勘定書きはちゃんとしていなかった。そこで一時間ほどウェイターと話し合い、ふたりの男は、通報されたくなければ請求額を半分にするのが早いと、ウェイターをどうにか納得させた。具体的にどんな理由でどこに通報するのかは少々曖昧だったが、ウェイターはとうとうあきらめ、悪態をつき腕をふりまわしながら厨房に引っ込んで、勘定を書きなおした。その間ルネとオーヴェは、いつもながら妻たちが二十分前にタクシーで帰宅したことにも気づかずに、おたがいに真面目な顔でうなずき合った。

サーブのシートにすわってルネのガレージの扉をながめながら、オーヴェはひとりうなずいた。最後にそれがひらいたのを見たのは、いつのことだったか。ヘッドライトを消し、猫をつつき起こし、車から出た。

「オーヴェですか？」さぐるような聞いたことのない声がした。

その聞いたことのない声の主であるらしい見たことのない女が、突然、ガレージに首を突っ込んできた。年齢は四十半ばくらいで、すれたジーンズと明らかに大きすぎる緑のウインドブレーカーを着ていた。化粧っ気はなく、髪をポニーテールに結っている。女は図々しくガレージにはいってきて、なかを興味ありげに見まわした。猫が前に出ていって、シュッと威嚇した。女は足をとめた。オーヴェはポケットに両手を突っ込んだ。

「なんだ？」

「オーヴェですか？」女はもう一度言った。そんな気は毛頭ありませんという顔をしながらクッキーを売りつけるつもりでいる人のような、やけに親しげな言い方だった。

「わたしは何もいらない」オーヴェは言って、ガレージの扉にあごをしゃくった。ほかのドアをわざわざさがす必要はない、来たところからそのまま出ていってもらってけっこう、というだれの目にも明らかなジェスチャーだった。

女はまったく意に介さないようだった。

「レーナと言います。地元紙の記者をしていまして……」しゃべりながら手をさしだした。

オーヴェはその手を見た。そして女を見た。

「わたしは何もいらんぞ」もう一度言った。

「何がですか？」

「新聞を取らせようというんだろう。だが、けっこうだ」

女は困った顔をした。

「いえ……その……わたしは新聞を売っているんじゃありません。記事を書いているんです。記者をしています」オーヴェのどこかに問題があると思っているような口調で、あらためてはっきりくり返した。

「いずれにせよ、何もいらない」オーヴェはさらにもう一度言い、女をガレージの扉から押しだそうとした。

「でも、わたしはあなたと話がしたいんです、オーヴェ！」女は抗議し、身体をなかに押しもどそうとした。

オーヴェは見えない敷物を顔の前でふって追いはらおうとするように、記者に向かって

せききって言った。
「昨日、駅で男性の命を助けましたね！　その件でインタビューしたいんです」記者は息

さらにつづけて何かを言おうとしたが、そのとき、オーヴェの注意がふとよそに移ったのに気づいた。オーヴェの視線は彼女を素通りした。その目が細まった。

「あの野郎」オーヴェは唸った。

「そういうことで……ですから、是非とも――」ふたたび試みたが、すでにオーヴェは横を無理やりすり抜けて、駐車場を通過して今まさに住居エリアにはいろうとしている白いシュコダに向かって駆けていった。

オーヴェが突進してきて乱暴に窓をたたいたので、助手席のメガネの女性はぎょっとして自分の顔に書類のファイルをぶちまけた。白シャツの男は顔色ひとつ変えなかった。男は窓をおろした。

「何か？」と彼は言った。

「住居エリアへの車の侵入は禁止だ」オーヴェはわめき、家々を指さし、それからシュコダと白シャツの男をさし、駐車場をさした。

「この団地においては、全員、駐車場に駐車する！」

白シャツの男は家々を見て、駐車場を見て、オーヴェを見た。

「家まで乗りつける許可を役所から得ています。ですから、どいていただけますか」

オーヴェは相手の答えに腸が煮えくり返るあまり、やり返す言葉を考えるのに数秒もかかった。その間に白シャツの男はダッシュボードからタバコのパックを出して、ズボンの脚に軽くたたきつけた。

「どうか、どいていただけませんか」白シャツは言った。

「ここで何してる？」オーヴェは問いただした。

「あなたには関係ありません」白シャツの男は抑揚のない声でこたえた。電話の向こうから聞こえる、しばらくそのままでお待ちくださいとしゃべる録音の声のようだった。

男はパックから出したタバコを口にくわえ、火をつけた。オーヴェは上着の下で胸が大きく盛りあがるほど、ゼイゼイと荒く息を吸った。女は書類とファイルをかき集めて、メガネの位置をもどした。白シャツの男は、どうしても歩道でスケートボードを乗りまわすのをやめようとしない子供を見るように、ため息をついた。

「なんの用事で来たかは、あなたも知っているでしょう。この道の奥に住むルネをホームに連れていくんです」

男は窓に腕をかけ、シュコダのサイドミラーにあててタバコの灰を落とした。

「ホームに連れていく、だ？」

「ええ、そうですよ」男は無関心そうにうなずいた。

「アニタが望まないとしたら、どうなる？」オーヴェは車の屋根を指でたたきながら言った。

白シャツの男は助手席の女のほうを見て、やれやれという顔で笑った。そしてふたたびオーヴェに向きなおり、ものすごくゆっくりした口調で話しだした。そうしなければオーヴェには言葉の意味が理解できないと考えているように。

「決めるのはアニタではありません。それは調査委員会の仕事です」

オーヴェの息はますます荒くなった。首で血管が脈打つのが感じられた。

「なかに車を入れるな」オーヴェは奥歯を嚙みしめて唸った。

オーヴェの手はこぶしになっている。声はどすがきいて恐ろしかった。それなのに白シャツはまるで平然としていた。タバコをドアの塗装面に押しつけて、地面に落とした。オーヴェが言っていることは、さながら耄碌《もうろく》じじいの支離滅裂な戯言だという態度だった。

「それで、どんな方法でわたしを阻止するつもりですかね、オーヴェ？」男はしばらくして言った。

いきなり自分の名前が出てきて、オーヴェは木槌で腹を殴られたような顔をした。口をわずかにあけて白シャツの男をじっと見た。

「なぜわたしの名前を知ってる？」

「あなたのことはいろいろ知ってますよ」

シュコダがふたたび住居エリアに向かって動きだし、オーヴェは危ういところでタイヤの通り道から足を引っ込めた。その場に茫然と立ちつくし、遠ざかっていく車を目で追った。

「だれだったんですか?」ウインドブレーカーの女が背後で言った。

オーヴェはくるりとうしろを向いた。

「あんたはどうやってわたしの名前を知った?」オーヴェは間髪を容れずに質問をぶつけた。

彼女はあとずさった。こぶしをつくったオーヴェの手をじっと見ながら、ひたいに落ちてきた髪をはらった。

「わたしは地元の新聞社に勤めています……あなたがどんなふうに男性を救ったか、ホームにいた人たちに取材して……」

「どうやってわたしの名前を知った?」オーヴェは今や怒りでふるえる声で、もう一度聞いた。

「あなたは電車の切符を買うのにカードを使いました。わたしはレジのレシートを調べたんです」女は言いながら、さらに二、三歩あとずさった。

「あの男! あの男は、なぜわたしの名前を知ってた?」オーヴェは声をあげ、青筋を立ててシュコダが去った方向に手をふった。

「それは……わかりません」女は言った。

オーヴェは鼻で激しく息をし、にらみつけて記者を射すくめた。嘘をつきとめてやろうという目だった。

「本当です。あの人は見たこともありません」女は請け合った。

オーヴェはさらに眼光鋭く相手を見た。やがてとうとう、険しい顔でひとりうなずいた。そして身を翻し、自宅に向かって歩きだした。記者が呼びとめたが、無視した。猫がついてきていっしょに玄関からなかにはいった。オーヴェはドアをしめた。道の先では、白シャツの男とメガネとファイルの女がアニタとルネの家の呼び鈴を鳴らしていた。

オーヴェは廊下のスツールにどっかりすわり込んだ。屈辱でふるえが出た。忘れかけていた感情だった。屈辱。無力感。白シャツの男とは戦っても勝負にならないという悔しさ。

それが今またもどってきた。オーヴェとソーニャがスペインから帰宅して以来のことだ。あの事故以来の。

21　オーヴェという若者と、レストランで異国風の曲を演奏する国

言うまでもないことだが、バスの旅は彼女のアイディアだった。オーヴェにはその何がいいのかわからなかった。どこかにいきたいのなら、ふつうにサーブでいけばいいではないか？　だがソーニャはバスが〝ロマンチック〟なのだと言い張り、その手のことがとてつもなく重要らしいことは、オーヴェもすでに学んでいたとおりだった。そういうわけで、そうなった。もっとも、スペイン人はみな、ふたりのことを少々特殊な人間だと感じたようだった。スペイン人はかさかさした発音でしゃべり、レストランで異国風の音楽を演奏し、真っ昼間にベッドにはいる。それに、バスで移動するあいだも、サーカスにいるように明るいうちからビールを飲んだ。

オーヴェはなるべくそうしたところを好きにならないようにした。だがソーニャはそれらすべてに夢中になり、結局のところオーヴェも影響をまぬがれなかった。ソーニャは思いきり大きな声で笑い、抱きしめるとそれが全身を通じてオーヴェにも伝わってきた。そんなところは、オーヴェも気に入らずにはいられなかった。

ふたりは小さなホテルに泊まった。小さなプールと小さなレストランがあって、営んでいるのは、オーヴェが耳で理解したところ、ヒョセという名の小男だった。つづりは〝ヨセ〟だが、どうやらスペイン人は発音の細かいところにはあまりこだわらないらしい。ヒョセはひとことのスウェーデン語も話せなかったが、とにかくおしゃべりが大好きだった。ソーニャはつねに会話集をぱらぱらめくって、〝夕日〟とか〝ハム〟とかいった単語をスペイン語で言おうとした。オーヴェはべつの言葉で言ったところで、豚の尻肉は豚の尻肉だと思ったが、それは黙っていた。

その一方で、どうせ酒代に消えるのだから、道端の乞食に金をやるなということは口を酸っぱくして言いつづけた。けれどもソーニャは金をやるのをやめなかった。

「好きにお金を使ったっていいじゃないの」と彼女は言った。

オーヴェが抗議すると、ソーニャはただ微笑んでオーヴェの大きな手を取ってキスをした。

「オーヴェ、だれかに何かをあげるとき、幸せになるのは受け取ったほうだけじゃないの。あげたほうも幸せになれるの」

三日目になると、ソーニャは真っ昼間にベッドにはいった。スペインではみんなそうするし、〝郷に入っては郷に従え〟だと彼女は言った。従うというよりは、それを都合よく言い訳にしているだけだとオーヴェは思った。彼女は妊娠して以来、ただでさえ二十四時間のうち十六時間は眠っていた。まるで子犬を連れて休暇に来ているようだった。

オーヴェはそのあいだ散歩をして時間をつぶした。田舎道をホテルから村までたどった。どこの家も石造りだった。見るかぎり、どの家にもろくな窓枠がついていない。玄関の扉の下に敷居のない家もある。ちょっと野蛮だと思った。こんなふうに家を建てるものではない。

ホテルまでの帰り道、道端で煙をあげる小さな茶色い車をのぞき込むヒョセの姿があった。なかにはふたりの子供と、頭にショールを巻きつけた老婆がいた。あまり気分がよさそうではなかった。

ヒョセはオーヴェに気づき、目に必死の表情をうかべて興奮して手をふった。〝セニョール〟とオーヴェに向かって叫んだ。ホテルにやってきた日から、彼は話しかけるときに必ずそう言った。たぶんスペイン語で〝オーヴェ〟を意味するのだろうとあたりをつけてはいたが、まだソーニャの本でちゃんと確認したことはなかった。ヒョセは車を指さして、もう一度激しい身ぶり手ぶりでオーヴェに訴えた。オーヴェはズボンのポケットに両手を突っ込んで、安全な距離を保って立ち、用心深い顔でそっちをうかがった。

〝オスピタル！〟とヒョセはふたたび叫び声をあげ、車内の老婆を指さした。たしかにあまり具合がよさそうではない、とオーヴェはあらためて思った。ヒョセは老婆をさし、ボンネットの下で煙をあげるエンジンをさし、〝オスピタル！　オスピタル！〟と必死になってくり返している。オーヴェはその光景をつくづくながめ、この煙をあげているスペイン製の車は〝オスピタル〟という車種なのだろうと結論した。

オーヴェは身をのりだしてエンジンをのぞき込んだ。あまり複雑そうではないと思った。

「オスピタル」ヒョセはくり返して、首を数度縦にふり、とても心配そうな顔をした。

オーヴェは自分にどんな答えを期待されているのかわからなかったが、どうやらここスペインでは車種が非常に重要な意味を持つらしく、オーヴェももちろんそれには共感できた。

「サーーブ」そこで彼はそう言って、大きな身ぶりで自分の胸をさした。

ヒョセは一瞬混乱した目でオーヴェを見た。それから自分を指さした。

「ヒョセ！」

「あんたの名前なんか知るか。おれは――」オーヴェは言いかけたが、ボンネットの向こうから見つめるヒョセの湖のように虚ろな目と目が合って、口をつぐんだ。

ヒョセのスウェーデン語の理解力のなさは、オーヴェのスペイン語のそれ以上らしい。

オーヴェはため息をつき、困った顔で後部座席の子供たちを見た。ふたりは老婆の手をにぎり、怯えきった顔をしている。オーヴェはもう一度エンジンを見おろした。

そしてシャツを腕まくりし、ヒョセにどけと合図した。

なぜホセのレストランで食べるものがその日から全部ただになったのか、ソーニャには小さな会話集をいくらめくってみても、正確なところはわからずじまいだった。けれども、レストランを所有する小柄のスペイン男がオーヴェを見るといつも顔をぱっと輝かせ、手をさしだして〝セニョール・サーブ！〟と叫ぶので、そのたびにソーニャは声がかすれるほど笑いに笑った。

ソーニャの昼寝とオーヴェの散歩は日課となった。二日目、オーヴェは柵を立てている男のそばを通りがかり、やり方がまるでなっていないと足をとめて説明した。男はオーヴェの言うことをひとことも理解しないので、結局、やって見せたほうが早いということになった。三日目、オーヴェは村の神父といっしょに教会の外壁にモルタルを塗った。四日目、ヒョセといっしょに村はずれの野原に出向き、彼の友人を手伝って、泥にはまって動けなくなった馬を引きあげた。

何年もあとになり、ソーニャはふと思いたって、あのとき何をしていたのかとオーヴェにたずねた。はじめて聞く話を聞いたあと、彼女は長く激しくかぶりをふった。〝つまり、わたしが寝ているあいだ、あなたはこっそり抜けだして、人を手伝って……柵をなおしていたの？　あなたのことを、みんななんとでも言うといいわ。でもあなたたって人は、わたしの知るなかで一番変てこなスーパーヒーローよ〟。

スペインからの帰りのバスで、オーヴェがソーニャに促されて腹に手をあてると、赤ん坊が蹴っているのがわかった。分厚い鍋つかみごしに手のひらをつつかれたような、本当にかすかな感触だった。ふたりは座席にすわって何時間もその小さな感触を味わった。オーヴェは無言だったが、トイレがどうのとぶつぶつ言って席を立ちながら手の甲で目をぬぐうのを、ソーニャは見逃さなかった。

オーヴェの人生のなかでもっとも幸せな週だった。

そしてその後、もっとも不幸な週がやってくることになる。

22 オーヴェという男と、ガレージにいるだれか

　オーヴェと猫は病院の外で、黙ってサーブにすわっていた。

「責めるみたいに、こっちを見るな」オーヴェは猫に言った。

　猫は怒っているのではなくて落胆しているのだと言いたげに、オーヴェを見返した。

　またしてもこの病院の外で待っているというのは、まったくもって計画外だった。もとよりオーヴェは病院が大嫌いで、しかも、一週間足らずのあいだ三度もここに来るはめになった。これは正しいことでも、まともなことでもない。だが、ほかに選択肢がなかった。

　今日という日はスタートしたときから終わっていた。

　それはオーヴェと猫が日課の見まわりに出て、住居エリア内車両通行禁止の標識を踏み倒していったやつがいるとわかったときからはじまった。オーヴェは角のところにわずかに残った白い塗料を親指でこすり取り、猫でさえ顔をしかめるほどのひどい悪態の言葉をならべた。ルネとアニタの家の前では、タバコの吸い殻を見つけた。オーヴェはあまりに

頭に来て、気を落ち着けるためだけにもう一周見まわりをすることになった。家にもどってくると、猫は雪のなかにすわり込んでオーヴェを非難する目で見た。

「わたしのせいじゃない」オーヴェはぶつぶつ言いながら物置にはいっていった。

シャベルを手にふたたび物置から出た。家と家のあいだの細い道に立った。あごがきしむほど強く奥歯を嚙みしめて、その場所からアニタとルネの家のほうをながめた。

「あの男が年取ってよれよれになったのは、わたしのせいじゃないぞ」オーヴェはさっきよりも力をこめて言った。

説明としてまるでなってないという顔をしている猫に、雪かきのシャベルを向けた。

「わたしが自治体を相手にするのは、これがはじめてだと思ってるのか？　あのルネに対する決定は、決定だと思うか？　永遠に決定はされないんだ！　不服申し立てがあって調査があって、その後さらにお役所仕事で時間をかけてこねくりまわされる。わかるだろう？　素早く運ぶと思うものが、何ヵ月もかかる。何年もだ！　あの男が年取ってもう手のほどこしようがないから、わたしがいつまでも様子見してるとでも思ってるのか？」

猫はこたえない。

「おまえはそこのところをわかってない！　わかったか？」オーヴェは唸り、うしろを向いた。

背中に猫の視線を感じながら、オーヴェは雪かきをはじめた。

正直に認めると、オーヴェと猫が病院の駐車場でサーブにすわっている理由は、その出来事とは無関係だ。だがオーヴェが外で雪かきをしているときに、大きすぎる緑の上着を着た女記者が家の前にふたたびやってきたことと、少なくとも直接的につながりがあった。

「オーヴェ？」記者がうしろから言ったが、前回突撃取材したときからオーヴェがべつの人物と入れ替わったことを心配するような口調だった。

オーヴェはその存在にいかなる反応も示さず、雪かきをつづけた。

「いくつか質問をしたいだけなんですけど……」記者はがんばった。

「よそでやってくれ。そこはじゃまだ」オーヴェはこたえて、雪かきしているのか穴を掘っているのかわからないようなやり方で、雪を放りつづけた。

「でも、わたしはただ――」彼女は言いかけたが、オーヴェと猫は家にはいっていって、顔の前でドアをバタンと閉じた。

オーヴェと猫は廊下にしゃがんで、女記者が去るのを待った。だが彼女は去らなかった。ドアをバンバンたたいて、〝でも、あなたはヒーローじゃないですか！〟と大声をあげはじめた。

「頭が完全にどうかしている」オーヴェは猫に言った。

猫は反論しなかった。

それでもドアをたたくのをやめず、さらに大声をあげはじめたので、オーヴェは仕方なくドアを乱暴にあけて、ここは図書館だとでも言いだすような調子で〝しい〟と指を口にあてて、相手を黙らせた。

記者はオーヴェの顔を見ると笑顔をうかべ、カメラの一種だとオーヴェが直感で理解したものをふった。あるいは、べつのものかもしれない。今の世のなか、何がカメラで何がそうでないか、もはやよくわからなくなった。

そして彼女は玄関に足を踏み入れようとした。それはまちがったやり方だった。オーヴェは大きな手をあげて反射的に押しもどし、記者は危うく雪のなかに倒れそうになった。

「わたしは何もいらない」オーヴェは言った。

記者はバランスを取りもどし、何かを叫びながらオーヴェのほうにカメラをふった。オーヴェは聞いていなかった。武器を見るような目でカメラを見、そして逃亡を決意した。この人間と猫とまともな話し合いができないのは明らかだ。

そこで猫とオーヴェは家から出て、鍵をかけ、大急ぎで駐車場に走った。女記者は慌てて追いかけた。

わかりやすいようにはっきり言うと、オーヴェがこうして病院の外ですわっている理由は、今の話のどの部分とも関係はない。だが、それからおよそ十五分後、パルヴァネが三歳児の手を引いてオーヴェの家にいった。玄関をノックしたが応答がなく、かわりに駐車場のほうから人の声が聞こえてきた。そしてまさにそのことが、オーヴェが病院の外ですわっていることとおおいに関係があった。

パルヴァネと三歳児が駐車場の角までやってくると、不機嫌な顔で両手をポケットに突っ込み、扉の閉まった自分のガレージの前に立つオーヴェが見えた。足もとには、うしろめたそうな顔をした猫がいた。

「何をしているの？」パルヴァネは声をかけた。

「何もしてない」オーヴェと猫の両方はアスファルトに目を落とした。

ガレージの内側から扉をノックする音がした。

「今のは何？」パルヴァネは驚いてそっちに目をやった。

オーヴェは自分の足の下のアスファルトの一部が、急に気になって仕方なくなったようだった。猫は今にも口笛を吹いて歩き去りたそうな顔をしている。

ふたたびガレージの扉のなかからノックする音。

「もしもし？」パルヴァネは扉に向かって声をかけた。

「もしもし？」ガレージの扉はこたえた。

パルヴァネは目を丸くした。

「嘘でしょう……なかにだれかを閉じ込めたの、オーヴェ？」パルヴァネはオーヴェの腕をつかんだ。

オーヴェはこたえない。パルヴァネはココナッツを上からふり落とそうとするようにオーヴェをゆさぶった。

「オーヴェ！」

「ああ、ああ、そうさ。だが、言っとくが意図的じゃない」オーヴェはもごもご言って、パルヴァネの手から逃れようとした。

パルヴァネはかぶりをふった。

「意図的じゃないですって？」

「ああ、そのとおり、意図的じゃない」オーヴェは話を締めくくって言った。

パルヴァネが何らかの説明を待っているらしいと気づいて、オーヴェは頭をかいてため息をついた。

「その、なんだ。そこにいるのは記者とかいう人種だ。閉じ込めるつもりはなかった。猫とわたしが、立てこもろうとしたんだ。だが、その女がなかまでついてきた。そして、かわりにこういうことになった」

パルヴァネはこめかみをもみだした。

「理解に苦しむわ……」

「わるいこ」三歳児がオーヴェに向かって指をふって言った。

「もしもし？」ガレージの扉が言う。

「ここにはだれもいない！」オーヴェは腹を立てて言った。

「声が聞こえてるわ！」とガレージの扉。

オーヴェはため息をついて、お手上げだという顔でパルヴァネを見た。〝聞いたか、最近じゃガレージの扉までがわたしに話しかけてくる〟と訴えるように。

パルヴァネはオーヴェを押しのけて扉の前にいき、顔を寄せておそるおそるノックした。扉がノックを返した。この先はモールス信号で交信するのを期待するように。パルヴァネは咳ばらいした。

「どうしてオーヴェと話がしたいんですか？」彼女は通常のアルファベットを用いて語りかけた。

「あの人はヒーローなんです！」

「ヒー……えっ？」

「すみません。申し遅れましたが、わたしはレーナと言います。地元の新聞社に勤めていて、是非取材をと――」

パルヴァネは狐につままれたような顔でオーヴェを見た。

「ヒーローって、どういうこと？」

「その女はごちゃごちゃとうるさいんだ！」オーヴェは文句を言った。

「ひとりの男性の命を救ったんですよ。線路に落ちた人の！」ガレージの扉が声をあげる。

「あなたが会いにきたのは、正しいオーヴェですか？」パルヴァネは聞き返した。

オーヴェはむっとした顔をした。

「ふん。わたしがヒーローなはずはないと言うんだな」オーヴェはぶつぶつぼやいた。

パルヴァネは疑いの目でオーヴェの顔をのぞき込んだ。三歳児は〝ニャンニャン！〟とはしゃぎ声をあげ、猫のちぎれた尻尾をつかもうとした。ニャンニャンはとくに嬉しそうではなく、オーヴェの脚のうしろに隠れようとした。

「何をしたの、オーヴェ？」パルヴァネがガレージの扉から二歩うしろにさがって、低いひそひそ声で言った。

三歳児は猫を追いかけて、オーヴェの足のまわりをぐるぐるまわった。オーヴェは自分の両手をどこに持っていくべきか悩んだ。

「たしかにスーツの男を線路から引きあげたが、べつに大騒ぎするような話じゃないだろう」オーヴェは言った。

パルヴァネは笑いをこらえた。

「おかしがる話でもないだろう」オーヴェは不機嫌に言った。

「ごめんなさい」パルヴァネは言った。

ガレージの扉は〝もしもし、まだそこにいます?〟と聞こえるような何かを叫んだ。

「いない!」オーヴェは怒鳴り返した。

「なぜ、そんなに不機嫌になって怒るんですか?」ガレージの扉がたずねた。

オーヴェは自信のなさそうな顔をした。パルヴァネのほうに身をのりだした。

「どう厄介払いしたものか、はっきりいってわからない」パルヴァネがオーヴェという人間をあまり知らなければ、目にうかんだ表情を懇願だと受け取っただろう。

「サーブと女だけにしておきたくないんだ!」オーヴェは真剣に言った。

パルヴァネは不幸な状況を理解したという顔でうなずいた。

オーヴェは自分の靴のまわりの状況がこれ以上手に負えないことになる前に、三歳児と猫のあいだにくたびれた仲裁の手をおろした。三歳児のほうは、猫をつかまえて抱っこしたがっているように見えた。猫のほうは、警察署の面通しで三歳児をさして犯人はこいつだと訴えようとしているように見えた。オーヴェがやっとのことで三歳児をつかまえると、子供はケラケラと笑いがとまらなくなった。

「ところであんたはここで何してる?」オーヴェはパルヴァネにたずね、小さな荷物をじゃがいも袋のように母親にわたした。

「パトリックとイミーを迎えに、バスで病院までいってこようと思って」彼女はこたえた。

パルヴァネは、〝バス〟と口にしたとたんにオーヴェの頬骨の上のあたりが引きつったのを見た。

「わたしたち……」パルヴァネは考えの途中でつまったように言いよどんだ。ガレージの扉を見て、それからオーヴェを見た。

「何を言ってるか聞こえないわ！　もっと大声で話してください！」とガレージの扉が叫んだ。

オーヴェは慌てて二歩さがった。その瞬間、パルヴァネはオーヴェに自信たっぷりの笑顔を向けた。クロスワードの答えを思いついたという顔だった。

「ねえ、オーヴェ！　もし病院まで車で送ってくれるなら、記者を厄介払いするのを手伝ってあげる！　どう？」

オーヴェは目をあげた。ちっとも納得したようではなかった。オーヴェはあの病院へは二度といく気はない。パルヴァネは両腕を投げだした。

「それか、わたしのほうからあなたの話をひとつふたつ、記者に聞かせてあげてもいいけど」パルヴァネは意味ありげに眉をつりあげた。

「話？　いったいどんな話ですか？」ガレージの扉は叫び、ふたたび勢いづいて扉をバンバンたたきだした。

オーヴェはげんなりした顔でガレージの扉を見た。

「これは脅しだ」オーヴェはパルヴァネに言った。

パルヴァネは嬉しそうにうなずいた。

「オーヴェ、ピエローぶった!」三歳児は言って、猫にうなずきかけた。前回その場にいなかった者全員に、オーヴェが病院を嫌がる理由を説明する必要があると理解したらしかった。

猫はあまりピンと来ないようだった。けれども、仮にそのピエロがこの三歳児とおなじくらい面倒な相手だったのなら、ぶったオーヴェに同情の余地はあると思った。

オーヴェが今、病院の前に来ているのは、まさしくそういうわけだった。猫は三歳児といっしょに後部座席にすわらされて、オーヴェに裏切られたと感じている顔をしていた。オーヴェはシートの新聞紙をととのえた。オーヴェ自身は、まんまとしてやられたと感じていた。パルヴァネが記者を〝厄介払いする〟と言ったとき、具体的にどうするつもりなのか想像がつかなかった。女を煙のように消すとか、鋤でやっつけて砂漠に埋めるとか、そんなことはもちろん期待はしていなかった。

だが実際パルヴァネがやったのは、ガレージの扉をあけて記者に名刺をわたし、〝電話してください。あとでオーヴェのことを話しましょう〟と告げるという、それだけだった。それが本当に人を〝厄介払いする〟やり方といえるだろうか？　オーヴェはそれがだれかを厄介払いする方法だとはまったく思わなかった。

だが、今さら言ってもはじまらない。オーヴェはこうして、一週間足らずのうちに三度目に病院の前で待つはめになった。これを脅しと言わずしてなんと言う。

おまけに、猫の非難がましい目にも耐えなければいけなかった。その目の何かが、ソーニャがオーヴェを見るときの目を思いださせた。

「連中がルネを連れていくことはないぞ。連れていくと口では言っていても、まだ手続きに何年もかかる」オーヴェは猫に言った。

たぶん、同時にソーニャにも言い聞かせていたのだろう。そして自分自身にも。オーヴェ本人もよくわからなかった。

「少なくともわが身を哀れむのはやめるんだな。わたしがいなけりゃ、おまえはあの子供と住むことになってたんだぞ。そしたら、そのただでさえ短い尻尾がもっと短くなったにちがいない。想像してみろ！」オーヴェは話題を変えようとして、猫に言った。

猫はごろりと横になってオーヴェに背を向け、抗議の居眠りをはじめた。オーヴェはふたたび窓の外を見た。三歳児にアレルギーなどないことはわかっている。パルヴァネがオーヴェに迷惑猫の面倒を見させるために嘘をついたことくらい、ちゃんと見抜いていた。

オーヴェは耄碌じじいではない。

23　オーヴェという若者と、目的地に着くことのないバス

〝男たるもの、自分がなんのために戦っているのか理解してないといけない〟そんなことを人は言う。少なくとも、ソーニャが手持ちの本のなかからその部分を音読してくれたことがあった。どの本かは憶えていない。あのご婦人はいつも山ほどの本にかこまれていた。スペインにいったときも、スペイン語もわからないくせに、かばんいっぱいの本を買い込んだ。〝読みながら学ぶのだ〟と言って。そんなことがうまくいくだろうか。大勢の間抜けが考えたことを読むより、自分の頭で考えたほうがましだろうと、オーヴェはソーニャに言った。ソーニャは笑ってオーヴェの頰をなでた。それに対しては、オーヴェに反論の言葉はなかった。

そんなわけで、オーヴェは彼女のぱんぱんにふくらんだかばんを持ってバスに運んだ。すれちがったとき、運転手からワインのにおいがしたが、スペインではそういうものなのだろうと考え、気にしなかった。席に着くとソーニャはオーヴェの手を自分の腹に導き、オーヴェはそのとき最初で最後に子供が蹴るのを感じた。席を立ってトイレに向かい、通

路を半分ほどいったところで、バスが突然傾いて、中央のガードレールをこすり、その後、一瞬の静寂があった。まるで時間自身が息をとめたかのように。そしてつぎの瞬間だった。ガラスがはじけ飛ぶように割れ、金属のきしむ恐ろしい音があがり、うしろを走っていた車がバスに追突する強烈な衝撃が見舞った。

そして、あの人々の悲鳴。オーヴェはそれを二度と忘れることはできない。

オーヴェは投げだされ、そのあとは、腹から床に打ちつけられたことしか憶えていない。オーヴェは恐怖におののきながら、騒然となった人々のあいだにソーニャをさがしたが、姿が見えなかった。天井から降りそそぐガラスの雨を身に受けながら必死に前進したが、猛り狂う動物に押しとどめられるようだった。悪魔自身がオーヴェを羽交い絞めにし、床に這いつくばらせようとしているようだった。あのときの感覚は、生きているかぎり毎晩オーヴェを苦しめるだろう。それは絶望的なほどの無力感だった。

最初の一週間は、オーヴェは彼女のベッドから片時も離れなかった。だがとうとう、シャワーを浴びて服を着替えろと、看護師に強く言われるようになった。どこへいっても同情的な目で見られ、慰めの言葉をかけられた。病室にやってきた医者は、冷静かつ客観的な声で、〝彼女が二度と目を覚まさないことも覚悟しておくように〟と告げた。オーヴェは医者をドアから放りだした。そのドアは鍵をかけてかたく閉ざされた。

「妻は死んでない」オーヴェは廊下に向かって叫んだ。「すでに死んだみたいなあつかいはやめろ！」

その後病院では、おなじ過ちをおかそうとする者はいなかった。

十日目、雨が窓を打ち、ラジオが数十年に一度の大嵐の到来を報じるなか、ソーニャは目を覚ました。つらそうに薄目をあけてオーヴェを見つけると、そっと手に手をすべり込ませた。指をなかに折り込んで。

そしてまた目を閉じ、ひと晩じゅう眠りつづけた。ふたたび目を覚ましたとき、看護師らが説明をすると申しでたが、オーヴェは自分から話をするといって譲らなかった。そして、ソーニャの冷えきった手をなでながら、すべてを淡々と告げた。運転手がワインのにおいをさせていたこと、バスがガードレールにぶつかったこと、そして追突されたこと。焼けたゴムのにおいのこと、すさまじい衝突音のこと。

もはや生まれてくることのない子供のこと。

それから、彼女は泣いた。原初的な絶望した慟哭が、叫び、暴れ、ふたりの心をずたずたに裂き、そうやって長い長い時間が過ぎた。時間と悲しみと怒りとがひとつになって、どこまでもつづく暗黒の川のように流れた。まさにあの瞬間に席を立ち、その場にいて彼女を守れなかった自分をけっして許すことはできないだろう、とオーヴェは思った。この痛みは永遠に癒えることはないだろう、と。

だが、闇に打ち勝ってこそ、ソーニャはソーニャだった。あの事故からどれだけの日々が過ぎたかオーヴェにはわからなかったが、ある朝、ソーニャはリハビリをはじめたいと短い言葉できっぱりと自己主張した。そして、彼女が身体を動かすたびに自分自身の背骨が痛めつけられた動物のように悲鳴をあげる思いで見ているオーヴェに、ソーニャはそっと胸に頭をあずけてささやいた。〝オーヴェ、生きることに一生懸命になるのも、死ぬことに一生懸命になるのも自由よ。わたしたちは前に進まないと〟。

そして彼らはそうした。

その後の数カ月のあいだに、オーヴェは数えきれないほどの白シャツの男に会った。みなおのおのの役所で白木《しろき》の机につき、各種の目的のためにはどの書類に記入すべきかオーヴェに指導する時間は無限にあるようなのに、ソーニャの回復のために必要な事柄を話し合う時間はまったくないらしかった。

ある役所からは、担当の女性が病院までやってきて、ソーニャを〝おなじ状況にある人〟がはいる〝ケア付きホーム〟に入所させることが可能だと手短に説明して、言った。〝日々の苦労〟がオーヴェにとって〝手に負えない〟のは当然だ、と。言葉をにごしはしたが、言わんとすることは明らかだった。オーヴェはもはや妻といっしょの生活を望んでいないだろうというのだ。女は〝こんな状況になった以上〟とさかんにくり返して、ベッドのほうを見て小さくうなずいた。ソーニャがそこにいないかのような態度で、オーヴェに話をした。

今回オーヴェはドアをあけはしたが、彼女はともかく放りだされた。

「帰る場所はわが家だ！　ふたりで暮らしている自分たちの家だ！」オーヴェは廊下に向かって叫び、腹立ちと怒りにまかせてソーニャの靴を外に投げつけた。

オーヴェはそれがあたるところだった看護師たちに、靴の行方をあとで聞きにいくはめになった。当然、そのことで余計に腹を立てた。ソーニャの笑い声を聞いたのは、事故があって以来、このときがはじめてだった。抑えようもなく笑いが内側から流れだした。まるで自身の笑いに組み伏せられてしまったかのようだった。笑って、笑って、笑い、時間と空間の法則を壊さんばかりに、笑い声が床じゅう、壁じゅうをころころ転がった。それを見てオーヴェは、地震で倒れた家の瓦礫の下から、少しずつ自分の胸が掘り起こされるような気分がした。心臓がふたたび鼓動する空間を得たような感じだった。

オーヴェはテラスハウスの自宅にもどり、キッチンを改装し、これまでの流しを撤去して、新しく低いものを据えつけた。特注のレンジも見つけることができた。ドア枠をつくりなおし、すべての敷居の上には段差をなくすスロープをつけた。退院を許された翌日、ソーニャは教員になる勉強を再開した。春になり、試験を受けた。町でもっとも評判の悪い学校で教師を募集しているという広告が、あるとき新聞に載っていた。訓練を得て教員免許を取ったまともな頭の持ち主が、率先して関わりたがらないようなクラスを担当するポストだった。すなわち、注意欠陥多動性障害《ADHD》がまだ発明される前の時代の、ＡＤＨＤのクラスだ。〝あの少年少女たちには見込みがありません〟と、面接のとき、校長はあけすけに語った。〝教育を施すというよりは、収容ですよ〟。おそらくソーニャはそんなふうに言われる生徒たちの身になったのだろう。その勤め口に応募したのはひとりだけで、ソーニャはその少年少女たちにシェイクスピアを読ませることになった。

一方のオーヴェは、家具を壊す前に外に出てくれとソーニャがときどき晩に頼まなくてはいけないほど、怒りでいきり立っていた。たたきのめしたいという欲求で肩がふるえているのを見るのは、ソーニャにとってもつらかった。バスの運転手、旅行代理店、高速道路のガードレール、ワイン製造者。すべてを、全員を、ぺしゃんこになるまでたたいて、たたいて、たたきのめしたい。オーヴェが望むのはそれだけだった。オーヴェはその怒りを物置にしまった。ガレージにしまった。毎日の見まわりのときに地面に撒き散らした。それでもおさまらなかった。やがてとうとう、怒りを手紙にするようになった。スペイン政府に手紙を書いた。そしてスウェーデン政府に。警察に。裁判所に。だが、どこも責任を引き受けなかった。だれも取り合わなかった。返事には法律の条項やべつの役所の名前が書いてあるだけだった。言い訳ばかりだった。ソーニャが働いている学校の階段の改修を市に拒否されると、オーヴェは抗議の手紙を何カ月も送りつづけた。新聞にも投書した。当局を訴えることも考えた。オーヴェは夢を断たれた父親の燃える復讐の思いを、文字どおり彼らに雨と降らせたのだった。

だがどこを相手にしていても、遅かれ早かれ、厳しい独善的な顔つきをした白シャツの男が前に立ちはだかった。そもそも彼らを相手に戦うのは不可能だった。国が味方についているだけでなく、彼らが国そのものなのだ。最後の苦情はしりぞけられた。もはや苦情を出す先がなくなった。戦いは終わった。白シャツがそう決めたからだ。オーヴェはそれを絶対に許さなかった。

ソーニャはその一部始終をそばで見ていた。オーヴェの痛みがわかった。だから、彼の戦いと怒りをそのままに見守り、どんなかたちであろうと、矛先がどこに向けられようと、すべての怒りにはけ口が見つかるといいと思った。けれども、夏のおとずれを予感させる日々がつづいたある五月の晩、ソーニャは寄せ木の床に車輪のあとをつけながらオーヴェに近づいた。彼はキッチンのテーブルでいつものように手紙を書いていたが、ソーニャはペンを取りあげ、自分の手をその手にすべり込ませて、がさがさした手のひらのなかに指を押し入れた。そしてオーヴェの胸にそっとおでこをつけた。

「もう十分だわ、オーヴェ。もう手紙はいい。あなたの手紙だらけで、生活の場が脅かされているじゃない」

そしてソーニャは顔をあげ、オーヴェの頬を優しくなでて微笑んだ。

「もう十分だわ、愛するオーヴェ」

それで終わった。

翌日、オーヴェは夜明けとともに起き、サーブでソーニャの学校へいって、市が設置を拒否した障害者用のスロープを自分自身の手でつくりあげた。ソーニャは夕方家に帰ってくると、来る日も来る日も目を輝かせて生徒たちの話をオーヴェに語って聞かせた。警察に付き添われて初登校し、四百年前の詩を暗誦することができるようになって卒業していく生徒たちの話。ふたりのささやかな家の天井が揺れるほど、ソーニャは彼らのことで笑い、涙し、歌った。はっきりいって、オーヴェにはそうした手に余る子供たちのことは理解しがたかった。けれども、ソーニャにこうした影響をおよぼした彼らを好きになれなくもなかった。

人間はだれでも、自分がなんのために戦っているのか理解してないといけないという。ソーニャはいいことのために戦っていた。自分が授かることのなかった子供たちのために。そしてオーヴェは、彼女のために戦った。

なぜならそれは、オーヴェがまともにやり方を知っている、この世で唯一のことだったからだ。

24 オーヴェという男と、絵を色で描く生意気な子供

病院からの帰り道、サーブはぎゅうぎゅう詰めで、オーヴェは今にも燃料計の針が人を小馬鹿にしたダンスを踊りだすのではないかと心配して、何度もそっちに目をやった。バックミラーごしに、パルヴァネがまったく無頓着に三歳児に紙とクレヨンを与えるのが見えた。

「車のなかでやらないといけないことか？」オーヴェは聞いた。

「じっとしていられなくなって、シートの中身をむしりはじめるほうがいい？」パルヴァネは静かに聞き返した。

オーヴェはこたえなかった。ミラーで三歳児を見た。パルヴァネのひざの猫に向かって大きな紫色のクレヨンをふって、〝うえかき！〟と叫んでいる。猫は自分が絵のキャンバスにされるのを嫌って、ひどく警戒したようすで子供を見ている。

その横にはパトリックがいて、身をよじったりひねったりしながら、前の座席の肘掛けのあいだにねじ込んだギプスの脚にしっくりくる体勢をさぐろうとしていた。簡単にはい

かなかった。オーヴェがシートの上とギプスの下に敷いた新聞がずり落ちないように、神経を使ったからだ。

三歳児がクレヨンを手から落とし、イミーがすわっている前のシートの下に転がっていった。あの体形にはまさにオリンピックのアクロバット級の動きといえるにちがいないが、イミーはどうにか身体を前に倒して、足もとのマットからクレヨンをひろった。彼はしばらくそれをながめていたが、やがてにやりと笑い、パトリックののばした脚に身体を向けて、笑顔のマークをでかでかとギプスの上に描いた。それに気づくと、三歳児は嬉しそうにキャッキャと笑った。

「いっしょになって車を汚そうってのか」オーヴェは言った。

「いい出来でしょ?」イミーは言って、オーヴェとハイタッチしたがっている顔をした。

オーヴェの表情を見て、彼はまだあげてもいない手をおろした。

「悪かったよ。つい我慢できなくてさ」イミーは言い、少々ばつが悪そうにうしろのパルヴァネにクレヨンを返した。

イミーのポケットで何かが鳴った。彼は大人の手ほどの大きさのある携帯電話を出すと、それに注意を集中してものすごい勢いで画面を指でつついた。

「だれの猫ですか?」後部座席のパトリックが聞いた。

「オーヴェのニャンニャン!」三歳児がなんの迷いもなく言いきった。

「そうじゃない」オーヴェはすぐさま訂正した。

パルヴァネがからかうような笑いをうかべてこっちを見ているのが、バックミラーに映っている。

「そうなの！」パルヴァネは言った。

「そうじゃない」オーヴェは言った。

パルヴァネは笑った。パトリックはわけがわからないという顔をした。パルヴァネは元気づけるように夫のひざをぽんとたたいた。

「オーヴェが言っていることは無視して。まちがいなくオーヴェの猫だから」

「そいつは野良猫だ。まちがえるな！」オーヴェは正した。

猫はなんの騒ぎかと頭をあげたが、圧倒的に興味がないと判断し、ふたたびパルヴァネのひざの上で——正確には腹の上で——丸くなった。

「じゃあ、どこかに引き取ってもらわないといけないんじゃないですか？」パトリックは妻のひざにいる猫をじろじろ見た。

猫は少しだけ頭をあげて、答えのかわりに短くシャッと唸った。

「〝引き取ってもらう〟とはどういうことだ？」オーヴェは声をあげた。

「ほら……猫のホームとかそういう——」パトリックは言いかけたが、オーヴェの怒鳴り声がそれをさえぎった。

「だれもホームには引き取られない！」
そのひとことでこの話題は終了した。パトリックは驚きを顔に出さないようにこらえた。
パルヴァネは吹きださないようにこらえた。ふたりとも、あまりうまくいかなかった。
「どこかに寄って、何か食べていかないかな？　おなかがぺこぺこだ」イミーが割っては
いり、シートの上ですわる体勢を変えた。サーブが揺れた。
オーヴェはべつのパラレル宇宙に拉致されてきたような目で、周囲の面々を見まわした。
一瞬、ハンドルを切って道からとびだそうかと考えたが、ここにいる全員があの世までぞ
ろぞろついてくるという、最悪のシナリオが頭をよぎった。それに気づいたあとは、速度
を落とし、前の車との車間をたっぷり取った。
「おしっこ！」三歳児が叫んだ。
「どこかでとめてもらえない、オーヴェ？　ナサニンがおしっこしたいって」サーブの後
部座席から運転席の人間まで二百メートルの距離があると信じている人がよくするように、
パルヴァネが大声で叫んだ。
「いいね！　ついでにみんなで何か食べていけばいい」イミーが期待をこめてうなずいた。
「ええ、それがいいわ。わたしもトイレにいきたいし」パルヴァネは言った。
「マクドナルドにトイレがある」イミーがおためごかしにアドバイスする。
「マクドナルドでいいわ。そこでとめて」パルヴァネはうなずいた。

「われわれはどこにも寄らない」オーヴェは頑として言った。

パルヴァネはミラーごしにオーヴェを見た。オーヴェはにらみ返した。

十分後、オーヴェはサーブにすわってマクドナルドの前で全員を待っていた。猫までもが、いっしょについてなかにいった。裏切り者め。出てきたパルヴァネがオーヴェの窓を軽くたたいた。

「本当に何もいらないのね？」彼女は優しく声をかけた。

オーヴェはうなずいた。パルヴァネは少しがっかりしたように見えた。オーヴェはふたたび窓を閉めた。パルヴァネは車をまわって、助手席にすわった。

「寄ってくれて、ありがとう」パルヴァネはにんまり笑った。

「ああ」オーヴェは言った。

パルヴァネはポテトフライを食べた。オーヴェは手をのばして、新聞をさらに一枚、彼女の足もとに敷いた。パルヴァネは笑いだした。オーヴェにはその理由がわからなかった。

「助けてほしいことがあるの、オーヴェ」パルヴァネが出し抜けに言った。

オーヴェはあまり興味を示したふうではなかった。

「運転免許を取るのを手伝ってもらえないかと思って」彼女はつづけた。

「なんだって？」聞きまちがえたかと思ってオーヴェは言った。

パルヴァネは肩をすくめた。

「パトリックはあと数カ月はギプスが取れないでしょう。子供の送り迎えをするのに、わたしが免許を取らないと。だから、運転の教習をしてもらえないかと思って」

オーヴェは頭のなかがこんがらがって、腹を立てることさえ忘れた。

「つまり、あんたは運転免許を持っていないということか？」

「そう」

「じゃあ、冗談じゃなかったのか？」

「そう」

「失効したのか？」

「持ったことがないの」

オーヴェの脳は、このまったく信じがたい情報を処理するのにかなりの時間を必要とするようだった。

「仕事は何をしてる？」オーヴェは聞いた。

「それがどう関係するの？」パルヴァネは聞き返した。

「すべてに関係するだろう」

「不動産の仲介」

オーヴェはうなずいた。

「で、運転免許がないと？」

「そう」

オーヴェはこれぞまさしく責任感のない人間の最たる例だとばかりに、険しい顔でかぶりをふった。パルヴァネはいつもの茶化すような笑いをうかべて、からになったポテトフライの袋を丸め、ドアをあけた。

「ねえ、考えてみて。べつのだれかが住居エリア内でわたしに運転を教えてもいいの？」

パルヴァネは車を降りてゴミ箱まで歩いていった。オーヴェはこたえなかった。鼻を鳴らしただけだった。

イミーがドアのところにあらわれた。

「ねえ、なかで食べてもいいかな？」チキンが口の端からはみでている。

オーヴェはだめだと言おうとしたが、この調子ではいつまでたっても出発できないと気づいた。そこで、車を再塗装するときの下準備にも負けないほどの大量の新聞を、助手席と床にひろげた。

「いいから乗れ。もう帰るぞ」オーヴェは低い声で言って手で急かすように合図した。

イミーは満足げにうなずいた。ふたたび携帯電話が鳴った。

「その気に障る音をとめてくれないか。ここはピンボールのアーケードじゃないんだ」オーヴェは車を出した。

「悪いね。仕事でしょっちゅうメールがはいってくるんだ」イミーは言い、片手で食べ物を危なっかしく持ち、反対の手でポケットの奥から電話を出した。

「ということは、おまえにも仕事があるのか」オーヴェは言った。

イミーはは りきってうなずいた。

「iPhoneアプリのプログラミングをしてる」

オーヴェからはそれ以上の質問はなかった。

オーヴェのガレージにもどってくるまでのその後の十分ほどのあいだは、車のなかは比較的平穏だった。オーヴェはサーブを自転車置場の横につけ、エンジンを切らずにニュートラルに入れて、物言いたげに車内の面々を見た。

「平気よ、平気。パトリックはここから松葉杖でどうにか歩けるから」パルヴァネはあからさまな皮肉として言った。

「住居エリアに車ははいれない」オーヴェは標識をさして言った。

パトリックは悪戦苦闘しながら自分自身とギプスの脚を後部座席から外に出し、イミーもTシャツをチキンの脂まみれにして、助手席から身体をひねりだした。

パルヴァネは座席から三歳児をかかえあげて、地面におろした。子供は何かを宙でふりながら、わけのわからない言葉を叫んだ。

パルヴァネは承知したとうなずいて、ふたたび車に近づいて前のドアから身をのりだし、オーヴェに一枚の紙をさしだした。

「なんだ、これは？」オーヴェは受け取ろうとするそぶりをまったく見せずに、たずねた。

「ナサニンの絵よ」

「わたしにそれをどうしろと？」

「あなたの絵を描いたの」パルヴァネはこたえ、オーヴェの手に押しつけた。

オーヴェはしぶしぶその紙を見た。線と渦巻きだらけだった。

「これがイミーで、これが猫で、これがパトリックとわたし。あなたはこれよ」パルヴァネが説明する。

最後のひとことを言いながら、彼女は絵の中央に描かれたものをさした。ほかはすべて黒なのに、そのまんなかのものだけは、まさに色の爆発だった。黄、赤、青、緑、オレンジ、紫が、にぎやかにはじけていた。

「娘が知っている一番面白いものが、あなたなの。だからいつも色を使って描くのよ」

パルヴァネはそれだけ言うと、ドアを閉めて歩き去った。

オーヴェは少ししてようやく声が出るようになり、うしろから叫んだ。「〝いつも〟とはどういうことだ？」

だがそのときには、もう全員が家に向かって歩きだしていた。

オーヴェは少々むっとした顔で助手席の新聞紙の位置をなおした。猫がうしろから座席をのりこえてやってきて、その上に気持ちよさそうにおさまった。サーブをバックでガレージに入れた。扉を閉める。エンジンを切らずにニュートラルに入れる。排気ガスがゆっくりガレージにたまっていくのを感じながら、壁にかかったビニールチューブをながめる。数分のあいだ、聞こえてくるのは猫の呼吸の音と、回転するエンジンのリズミカルな唸りだけだった。このままここにいて、必然の結果を待つのは簡単なことだ。それこそが筋だ。ずっと前からそれを強く望んでいたのだから。終わりを。ソーニャに会いたくて、会いたくて、こうして自分がまだ肉体のなかにいることすら、ときどき耐えがたくなる。このままここにいて、ガスがオーヴェと猫を眠らせ、すべてが終わるのを待つ。それこそが筋だ。だがそのときオーヴェは猫を見た。そしてエンジンを切った。

翌朝、彼らは五時四十五分に起きた。それぞれコーヒーを飲み、マグロを食べた。見まわりをすませたあとは、自宅の前を丁寧に雪かきした。それが終わると、オーヴェは物置の外に立って、シャベルにもたれて周辺のテラスハウスの家々をながめた。

そして道の反対側に移動して、ほかの家の前も雪かきしはじめた。

25 オーヴェという男と、トタンの波板

オーヴェは朝食をすませ、猫が自分から外に用足しに出ていくのを待った。それからようやく、洗面所の棚の一番上にあるプラスチック容器を取った。どこかにそれを放るような格好で、手で重さを量った。中身の錠剤の質がわかるわけでもないが、手のひらにのせて上下に軽くふってみた。

終末期にはいると医者がソーニャに大量の鎮痛剤を処方したため、家の洗面所は、今もコロンビアのマフィアの倉庫のようだった。もちろんオーヴェは薬を信用しておらず、本当に効果を発揮するのは心理面だけであり、それゆえ、薬は頭の弱い人にしか効かないと思っていた。

だが、そうした薬品が人の命を終わらせる手段としてめずらしくないことを、オーヴェも理解していた。

玄関の外から物音がする。ずいぶん早く猫がもどってきた。そこでニャーニャー鳴いている。なかに入れてもらえないので、前足でドアの敷居を引っかきだした。罠にはさまれ

たような声をあげている。もしかしたらオーヴェの何かを感じ取ったのだろう。そして失望しているにちがいない。猫に理解してもらおうと思っても、土台無理な話だ。

鎮痛剤を大量に飲んだら、どんなふうになるのだろう。オーヴェは薬物をやった経験は一度もなかった。アルコールで酔っぱらったことさえ、ほとんどない。コントロールが利かなくなる感覚がどうも好きになれなかった。ふつうの人はまさにその感覚が好きで、何よりそれを求めて酒を飲むのだと長年かかって気づいたが、わざわざコントロールを失った状態を追い求めるのは、脳がすっからかんの連中だけだというのがオーヴェの意見だった。臓器が活動を停止すると、気分が悪くなるのだろうか。痛みを感じたりするのだろうか。それとも、身体が機能をやめると、ただ眠りのなかに落ちていくのだろうか。

猫は今では雪のなかでわめき声をあげている。オーヴェは目を閉じ、ソーニャのことを考えた。オーヴェはただあきらめて死ぬような男ではないし、ソーニャにもそんなふうに思ってほしくなかった。だが、悪いのはむしろ彼女だ。彼女がオーヴェと結婚した。首と肩のあいだに妻の鼻先がすり寄せられることがなくなった今、これ以上どうやって生きていけばいいかオーヴェにはわからない。ただそれだけのことだ。

ひねって蓋をはずし、洗面台のふちに薬をあけた。ひとつひとつが小さな殺人ロボットに変身するのを待つように、それをじっと見つめた。もちろん、そんなことは起こらない。オーヴェは感心しなかった。いくらたくさん飲んだとしても、この白い小さなつぶつぶが身体に害を与えられるというのが理解できない。猫はオーヴェの玄関の扉に雪を吐きかけるような音をたてている。だがそのとき、急にそれがやんで、まったく異なる音がした。

犬の吠え声だ。

オーヴェは顔をあげた。数秒の静寂があり、それから猫の悲痛な叫びがあがった。ふたたびキャンキャン吠える声。そして金髪の棒っきれの何やらわめく声。

オーヴェは洗面台につかまった。余計な音が聞こえなくなるのを期待するように、目を閉じた。そうはならない。やがてとうとうため息をついて身体を起こした。容器の蓋をあけて、錠剤をなかにもどした。階段をおりた。リビングを歩いていって容器を窓辺においた。そして外をのぞくと、家の前の道に金髪の棒っきれがいた。彼女は狙いを定めると、猫に向かって突進していった。

オーヴェがドアをあけたとき、彼女はまさに猫の頭を思いきり蹴ろうとしていた。猫は針のように鋭いヒールをすばやくよけて、オーヴェの物置のほうに逃げた。毛皮のブーツは狂犬病にかかった獣さながらに顔じゅうに唾液を飛ばし、狂ったように吠えている。口には毛がついていた。サングラスをかけていない棒っきれを見るのは、記憶にあるかぎりこれがはじめてだった。緑の目は敵意でぎらついている。猫を追いかけていってもう一度蹴ろうとしたとき、棒っきれはオーヴェがいるのに気づいて動きをとめた。下唇が怒りでふるえている。

「そいつを撃ち殺してやる！」棒っきれは猫を指さしてわめいた。

オーヴェは相手をじっと見て、非常にゆっくりと首をふった。棒っきれはごくりと唾を呑んだ。割った地層からあらわれたようなオーヴェの形相に、それまでの殺気と自信が消えていった。

「た、ただの野良猫じゃない……死ねばいいのよ！　プリンスを引っかいたんだから！」つかえつかえ言う。

オーヴェは無言だったが、目に恐ろしい光がともった。そしてついには犬さえもがあとずさった。

「いこう、プリンス」棒っきれは言ってリードを引いた。オーヴェの視線に物理的に背中を押されたように、角の向こうに消えていった。

オーヴェはその場から動かずに、肩で息をした。こぶしを胸にあてた。心臓が制御を失ったように激しく打っている。小さくうめいた。それから猫を見た。猫もオーヴェを見た。横腹に新たな傷ができていた。またしても毛が血で汚れている。

「猫には九つの命があるとはいうが、それじゃ足りんな」オーヴェは言った。

猫は前足を舐め、数をかぞえることはあまり重要だと思わないという顔をした。オーヴェはうなずいて、横にどいた。

「さあ、はいれ」

猫はのっそりと敷居をまたいだ。オーヴェはドアを閉めた。

リビングのまんなかに立った。いたるところからソーニャがオーヴェを見つめ返している。そのときはじめて、家のどこにいってもソーニャがいるように自分でそうやって彼女の写真を配置したのだと、われながらはじめて気づいた。ソーニャはキッチンのテーブルの上にいた。廊下や階段の途中の壁にもいた。リビングの窓辺にもいて、ちょうどそこに今猫が跳びのって、ソーニャの真横に陣取った。オーヴェのほうを不満げに見てから、大きな音をたてて薬を床にはらい落とした。オーヴェがそれをひろうと、今にも〝余は糾弾す！〟と声をあげそうな顔を向けてきた。

オーヴェは小さく幅木を蹴り、キッチンにいって薬の容器を棚にしまった。それからコーヒーを淹れ、猫用に小皿に水を入れた。

両者は黙って飲んだ。

オーヴェはからになった小皿をひろいあげ、流しの自分のカップの横においた。両手を腰にあて、立ったまま長いこと何かを考えていた。やがて、ふいにうしろを向いて廊下に出ていった。

「ついてこい」ふり返ることもせずに猫を急かした。「あの目障りな犬っころに思い知らせてやろうじゃないか」

オーヴェは青い冬のコートを着て、クロッグをつっかけ、扉をあけて猫を外に出した。

壁のソーニャの写真を見た。彼女は向こうから笑いかけている。死ぬのに一時間を争わなくてはいけないということもないだろう。オーヴェはそう考えて、猫を追って前の道に出ていった。

ドアがひらくまで数分かかった。亡霊が重たい鎖を引いて家を歩いてくるような、足を擦るゆっくりした音がなかから聞こえ、その後ようやく錠に動きがあった。そしてとうとう扉がひらくと、そこにはルネがいて、オーヴェと猫を虚ろな目で見ていた。

「トタンの波板は持ってないか？」オーヴェはおしゃべりに時間を割くことはせずに、いきなりたずねた。

脳が必死に記憶を引きだそうとしているのか、ルネはオーヴェのことを目を凝らしてじっと見つめた。

「トタンの波板？」噛みしめるように独り言ちた。眠りから覚めた者が、今まで見ていた夢を必死に思いだそうとしているようだった。

「そうだ、トタンだ」オーヴェはうなずいて言った。

ルネはオーヴェを通り越してその先の遠くを見た。目は、ワックスがけしたてのボンネットのつやを帯びている。痩せ衰えて、背中もまがった。ひげは白に近い灰色をしている。体格もよくてそれなりに一目おかれた男だったが、今では服がボロ布のように身体から垂れている。年を取った。ものすごく年を取った。オーヴェは思いがけないことに、強く殴られたような衝撃を受けた。ルネの目が一瞬またたいた。そして口がひくついた。

「オーヴェか?」ルネが口にした。

「ああ……ローマ教皇でないのはたしかだ」オーヴェはこたえた。

ルネの顔のたるんだ皮膚が動いて、眠そうな笑いがのぞいた。かつて両者の性格が許すかぎりの親しい友人どうしだったふたりの男は、たがいの顔をじっと見合った。ひとりは過去を忘れようとしない男で、ひとりは過去を憶えていられない男だった。

「年取ったな」オーヴェは言った。

ルネはにやりと笑った。

それからアニタの心配そうな声がして、小さな足でパタパタと駆けて、すぐに本人が玄関にやってきた。

「外にだれかがいるの、ルネ? そこで何をしているの?」彼女は怯えた声をあげ、戸口に出てきてオーヴェの姿を見た。

「まあ……こんにちは、オーヴェ」そこまで言って、言葉をつまらせた。

オーヴェは両手をポケットに入れて立っていた。横には猫がいて、もしポケットがあったら、自分もおなじようにしていただろうという顔をした。あるいは、手があったら。アニタは小さくて灰色だった。灰色のズボンに灰色のカーディガンを着ていて、髪も肌も灰色だった。だが、わずかに目が赤く、顔が腫れぼったいのにオーヴェは気づいた。アニタは慌てて目をぬぐい、瞬きして胸の痛みをはらった。その世代の婦人はよくそんなふうにする。毎朝玄関に立ち、家のなかから悲しみをせっせと箒で掃きだすのだ。彼女はそっとルネの肩に手をおいて、リビングの窓辺の車椅子のほうへ連れていった。

「こんにちは、オーヴェ」玄関にもどってくると、アニタは親しげだが驚きを隠しきれない声であらためて言った。「なんのご用かしら？」

「トタンの波板を持ってないか？」オーヴェは質問で返した。

彼女はぽかんとした顔をした。

「トタンのナミータ？」まるでチンプンカンプンだというようにつぶやいた。

オーヴェは深くため息をついた。

「トタンのな、み、い、た、だ」

アニタのぽかんとした表情には少しの変化も見られなかった。

「わたしが持っているはずのものなの？」

「ルネが物置においているはずだ」オーヴェは言って、手を前に出した。

アニタはうなずいた。壁から物置小屋の鍵を取ってオーヴェの手においた。

「トタンの波板？」もう一度言った。

「そうだ」オーヴェは言った。

「でもわが家にトタン屋根なんかないわ」

「だからどうした?」

アニタはうなずきながら、同時に首をふった。

「いえ……べつに、どうもしないけど」

「だれだって、トタン板のいくらかくらい持っている」オーヴェはまったく議論の余地のないことだというようにこたえた。

アニタはうなずいた。正しい思考力のあるまともな人はみな、必要なときのために少々のトタン板を物置においておくものだ、という議論の余地のない事実をつきつけられた人がするように。

「だけど、あなたはそれを持っていないのね?」彼女は主としておしゃべりの話題づくりのために言ってみた。

「自分のは使ってなくなった」とオーヴェは言った。

アニタはなるほどとうなずいた。家にトタン屋根のないふつうの男が、予備をしばしば切らすほどの頻度でトタンを使うのはめずらしいことではない、という議論の余地のない事実をつきつけられた人がするように。

一分後に、オーヴェはリビングの敷物ほどの大きさの巨大なトタンの波板を引きずって、誇らしげに戸口にあらわれた。アニタは正直なところ、そんなに大きなものが自分の知らないうちに物置におさまっていたことが不思議だった。

「言ったとおりだろう」オーヴェはうなずいて、鍵を返した。

「ええ、ええ……そのとおりだったわね」アニタは認めざるを得なかった。

オーヴェは窓のほうを向いた。ルネがそこから見ていた。そして、アニタが家にはいろうとして背を向けた瞬間、ルネはもう一度にやりと笑って、左手をあげて小さくふった。今のそのほんの一瞬だけは、オーヴェがだれで、そこで何をしているのか、ちゃんとわかっているようだった。

アニタはもじもじして動きをとめた。オーヴェをふり返った。

「例の社会福祉課の人が、また来たわ。ルネをここから連れていこうとしているの」目をあげずに言った。

夫の名前を言ったとき、乾いた新聞のようにアニタの声がかすれた。オーヴェはトタンの波板を指でいじった。

「わたしには世話は無理だと言ってね。病気の問題とか、いろいろあるでしょう。だからホームに入れるべきだって」

オーヴェはトタンの波板を指でいじりつづけた。

「ホームにはいったらルネは死んでしまうわ、オーヴェ。わかるでしょう……」アニタはささやくような声で言った。

オーヴェはうなずいて、二枚の敷石の隙間でカチカチに凍りついているタバコの吸い殻に目を落とした。視界の隅に映るアニタが、わずかに傾いて立っていることに気づいた。そういえば、一年前に人工股関節を入れる手術をしたという話を、ソーニャから聞いた。最近は手にふるえも出るようになった。〝多発性硬化症の初期〟だと、ソーニャはそのことについても言っていた。そしてルネも数年前にアルツハイマー病を発症した。

「それなら息子に来て手伝ってもらえばいいだろう」オーヴェは低い声でぶつぶつ言った。

アニタは顔をあげた。オーヴェの目を見て、子供に甘い親の表情で笑った。

「ヨハン？　あの子はアメリカに住んでいるわ。自分のことだけで手いっぱい。いまどきの若者はみんなそんな調子よ、わかるでしょう」

オーヴェはこたえなかった。アニタは身勝手なせがれが引っ越した先が楽園の国だとでもいうように、〝アメリカ〟という単語を発音した。ルネが病気になってから、オーヴェがこの道で息子を見かけたことは一度もない。今では立派に成人したが、両親のために割く時間はないらしい。

アニタは自分がとんでもない無作法を働いていたのにふと気づいたかのように、慌てて姿勢を正した。申し訳なさそうにオーヴェに笑いかけた。

「ごめんなさい、オーヴェ。わたしのおしゃべりであなたを引きとめてしまって」

アニタは家に引っ込んだ。トタンの波板を手にし、猫を横に従えたオーヴェは、すぐには去らずに、扉が閉まる直前に何かをぼそぼそつぶやいた。アニタは驚いてふり返り、ドアの隙間からオーヴェを見た。

「今、なんて？」

オーヴェは目を合わさずもじもじしていた。やがて帰ろうとしたが、言葉が勝手に口からこぼれた。

「また例のヒーターのことで問題があったら、来てベルを鳴らせばいいと言ったんだ。わたしと猫は家にいる」

眉間にしわを寄せたアニタの顔に、驚きに満ちた微笑みがうかんだ。さらに何か言いたげにドアから半歩外に出た。たぶんソーニャのことにふれたかったのだろう。親友を失ってどれだけ淋しいかということ。四十年近く前にここに引っ越してきたころの四人の関係が、どれだけ懐かしいかということ。ルネとオーヴェが言い合っていたことさえ懐かしいということ。だが、オーヴェはすでに角をまがった先にいた。

オーヴェと猫は家の物置小屋にもどると、サーブ用の予備のバッテリーとふたつの大きな金属製のクリップをなかから運びだした。物置と家のあいだの敷石の上にトタンの波板を敷いて、丁寧に雪をかぶせた。

オーヴェは猫の横に立ち、たっぷり時間をかけて自分の作品の出来栄えをながめた。犬用の完璧な罠だ。雪でカモフラージュされた下には電気が通っていて、いつでも敵を待ち構えている。しかも、これはとことん公正な復讐だ。今度金髪の棒っきれとあの犬っころがオーヴェの敷石の上に小便を引っかける気を起こしたら、その下には電気の流れた金属板があるというわけだ。やつらがそれをどれほど面白がるか、これはひとつ見ものだ、とオーヴェは心のなかで思った。

「かなりビリッと来るだろう」オーヴェは自信満々に猫に説明した。

猫は首をかしげて金属の板に目をやった。

「尿道に雷が落ちるようなもんさ」

猫は長いことじっとオーヴェを見た。〝まさか、本気？〟とでも言いたげに。

オーヴェは両手をポケットに突っ込んで、首をふった。

「いや……本気じゃないさ」落胆のため息をついた。

それからバッテリーとクリップとトタンの波板をまとめ、すべてをガレージに運んだ。棒っきれと犬には感電の罰はかわいそうだと思ったからではない。やつらにはその刑がふさわしい。だがそうではなく、仕方なく意地悪するのと、やれるから意地悪することとのあいだにはちがいがあると、だいぶ前にだれかに教わったのを思いだしたからだ。

「しかし、じつに名案だった」家にもどりながら、オーヴェは猫に言った。

猫にはそこまでの確信はないようだった。

「電流がうまく流れたはずはないと思ってるんだろう。だが、絶対にうまくいった！　絶対だ！　そこのところはまちがえるなよ」オーヴェはうしろから叫んだ。

猫はそっけない仕草でリビングにはいっていったが、〝ああ、ああ、きっとそうだろうよ……〞と背中で伝えているようだった。

それから彼らは昼ごはんを食べた。

26　オーヴェという男と、だれも自転車の修理ができなくなった世のなか

多くの人は、孤独を好む人とともに暮らすのは大変だと感じる。ひとりでいるのが苦手な人にとっては、どうにも居心地が悪いのだ。しかしソーニャは必要以上に愚痴をこぼさなかった。〝そんなあなたと結婚したんだから〟と彼女はいつも言った。

それでもオーヴェとルネが友達と呼べる間柄になったことに対しては、彼女は喜びを隠さなかった。たがいに多くを語り合うわけではない。ルネは口数が少なかったし、オーヴェはほとんどしゃべらなかった。とはいえ、オーヴェのような男でさえときどき話し相手がほしいと感じることを理解しないほど、ソーニャは愚かではなかった。

そして、オーヴェがこんなふうに話し相手を得たのは、久しぶりだった。じつに久しぶりだった。

「わたしの勝ちだ」郵便箱がカタカタ鳴る音がして、オーヴェはそっけなく言った。

猫はリビングの窓辺から飛びおりて、キッチンに去っていった。〝負けず嫌いめ〟と思いながら、オーヴェは玄関へいった。郵便物が何時にとどくか賭けをしたのは久方ぶりだ。

毎年夏の休暇の時期にルネと賭けをしたのだが、何度もくり返すうちに、ふたりは三十秒単位の区切りと調整域からなる複雑なルールを編みだして、それで競うようになった。それもうむかしの話だ。当時は十二時ちょうどに郵便がとどいたので、どっちの予想が正しかったか決めるのに、きっちりした基準が必要だった。最近はもうそのころとはちがう。最近は、午後のあいだのいつとどくかわからない。郵便局は気が向いたときに配達し、配達されたほうは、それで感謝しなくてはいけない。ルネと口を利かなくなってからは、ソーニャを賭けに誘おうと試みた。だが彼女はルールを解さなかった。それでオーヴェはあきらめた。

オーヴェが勢いよくドアをあけたので、外にいた青年はもう少しでぶつかって段から転げ落ちるところだった。オーヴェは驚いて相手を見た。郵便配達人の制服を着ている。

「なんだ?」オーヴェは言った。

青年は答えを思いつかないようだった。新聞と手紙をもじもじといじっている。そしてそのとき、オーヴェはそれが数日前に自転車置場のそばで自転車のことで言い合った、あの若造だと気づいた。自転車を〝修理する〟つもりだと言った若造。もちろんオーヴェはちゃんと理解していた。〝修理する〟というのは、要するにこういう輩のあいだでは、〝盗んでインターネットで売る〟ことを意味する。

若造は相手に気づいて、それが可能だとすれば、オーヴェよりもさらに嬉しくなさそうな顔をした。料理を出すか、いったん厨房に持って帰って皿に唾を吐きかけるか決めかねているウェイターの表情だった。若造はオーヴェを品定めし、手紙と新聞を見て、もう一度オーヴェを見た。そしてむっつりと〝はい〟と言って、しぶしぶ手わたした。オーヴェは相手の顔をじっと見つめたまま、それを受け取った。

「郵便箱がつぶれてたから、直接わたしたほうがいいと思って」若造は言った。

トレーラーをバックできないうすのろがトレーラーをバックさせるまでオーヴェの郵便箱だった、ぐしゃりと半分につぶれた代物を若造はあごでさし、それからオーヴェの手にある手紙と新聞紙をあごでさした。オーヴェはそれを見た。新聞お断りとはっきり書いておいてもただで投函される類の地元紙だ。それに手紙もどうせ広告だろうとオーヴェは思った。オーヴェの名前と住所が表に手書きで書いてはあるが、これは広告のよくある手だ。本当の知り合いから来たと思わせるためのやり口で、開封したとたんになかから広告や宣伝があらわれる。オーヴェにはその手は通用しない。

若造は地面を見ながら踵にのって前後に身体を揺らしている。内側から外に出たがっているものと戦っているかのようだった。

「まだ何か用か？」オーヴェはたずねた。

若造は思春期後期の脂ぎったくしゃくしゃの髪をかきあげた。

「ああ、もう、ちくしょう……ひょっとして、ソーニャという奥さんがいないか聞きたかっただけだ」彼は雪に向かって吐きだした。

オーヴェは不審そうに相手を見た。若造は封筒をさした。

「苗字を見たんだ。おなじ名前の先生に教わったことがあって。それで、もしかしたらと……」

話をしたこと自体を激しく後悔しているようだった。すぐに身体を翻して、立ち去ろうとした。オーヴェは咳ばらいして敷居を蹴った。

「待て……そうかもしれない。ソーニャがどうした？」

若造は一メートル先で足をとめた。

「ああ、くそくそ……おれは先生が好きだった。それだけ言いたかった。おれは……ほら……読み書きとか、そういうのがうまくないんだ」

オーヴェは〝まさかそうとは思わなかった〟と口にしかけたが、やめておいた。若造はもじもじ身をよじった。ぼんやり髪に手をやり、上のそのあたりにいい表現が見つかることを期待するように手でくしゃくしゃにした。

「先生は、おれの頭が本当に馬鹿だって思わなかった、ただひとりの先生だった」喉をつまらせながら話をつづけた。「先生はおれに……あの……シェイクスピアを読ませたんだ。ふつうの本だって無理だって思ってたのに。先生はものすごい分厚い本を読ませた。死んじゃったって聞いて、まじでクソって思った」

オーヴェはこたえなかった。若造は地面に目を落とした。肩をすくめた。

「そんだけだ……」

若造は口をつぐんだ。そして五十九歳とティーンエイジャーは、二、三メートル離れた場所に立ち、ふたりして雪を蹴った。本人以上にその人の可能性を認めて断固応援してくれたある女性の思い出を、たがいに蹴り合っているようだった。その共通の経験を、ふたりともどうしていいかわからなかった。

「あの自転車はどうなった？」オーヴェはしばらくして聞いた。

「修理するって、ガールフレンドに約束した。彼女はあそこに住んでる」若造はこたえ、道の一番奥の、アニタとルネの向かいの家を身ぶりでさした。リサイクルを主張する例の人種が、タイやどこかにいっていないときに住んでいる家だ。

「けど、じつは、まだガールフレンドじゃなくて。でも、そうなってくれたらいいと思ってるっていうか」

勝手な文法を発明しながら話す若者を見る中高年の目で、オーヴェは相手をしげしげ見た。

「道具は持ってるんだな？」オーヴェはたずねた。

若造はかぶりをふった。

「道具なしにどうやって自転車を修理するつもりだ？」オーヴェはあきれるというより、心の底から驚いて言った。

若造は肩をすくめた。

「さあ」

「ならどうして修理するなどと約束した？」

若造は雪を蹴った。困りきって、手のひら全体で顔をこすった。

「彼女が好きだから」

オーヴェはそれに対してどう返事をすべきかよくわからなかった。そこで地元紙と封筒を丸めて、バトンのようにして手のひらに打ちつけた。

「先にいかないと」若造は聞こえないほどの小声でぼそぼそ言って、ふたたび背を向けようとした。

「じゃあ、仕事が終わったら寄れ。自転車を外に出してやる」

言葉がどこからともなく勝手に出てきた。実際に言ったというより、大声で考えたといった感じだった。

「だが、道具は自分で用意しろよ」とオーヴェはつけくわえた。

若造は顔を輝かせた。

「まじで言ってます？」

オーヴェは無表情に紙のバトンを手のひらに打ちつづけた。

若造はごくりと唾を呑んだ。

「ほら、その、まじめですか？　いや待てよ、ちくしょう……だめだ。今日は取りにこられない！　急いでべつの仕事にいかないといけないから。でも、あしたなら平気だ。あした取りにくるんでもオーケーですか？」

オーヴェは頭を傾け、漫画の登場人物がしゃべるのを聞かされたような顔をした。若造は深く息を吸って自分を落ち着かせた。

「あしたは？　あした取りにきてもいいですか？」

「べつの仕事というのは？」クイズ番組の最終問題で不完全な答えをされたように、オーヴェは聞き返した。

「夕方と週末はカフェで働いてるっていうか、そんな感じで」若造は自分がガールフレンドになっていることとさえ知らないガールフレンドとの幻の関係が、これでだめにならずにすむかもしれない、という新たな希望を目にうかべた。それは脂ぎった髪をした思春期後期の青年にしか夢想できない種類の関係だった。

「カフェには道具がある！　あっちに自転車を持ってけばいい！」彼は意気込んでつづけた。

「なぜべつの仕事をする？　ひとつじゃ足りないのか？」オーヴェは紙のバトンで制服の

胸についた郵便局のロゴをさした。

「お金を貯めたいから、両方で仕事をしないといけないんだ」若造は説明した。

「なんのために?」

「車がほしいから」

〝車〟と口にすると同時にわずかに背筋がのびたのを、オーヴェは見逃さなかった。疑わしげにじろりと相手を見た。それからゆっくりと、だが油断なく、ふたたびバトンを手のひらに打ちつけた。

「どんな車だ?」

「目をつけてるのはルノーだ」若造は嬉しそうに言って、さらに背筋をのばした。

ふたりの男のまわりの空気が百分の一秒間とまった。不穏な静寂が彼らをつつんだ。これが映画だったら、その間にカメラがふたりを三百六十度パンし、つづいてオーヴェがついに冷静さを失うといった流れになったにちがいない。

「ルノー? ルノーだと? フランスの車じゃないか! わざわざフランスの車を買うとは、頭がどうかしているとしか思えん!」

若造の口に何かがのぼりかけたようだったが、オーヴェがしつこい蜂をはらうように上半身全体を揺すりだしたので、言う機会を失った。

「おい、半人前! おまえは車について何か知ってるのか?」

若造が頭をふる。オーヴェは急な片頭痛に襲われたように、大きく喘いでひたいに手をあてた。

「それに、車を持ってないなら、どうやって自転車をカフェまで運ぶつもりだ？」オーヴェは冷静さを取りもどすのになおも苦心している声で、少ししてから言った。

「それは……考えてなかった」

オーヴェは首をふった。

「ルノーだと？　本気か？」

若造はうなずいた。

オーヴェはいらいらと目をこすった。

「それで、おまえが働いているカフェというのは、どこにあるんだ？」オーヴェは低い声で言った。

二十分後、パルヴァネは驚いて玄関のドアをあけた。外にはオーヴェが立っていて、紙のバトンを静かに手に打ちつけていた。

「例の緑のマークはあるか？」

「え？」

「教習中は緑のマークをつけないといけない。持ってるのか、持ってないのか？」

パルヴァネはうなずいた。

「ええ……持ってることは持ってるけど、どうし――」

「二時間後に迎えにくる。わたしの車を使う」

オーヴェは返事を待たずに背を向け、狭い道をわたって家にもどった。

27 オーヴェという男と、運転教習

テラスハウス団地に住んでいたおよそ四十年のあいだに、オーヴェとルネとの深い確執の原因の本当のところはなんなのかと、新しく越してきた住民がソーニャに軽率にも聞いてくることがときどきあった。友人どうしだったふたりの男が、なぜ急にこれほどまで敵対するようになったのか、と。

ソーニャは、それはじつに単純なことなのだと、いつも淡々とこたえた。話はこうだった。ふたりの男とその妻が引っ越してきたとき、オーヴェはサーブ96に乗り、ルネはボルボ244に乗っていた。およそ一年後、オーヴェはサーブ95を買い、ルネはボルボ245を買った。その三年後、オーヴェはサーブ900を買い、そしてルネはボルボ265を買った。つづく十年、二十年のあいだに、オーヴェはサーブ900をさらに二台買い、それからサーブ9000を買った。一方のルネは、ボルボ265をもう一台と、ボルボ745を買ったが、その数年後には、セダンにもどしてボルボ740を購入した。そこでオーヴェはサーブ9000をもう一台買い、するとルネはボルボ760に替え、その後オーヴェはサーブ9000シリーズをもう一台買い、ルネは車を下取りに出してボルボ760ターボに乗り替えた。

そしてある日、オーヴェが新しく発売されたサーブ9－3を見に自動車販売店にいき、夕方に家に帰ってくると、ルネはBMWを買っていた。

〝BMWだぞ！〟オーヴェはソーニャに向かって怒鳴った。〝そんなことをする人間とまともな会話ができると思うか？　え？〟。

さらにソーニャは、ふたりの男がたがいを嫌う理由は、おそらくそれがすべてではないだろう、とつづけて説明した。理解できるかできないかは、人それぞれだ。もし理解できないのであれば、これ以上説明しても意味はない。

たいていのやつらには絶対に理解できないだろう、とオーヴェはいつも言った。もっとも近ごろの連中は、そもそも忠誠とはなんなのかまるでわかっていない。車はただの〝移動手段〟で、道のりは二点のあいだの紆余曲折としか考えていない。だから最近の道路事情はこんなありさまなのだとオーヴェは信じていた。みんながもっと自分の車を大切にするならば、あんな狂ったような運転はしないはずだ。オーヴェはそんなことを考えながら、前もって座席に敷いておいた新聞紙をパルヴァネがどけるようすをながめた。彼女は腹を車におさめるためにいったん運転席を一番うしろまでさげたが、そのあとで、手がハンドルにとどくように、また一番前までもどさなければならなかった。

運転の教習は、のっけからあまり順調ではなかった。正確にいえば、パルヴァネがレモネードを手にサーブに乗り込もうとしたところからはじまった。それはやってはいけないことだ。その後彼女はオーヴェのラジオをいじり、〝もっと面白い局〟をさがそうとした。それもやってはいけないことだ。

オーヴェは新聞を床からひろって丸め、ストレスボールの激しいバージョンといった感じに、いらいらと自分の手にたたきつけはじめた。パルヴァネはハンドルをにぎり、興味津々の子供の目で計器をながめた。

「どこからはじめたらいい？」ようやくあきらめてレモネードをオーヴェに手わたしたあとで、パルヴァネははりきった声をあげた。

オーヴェはため息をついた。後部座席にいる猫は、シートベルトを締める方法を知らないことが悔やまれてならないという顔をした。

「クラッチペダルを踏んで」オーヴェはいくらか突き放した口調で言った。

パルヴァネは何かさがしているように座席のまわりを見た。それからオーヴェを見て、取り入るように笑った。

「クラッチって、どれ？」

嘘だろうという表情が、オーヴェの顔いっぱいにひろがった。

パルヴァネはもう一度シートの周辺を見まわし、そこにクラッチがあると思っているのか、背もたれのシートベルトの受け口のほうに身体をねじった。オーヴェは手にひたいをあてた。パルヴァネはとたんにふてくされた顔をした。

「だから言ったでしょう、オートマ車の免許を取りたいんだって！　どうしてあなたの車で練習しないといけないの？」

「ちゃんとした免許を取るためだ！」オーヴェは〝ちゃんとした〟という言葉を強調して言い返し、彼にいわせればオートマ車の運転免許は〝ちゃんとした運転免許〟でなく、同様にオートマ車は〝ちゃんとした車〟ではないのだということをはっきり伝えた。

「わたしに怒鳴らないで！」とパルヴァネは怒鳴った。

「わたしは怒鳴ってない！」とオーヴェは怒鳴り返した。

猫はなんであれ巻き込まれるのはごめんだという態度を明確に示し、後部座席で丸くなった。パルヴァネは両腕を組んで、ぷいと横を向いてじっと窓の外を見た。オーヴェは紙のバトンをリズミカルに手のひらに打ちつけた。

「一番左のペダルがクラッチだ」とうとうオーヴェはぶつぶつつぶやいた。

彼はいったん途中でとめて吸いなおさなければならないほど、長々と息を吸い込んでから、つづけた。

「まんなかがブレーキ。右がアクセルだ。引きを感じるまでクラッチをゆっくりゆるめていって、そこでアクセルを軽く踏んでクラッチをはなし、発進する」

パルヴァネはこれをある種の謝罪として受け入れたようだった。彼女はうなずいて、冷静さを取りもどした。ハンドルをにぎり、エンジンをかけ、オーヴェに言われたとおりのことをした。サーブはがくんと前に出て一瞬とまったかと思うと、大きな唸りをあげて来客用駐車場にとびだしていって、よその車に激突しそうになった。オーヴェはハンドブレーキを引いた。パルヴァネはハンドルから手をはなして恐怖の悲鳴をあげ、サーブがようやくとまるまで両手で目をおおった。オーヴェは軍の障害物通過訓練をのりこえてやっとハンドブレーキをつかんだかのように、息を切らしていた。顔の筋肉は、目にレモン汁をかけられたみたいに引きつっていた。

「ここからどうしたらいいの?」前の車のテールライトからの距離が二センチしかないのを見て、パルヴァネはわめいた。

「バックする。バックに入れろ」オーヴェは歯ぎしりして言った。

「もう少しでぶつけるところだった!」パルヴァネは喘いだ。

オーヴェはボンネットの先をのぞき込んだ。すると突然、満面に穏やかな表情がひろがった。パルヴァネをふり返って冷静にうなずいた。

「かまわん。ボルボだ」

彼らは十五分かかって駐車場を抜け、外の通りに出た。するとパルヴァネが一速のままエンジンの回転数をあげつづけたので、サーブまるごとが爆発しそうなほどがたがた揺れはじめた。オーヴェはギアを変えろと言い、パルヴァネはやり方を知らないとこたえた。

猫は後部座席のドアを必死にあけようとしているように見えた。

最初の赤信号でとまると、ふたりのスキンヘッドの若者が乗った黒い大きなSUV車がうしろにやってきて、家に帰って見てみたら、相手のナンバーがリアバンパーに刻印されているはずだとオーヴェが確信するほど、ぴったり車を背後につけた。パルヴァネは不安げにミラーを見た。SUVは何かの意思表示のようにエンジンをふかした。オーヴェはふり返ってリアウィンドウごしににらんだ。ふたりとも首の全面にタトゥーを入れているのが見える。脳がからっぽであることを世界に宣伝するのに、SUVに乗っているだけでは十分ではないらしい。

信号が青になった。パルヴァネがクラッチをゆるめると、サーブは咳き込んで計器のパネルが真っ暗になった。慌ててエンジンキーをまわしたが、胸を引き裂くギーギーという音がしただけだった。エンジンは唸り、咳き込み、ふたたび息絶えた。首にタトゥーを入れたスキンヘッドの男たちがクラクションを鳴らした。ひとりは挑発的なジェスチャーをしている。

「クラッチを切って、もっとアクセルを踏む」オーヴェは言った。

「やってるわよ!」パルヴァネはこたえた。

「やってない」オーヴェは言った。

「やってる！」

「今度はあんたのほうが叫んでるじゃないか」

「わたしは叫んでなんかないわ！」パルヴァネは叫んだ。

SUVがクラクションを鳴らす。パルヴァネはクラッチを踏み込んだ。サーブは数センチうしろにもどって、SUVのフロントにぶつかった。首タトゥーの男たちは今ではクラクションにしがみついて、空襲警報のようにそれを鳴らしはじめた。

パルヴァネは必死にキーをまわしたが、再度エンストしただけだった。すると突然、すべてを投げだして両手に顔をうずめた。

「おい……まさか、泣いてるのか？」オーヴェは声をあげた。

「泣いてなんかない！」パルヴァネは涙をダッシュボードに飛び散らしてわめいた。

オーヴェはシートにもたれて、ひざに目を落とした。紙のバトンの先っぽを手でいじった。

「いっぱいいっぱいなの。それだけ。わかるでしょう？」パルヴァネはすすり泣き、ふんわりやわらかなものに突っ伏すように、ハンドルにおでこをつけた。

「それに妊娠してるの！　ストレスがたまってるの！　みんな、ストレスのたまった妊婦にちょっとぐらい理解を示してくれたっていいじゃない！」

オーヴェは居心地悪そうに助手席で身をよじった。パルヴァネはハンドルを数回たたき、

〝わたしはレモネードが飲みたいだけなのに〞とかなんとかうめくと、ハンドルの上に腕をおき、袖に顔をうずめてふたたび泣きだした。

うしろのSUVは、フィンランドのフェリーが衝突を警告するような勢いでクラクションを鳴らしている。そしてそのとき、オーヴェのなかの何かが切れた。乱暴にドアをあけて車を降り、大股でSUVのまわりをまわっていって運転席のドアを引きあけた。

「おい、おまえ。運転の教習生だった経験はないのか？」

運転手に返事をするひまはなかった。

「ろくでもないチンピラ野郎が！」オーヴェは首にタトゥーを入れたスキンヘッドに向かって、唾をシートじゅうに飛び散らせながら正面切って言った。

首タトゥーにこたえる間はなく、オーヴェもそれを待たなかった。オーヴェは若い男の襟をつかんで思いきり引っぱり、そのあまりの勢いに、若い男はぶざまに車から外に転げでた。百キロほどもあるたくましい男だったが、オーヴェの鉄のこぶしががっちりと襟をつかんではなさなかった。首タトゥーは年配の男の握力に泡を食って、抵抗するという案さえ頭にのぼらないようだった。オーヴェは目に怒りを燃やし、自分よりおそらく三十五歳は若い男をSUVの車体が揺れるほど力いっぱい車の側面に押しつけた。つるつる頭のまんまんなかに指の先をおき、息がふれ合うほど顔を近づけて目をのぞき込んだ。

「もう一度クラクションを鳴らしてみろ、つぎはあの世行きだ。わかったか？」

首タトゥーは、車にいる自分とおなじくらい屈強な友人のほうに、それからSUVのうしろについたほかの車のほうに、目を泳がせた。だれひとり、加勢するそぶりさえ見せなかった。だれひとり、クラクションを鳴らさなかった。だれひとり、動かなかった。全員、おなじことを考えていた——首にタトゥーを入れていないオーヴェほどの年齢の男が、首にタトゥーを入れたあのような年齢の男にひとつのためらいもなく挑みかかり、あんなふうに車に押しつけているとすれば、怒らせたくないのはそっちのほうだ。

オーヴェの目は怒りで燃えていた。首タトゥーは一瞬考えたのち、今のはまぎれもなく本気の警告だと信じたようだった。ほとんどわからないほど鼻先が小さく上下した。

オーヴェはそれを受けてうなずき、相手をはなした。うしろを向き、SUVをまわってサーブに乗り込んだ。パルヴァネは口をあんぐりあけて、オーヴェに目をみはった。

「いいか、よく聞くんだ」オーヴェはドアを静かに閉めて、穏やかに言った。「あんたは子供をふたり産んで、じきに三人目をひりだす予定だ。あんたは遠くの国からはるばるやってきた。察するに紛争とか迫害とか、そういうあらゆるものから逃れてきたんだろう。新しい言葉を習って、学をつけて、まぎれもない役立たずぞろいの家族を支えている。そんなあんたに、この世に怖いものがあるはずがないじゃないか」

オーヴェはパルヴァネの目をじっと見た。パルヴァネはまだ口をあけていた。オーヴェは足の下のペダルを乱暴に指さした。

「なにも脳の手術をしろと言ってるんじゃない。車を運転しろと言ってるんだ。アクセルがあって、ブレーキがあって、クラッチがある。史上最大級の馬鹿だって、運転の仕方を学んだ。あんたにもできるはずだ」

それから、オーヴェはつぎの言葉を言った。それはオーヴェから聞いた一番の褒め言葉として、パルヴァネの心にずっと残ることになった。

「あんたはそこまでの馬鹿じゃないんだ」

パルヴァネは涙で顔にはりついた毛をはらった。あらためてぎこちない両手でハンドルをつかんだ。オーヴェはうなずき、シートベルトをつけ、真っすぐにシートにすわった。

「さあ、クラッチを踏んで、わたしの言うとおりにするんだ」

そしてその日の午後、パルヴァネは運転を習得した。

28 オーヴェという男と、ルネという男

ソーニャはオーヴェのことをよく〝執念深い〟と言った。たとえば、九〇年代の終わりに菓子パンを買いにいって、一度釣り銭をまちがわれた地元のパン屋には、その後八年間足を運ぼうとしなかった。オーヴェはこれを〝主義に従うこと〟と表現した。言葉とその使い方に関しては、夫婦の意見が完全に一致することは稀だった。

ルネとの不仲をソーニャが残念がっていることは、オーヴェも知っていた。ソーニャとアニタは、本当ならさらにすばらしい友人関係を築けたかもしれないのに、オーヴェとルネの確執がそれに水をさしたことも理解している。だが、対立が長くつづくうちに、解決のしようがなくなった。なぜなら、単純に対立がいつはじまったか、だれも憶えていないからだ。それにどうやってはじまったかも、オーヴェは憶えていない。

わかるのは、どうやって終わったか、ということだけだ。

一台のBMW。理解できる人間もいれば、できない人間もいる。それに、車と感情とは

無関係だと思う者もいるにちがいない。だが、ふたりの男が終生の敵《かたき》になった理由についてのこれ以上の説明は存在すまい。

それはオーヴェとソーニャがスペイン旅行と事故のあと帰宅して間もなくのことで、はじまりはごく他愛もないものだった。オーヴェはその夏、テラスのタイルを一新し、するとルネは自分のところを新しく柵でかこった。それを受け、オーヴェは自分のところをもっと高い柵でかこい、するとルネは建築資材屋に走り、数日後に〝プールをつくった〟と近所じゅうにふれまわった。あんなのはプールじゃない、とオーヴェはソーニャに文句をぶつけた。生まれたばかりの小僧のための、ただの水浴び場だ。オーヴェは違反建築として計画課に通報するのも悪くないとしばらくのあいだ考えていたが、ソーニャがやりすぎだと叱り、〝気を静めなさい〟と言って外の芝刈りに出した。オーヴェはそのとおりにしたが、あまり気が静まることはなかった。

その芝生というのは、オーヴェの家とルネの家とそれにはさまれた家の裏手にある、幅五メートルほどの細長い芝地だった。ソーニャとアニタは、そのまんなかの家のことを早いうちから〝中立地帯〟と呼んでいた。芝生がなんのためのものなのか、どんな役割を期待されているのか、だれもよく知らなかったが、テラスハウス団地が設計された当初、図面上でとてもすてきに見えるというだけの理由で、芝地が点々とあるべきだと考えた町づくりの建築家がいたにちがいない。オーヴェとルネが管理組合を立ちあげた、まだ友人どうしだった当時、ふたりの男はオーヴェを〝芝の責任者〟と決め、彼が手入れを受け持つことになった。オーヴェは長年それをつづけた。あるときある居住者が、管理組合がそこにテーブルと椅子をおいて〝みんなで使える共有スペース〟をつくってはどうかと提案したが、当然、オーヴェとルネは即刻その案をつぶした。大騒ぎがくりひろげられ、騒々しいだけにきまっているからだ。

そのころまでは、すべては平和でなごやかだった。あくまでオーヴェとルネのような男が関わっているなかで得られる範囲での〝平和となごやか〟ではあったが。

ルネが〝プール〟をつくって間もないあるとき、一匹のネズミがオーヴェが刈ったばかりの芝の上を駆け抜け、奥の森にはいっていった。オーヴェはただちに理事会の〝緊急会議〟を召集し、周辺のすべての家の周囲に殺鼠剤をおくことを要求した。住人はもちろん抗議した。森の入り口で見かけるハリネズミが毒を食べてしまうかもしれないと心配したからだ。ルネも抗議した。ネズミが毒を運び、それがめぐりめぐって自分のプールにはいることを危惧したのだ。オーヴェはルネに、シャツのボタンをしめて精神治療医のところへいき、ここがフランスのリビエラだという幻想をどうにかしてもらえと勧めた。ルネはオーヴェをからかい、ネズミを見たということこそ妄想だったのではないかと、意地の悪い冗談を言った。全員が笑った。オーヴェはそのことを根に持った。翌朝、何者かがルネのテラスのまわりに鳥の餌をばらまき、ルネはその後の数週間、掃除機ほどの大きさの何

つぶつこぼしたが、ともあれこの一件のあと、オーヴェは殺鼠剤をおく許可を得た。四ものネズミを相手に、シャベルで格闘するはめになった。ルネは仕返しをしてやるとぶ

二年後、ルネは〝木をめぐる大戦争〟に勝利し、夕方に家に横から射し込む太陽をさえぎっている木を切り倒す許可を、理事会の年次会で得た。そのおなじ木は、オーヴェとソーニャの寝室に射すまぶしすぎる朝日をさえぎっていた。さらにルネは、そういうことなら日除けを新たに設置する代金を管理組合がもつべきだ、というオーヴェの怒りの反撃を封じることにも成功した。

しかしオーヴェは、その年の冬の〝雪かきの戦い〟において一矢報いる。ルネは自分を〝雪かき長〟に任命し、同時に巨大なスノーブロワーの購入を理事会に持ちかけた。ルネが管理組合の金で買ったおもちゃを持ってオーヴェの家の窓に雪を吹き飛ばすことを、オーヴェとしては許す気は毛頭なく、理事会においてその意見をはっきりと主張した。

ルネはもちろん雪かき長にはなったが、腹の立つことに、冬のあいだじゅう家々のあいだをシャベルを使って人力で雪かきすることになった。その結果として、当然のことながら、ルネは近所のすべての家の前はきれいにしたが、終始一貫して、オーヴェとソーニャのところの雪だけは手をつけずに残した。一月の中ごろになり、オーヴェはルネを嫌がらせるためだけに巨大なスノーブロワーをレンタルし、自宅前の十平米の雪をそれで吹き飛ばした。ルネは逆上し、そのときのことを思いだすとオーヴェはいまだに痛快な気分にな

った。

もちろん、ルネはつぎの夏にオーヴェにやり返す方法を見つけ、馬鹿でかい芝刈り機を購入した。それから裏切りと嘘と陰謀を重ね、〝前任者よりもいくらか適切な道具〟を持っているといって年次会で許可を取りつけ、オーヴェの芝の責任者の座を奪った。

四年後、オーヴェは自宅の窓を交換するルネの計画をつぶして、負けを挽回した。三十三通の手紙と十数本の怒りの電話のすえに計画課が折れ、〝この地域の調和した建築の景観を乱す〟というオーヴェの主張を受け入れたのだった。

それから三年間、ルネは〝形式主義者め〟と言う以外、オーヴェとは口を利かなかった。オーヴェはそれを褒め言葉と受け取った。そしてその翌年、自分の家の窓を替えた。

つぎの冬になり、理事会は団地全体の新しい集団暖房システムの導入が必要だと考えた。蓋をあけてみると、ルネとオーヴェはどんな暖房システムが必要かについて、偶然にも正反対の考えを持っていて、ほかの住人はそれを〝送水ポンプの戦い〟と面白おかしく呼んだ。これはふたりの男の終わりなき争いへと発展した。

こうして戦いはつづいた。

しかし、そういうときばかりでなかったのは、ソーニャもよく言っていたとおりだ。ソーニャとアニタのような女性は、たまにしかない機会を最大限に利用する方法を知っていた。ふたりの男は始終火花を散らしていたというわけではなかったのだ。たとえば八〇年代のある夏、オーヴェはサーブ9000を、ルネはボルボ760を買った。そして、ふたりともそれに大変満足して、数週間はたがいに機嫌がよかった。おかげでソーニャとアニタは、四人顔をそろえての夕食の席を数回もうけることができた。ルネとアニタの息子はすでに十代になっていて、その年ごろならではの並外れた無愛想さと無礼さを示し、かりかりした置物のようにテーブルの端にすわっていた。〝あの子は生まれつき怒りっぽいのだ〟といつもソーニャは悲しげにこぼしたが、ともかくオーヴェとルネの両人のあいだはどうにかうまく保たれていて、夜の終わりにはいっしょにウィスキーを少々楽しんだほどだった。

不運なことに、その夏の最後の夕食のときに、オーヴェとルネはバーベキューをするというアイディアを思いついた。そして案の定、ふたりはオーヴェの球形のグリルにもっとも効率的に火をつける方法をめぐって、たちまち対立した。十五分もしないうちに議論が白熱してかなりの大声になったため、ソーニャとアニタが話し合い、べつべつに夕食を取ることになった。ふたりの男がつぎに話をしたのは、それぞれがボルボ760（ターボ）とサーブ9000iを買って売ったあとのことだった。

そのあいだにも、団地には新しい人たちが越してきては去っていった。やがてほかのテラスハウスの玄関にのぞくのは新しい顔ばかりになって、だれがだれだか区別がつかなくなった。森があった場所には、建設用のクレーンの姿しか見られなくなった。オーヴェとルネは、新時代における古代の遺物のように、自宅前で頑固に両手をズボンのポケットに突っ込んで立ち、一方、ネクタイをグレープフルーツほどの大きさに結んだ高飛車な不動産業者は、家のあいだの狭い道を練り歩いては、ハゲワシが老いた水牛を見るような目でふたりを見ていった。彼らの家にコンサルタントとその家族を入居させようと狙っていることは、オーヴェもルネもよく知っていた。

ルネとアニタの息子は九〇年代のはじめに二十歳になると、家を出ていった。行先はアメリカだとソーニャは言った。以来、ほとんど姿を見ることはなかった。クリスマスの時期などに電話をよこすこともたまにはあったが、アニタが〝息子は、今は自分のことでとても忙しいの〟と明るく言うときも、彼女が涙をこらえているのがソーニャにはわかった。何もかも捨てて、二度とふり返らない息子もいる。それだけのことだ。

ルネはその話には一度もふれなかった。だが、むかしから知っている者の目から見ると、その後の数年のうちに背が数センチ低くなったように感じられた。大きなため息をひとつついて身体が縮こまったきり、まともに息をしていないかのようだった。

数年後、ルネとオーヴェは集団暖房システムのことで百度目に衝突をした。オーヴェは頭に血をのぼらせて管理組合の集まりをとびだし、二度ともどらなかった。ふたりのあいだの最後の戦いは、二〇〇〇年代を迎えて数年後に勃発した。ルネが全自動のロボット式芝刈り機をアジアから取り寄せ、家の裏の芝生にそれを放って勝手に動きまわらせたのだ。離れた場所からでも〝特別運転〟の設定ができるらしいと、ある晩アニタのところから帰ってきたソーニャは感心しきりに語った。オーヴェはこの〝特別運転〟のもとでは、小さなロボットがオーヴェの家の寝室の前をガーガーひと晩じゅういったり来たりする傾向にあることを、すぐに理解した。ある晩ソーニャは、オーヴェがネジまわしを持ってテラスの扉を出ていくのを見た。明くる朝、くだんの小さなロボットは、謎の理由によりルネのプールに真っすぐに突っ込んでいった。

翌月、ルネは最初の入院をした。彼が新しい芝刈り機を買うことは二度となかった。ふたりの対立がどうやってはじまったのか、オーヴェにはもうよくわからないが、その時点で終止符が打たれたことだけは、たしかだった。それ以降、彼らの対立は、オーヴェにとっては記憶でしかなく、ルネにとっては記憶の欠如でしかなかった。

どんな車に乗っているかでその男の心情が読めるという事実を否定する人たちも、たしかにいるだろう。

だが、このテラスハウス団地に引っ越してきたとき、オーヴェはサーブ96に、ルネはボルボ244に乗っていた。事故のあとは、オーヴェはソーニャの車椅子を乗せられるようにサーブ95を買った。おなじ年、ルネはベビーカーを乗せられるようにボルボ245を買った。三年後、ソーニャは折りたたみのできる新しいタイプの車椅子を使うようになり、オーヴェはハッチバックのサーブ900を買った。ルネはボルボ265を買った。アニタがふたりめの子供について口にするようになったからだ。

そしてオーヴェはさらにサーブ900を二台買い、その後はじめてのサーブ9000を買った。ルネはボルボ265を買い、そしてとうとうボルボ745を買った。ただし、つぎの子供は生まれなかった。ある晩、帰宅したソーニャは、アニタが病院にいってきた話をオーヴェにした。

そして、その一週後、ボルボ740がルネのガレージにとまっていた。セダンのモデルだった。

サーブの洗車をしているときに、オーヴェはそれを見た。その晩、ルネは玄関の前にウィスキーのハーフボトルを見つけた。ふたりがその話にふれることは一度もなかった。

おそらく、生まれてくることのなかった子供に対する悲しみは、ふたりの男の気持ちを近づけたにちがいない。だが、悲しみというのは、ある意味であてにならない。両者が気持ちを分かち合わなければ、かえってそれが溝をつくる結果になる。

たぶんオーヴェは、たとえ親子仲が悪かろうとも、ひとりの息子に恵まれたルネが許せなかったのかもしれない。たぶんルネは、それを許せないオーヴェが許せなかったのかもしれない。たぶんふたりの男は、愛する妻が何よりも望んでいるものを与えてやれない自分が許せなかったのかもしれない。ルネとアニタの息子は成長すると真っ先に家を出ていった。するとルネは出かけていって、スポーツタイプのBMWを買った。人間ふたりとハンドバッグひとつ分しかスペースのないような、そういう車だ。ソーニャと駐車場で会ったルネは、もう自分とアニタしかいないから、と口にした。〝それに、一生ボルボに乗りつづけるわけにもいくまい〟ルネはそう言って、どうにか弱々しく笑った。その声から、必死に涙をこらえているのがソーニャにはわかった。そしてまさにそのときこそ、ルネの一部が永遠に失われた瞬間だった。そんなルネを、オーヴェも、ルネ本人も、おそらく許せなかったのだろう。

車を見ても人の心ははかれないと思う人は、たしかにいるだろう。しかし、その人たちはまちがっている。

29 オーヴェという男と、あっちの人間

「ねえ、わたしたちはどこに向かおうとしているのよ？」パルヴァネが息を切らして言った。

「あるものを修理しにいく」オーヴェは三歩先を歩きながらそっけなくこたえた。猫がとなりを小走りでついてくる。

「あるものって？」

「あるものだ！」

パルヴァネは立ちどまって息をついた。

「ここだ！」オーヴェは声をあげ、小さなカフェの前でいきなり立ちどまった。

焼きたてのクロワッサンの香りがガラス扉の向こうから漂ってくる。パルヴァネは道の反対に駐車したサーブを見た。結局のところ、これ以上近くにとめることはできなかった。最初オーヴェは、カフェがこのブロックの反対側にあると信じて疑っていなかった。そこでパルヴァネは、そちら側に駐車するのはどうかと提案したが、駐車料金が一時間あたり

一クローナ余計にかかるとわかったとたんに、それは却下された。そこでこの場所に車をとめ、目的のカフェをさがしてブロックをぐるっとひとまわりした。パルヴァネはすぐに気づいたが、オーヴェは行き先に自信がないときには、いずれ正しい道に出ることを信じて、ひたすら前に歩きつづけるタイプらしい。そして、カフェが車をとめたちょうど真向かいにあったのを知ると、まるで最初からそういう計画だったかのような顔をした。パルヴァネは顔の汗をぬぐった。

通りのなかほどに、汚いぼさぼさのひげを生やした男が壁にもたれてすわっていた。前の地面には紙コップがおいてあった。オーヴェとパルヴァネと猫は、目のまわりに黒い煤のようなものをつけた、二十歳ほどの細身の若者とカフェの前ですれちがった。一瞬後にオーヴェは、それが自転車置場の外で若造とはじめて会ったときに、うしろに立っていたもうひとりだと気づいた。今回も用心深そうにしている。彼はサンドイッチをふたつのせた小さな紙皿を手に持ちながら、オーヴェに笑いかけた。オーヴェはうなずくこと以外に思いつかなかった。笑って返す気はないが、とにかく相手の笑みは受け取ったと伝えるためだ。

「なんで赤い車の横にとめさせなかったの?」パルヴァネがガラス扉をはいりながら質問した。

オーヴェは無視した。

「うまく駐車できたはずなのに！」パルヴァネは自信満々に言った。オーヴェはくたびれた顔で首をふった。二時間前にはクラッチがどこにあるかさえわからなかった。それが今は、オーヴェが狭い駐車スペースに車を入れさせなかったことに腹を立てている。

目に煤をくっつけた細身の若者が汚いひげの男にサンドイッチをやるのが、店の窓の外に見えた。

「やあ、オーヴェ！」勢いづくあまり、高いところがひっくり返ってファルセットになった声が言った。

ふり返ると、自転車置場の外でやり合った例の若造がいた。店の手前側の、長いぴかぴかのカウンターのうしろに立っている。頭にはキャップをかぶっていた。建物のなかだというのに。

猫とパルヴァネはカウンターのスツールにくつろいだ姿勢ですわり、店内はえらく冷えきっているのに、パルヴァネはしきりにひたいの汗をぬぐった。むしろ外よりも寒いくらいだった。彼女はカウンターのピッチャーから水をついだ。猫は見られていないすきに、そのグラスから平然と水を舐めた。

「ふたりは知り合いなの？」パルヴァネは驚いてたずね、少年のような若者をじろじろ見た。

「オーヴェとはダチみたいなもんだ」若造はうなずいた。

「そうなの？　わたしとオーヴェもダチみたいなものよ！」パルヴァネは彼の力のこもった主張を微笑ましげに真似して言った。

オーヴェはカウンターから安全な距離を取ったところにいた。うっかり近づきすぎるとだれかにハグされかねないと心配するように。

「アドリアンだ」と若者は言った。

「パルヴァネよ」とパルヴァネは言った。

「何か飲みます？」アドリアンは一同にたずね、オーヴェのほうを見た。

「ああ！　わたしはラテをお願い」パルヴァネはふいにだれかに肩をマッサージされたような声を出して言い、ナプキンをひたいにあてた。「できればアイスラテを！」

オーヴェは体重を左足から右足に移し、店内を見まわした。カフェというところは好かない。もちろんソーニャは大好きだった。彼女が言うには、日曜日にはただ〝人をながめて〟一日じゅうすわっていられるのだそうだ。オーヴェは横にすわって、我慢して新聞を読んだ。日曜は毎週がそんな調子だった。ソーニャが死んで以来、オーヴェがカフェに足を踏み入れるのは、これがはじめてだ。顔をあげ、オーヴェはアドリアンとパルヴァネと猫が自分の返事を待っているのに気づいた。

「じゃあコーヒーをくれ。ブラックで」

アドリアンはキャップの下に指を入れて、頭をかいた。

「つまり……エスプレッソ、とか?」

「ちがう、コーヒーだ」

アドリアンは引っかく場所を頭からあごに移した。

「要するに……ブラックコーヒーみたいな?」

「そうだ」

「ミルクは?」

「ミルクを入れたらブラックコーヒーじゃないだろう」

アドリアンは砂糖入れをふたつみっつカウンターにおいた。あまり間抜けに見えないように手を忙しく動かすことが、そのおもな目的だった。いささか遅すぎるとオーヴェは思った。

「ふつうのフィルターコーヒーだ。いいか、ふつうのフィルターコーヒーだぞ」オーヴェはくり返した。

アドリアンはうなずいた。

「あ……ああ、わかった。あれね。でもだめだ。つくり方がわからない」

オーヴェはエスプレッソをつくる機械と思しい巨大な銀の宇宙船のような代物のうしろに隠れた、作業台の隅のコーヒーメーカーを乱暴に指さした。

「ああ、あれか」ようやくピンと来たといった調子でアドリアンが言った。

それからまたオーヴェのほうを向いた。

「だめだ……どうやるのか、よくわからないよ」

「そんな簡単なことも……」オーヴェはぶつぶつ言いながらカウンターのなかにはいった。

若造を横に押しのけて、ポットを取った。

「ねえ、わたしたちがここで何をしているのか、だれか教えてくれない？」パルヴァネが声をあげた。

オーヴェはポットに水を入れた。

「この小僧は自転車を修理しないといけない」

それを聞いてパルヴァネの顔が輝いた。

「車のうしろにぶらさげてきた、あの自転車のこと？」

「まさか、持ってきてくれたとか？」

「おまえには車がないだろう」オーヴェはアドリアンにこたえて、コーヒーフィルターをさがして戸棚を引っかきまわした。

「ありがとう、オーヴェ！」アドリアンは二、三歩オーヴェのほうに近づいたが、馬鹿な真似をする前にわれに返った。

「じゃあ、あれはあなたの自転車なのね」パルヴァネは微笑んだ。

「うん、まあ……僕のガールフレンドの。というか、僕がガールフレンドになってほしいと思ってる相手の……って感じ」

パルヴァネは笑わずにはいられなかった。

「つまり、わたしとオーヴェがここまでやってきたのは、修理できるように自転車をとどけるためだったってわけ？　あなたのその女の子のために？」

アドリアンはうなずいた。パルヴァネはカウンターから身をのりだして、オーヴェの腕をぽんとたたいた。

「ねえ、オーヴェ、あなたにもハートがあるんじゃないかって、ときどき思っちゃうんだけど！」

オーヴェはその口調がまったく気に入らなかった。

「道具はここにあるのか？」オーヴェは腕をさっとどけて、アドリアンに言った。

アドリアンはうなずいた。

「じゃあ、いって取ってこい。自転車は駐車したサーブのうしろにある」

アドリアンはすぐさまうなずいて厨房に姿を消した。一、二分後、大きい工具箱を手にもどってくると、それを持って店の出口に急いだ。

「それから、あんたは口を閉じてろ」オーヴェはパルヴァネに言った。

パルヴァネは口を閉じているつもりなどまったくないことを示す涼しげな顔で笑った。

「ここまで運んできたのは、うちの自転車置場を荒らされたくないからだ……」オーヴェはぶつぶつ言い足した。

「はい、はい」パルヴァネはうなずいて笑った。

オーヴェはせっせとコーヒーの世話をした。アドリアンは戸口のところで目に煤をつけた青年と文字どおりぶつかった。

「ちょっと出てくるよ。取ってくるものがあるんだ」蹴つまずいてくずれてきた箱のようにアドリアンの口から言葉が出た。

「おれのボスなんだ！」アドリアンは目に煤をつけた青年を指さして、オーヴェとパルヴァネに向かって声をあげた。

パルヴァネはすぐに立って礼儀正しく手をさしだした。オーヴェは忙しくさがしものをして、カウンターの裏の引き出しをのぞき込んだ。

「何を……してるんですか？」煤の青年は自分の店のカウンターのなかに陣取った中高年の他人を、少々興味ありげな目で見てたずねた。

「あの小僧は自転車を修理するんだ」オーヴェはわかりきったことだというようにこたえた。「本物のコーヒー用のフィルターはどこにある？」

目のまわりに煤をつけた青年はそれを指さした。オーヴェは目を細めて相手を見た。

「それは化粧か？」

パルヴァネがそんなことは聞くなとオーヴェに合図した。オーヴェはむっとした顔をした。

「なんだ？ 聞いて何が悪い？」

青年は少し神経質そうに笑った。

「ええ、化粧です」彼はうなずいて、目のまわりをこすりはじめた。「ゆうべ、踊りにいったから」そしてぐるのようなすばやさでバッグからウェットティッシュを出してよこしたパルヴァネに、ありがたそうに微笑んだ。

オーヴェはうなずき、コーヒーづくりにもどった。

「あんたも自転車や恋愛や女の子のことで問題をかかえてるのか？」オーヴェはさりげなくたずねた。

「いえ。少なくとも自転車の問題はないな。それに恋愛の問題もなさそうだ。ともかく相手が女の子の問題は」彼はくすくす笑った。

オーヴェはコーヒーメーカーのスイッチを入れ、それがプスプスいいはじめると、自分が働いていないカフェでそうするのがこの世で何より自然だというように、前を向いてカウンターの内側にもたれた。

「あっちなんだな？」

「オーヴェ！」パルヴァネがオーヴェの腕をたたいた。

オーヴェは腕をすばやく引っ込めて、ものすごく不機嫌な顔をした。

「なんだ？」

「そんな言い方……いけないでしょう」パルヴァネはその言葉をもう一度くり返すことを望まないようだった。

「カマ？」とオーヴェは言った。

パルヴァネはふたたび腕をたたこうとしたが、オーヴェのほうがすばやかった。

「そういうこと言わないの！」パルヴァネはオーヴェに命令した。

オーヴェは本当に困って、煤青年をふり返った。

「〝カマ〟と言ってはならんのか？　最近じゃなんと言うんだ？」

「同性愛者。それか、LGBTの人」パルヴァネが横から言った。

オーヴェはパルヴァネを見、それから煤青年を見て、もう一度パルヴァネを見た。

「いや、みんな好きなように言えばいいんですよ」青年は笑ってカウンターのなかにはいり、エプロンをつけた。

パルヴァネはうめいて、オーヴェに批判的な顔を向けて首をふった。オーヴェは批判的な顔で首をふり返した。

「だが、そういうことだろう……あんたは要するにあっちの人間だってことだな？」

パルヴァネは申し訳なさそうに首をふり、青年はただ声をあげて笑った。

「ええ、そうです。僕はあっちの人間です」
「よし」オーヴェはうなずいて言い、まだ抽出途中のコーヒーを自分用についだ。
それからカップを手に無言で店の外に出ていき、通りの向こうの駐車場に歩いていった。
煤青年はカップを持ちだしたことを咎めはしなかった。この展開からして意味のないこと
に思えた。カフェにやってきて五分もしないうちに勝手にバリスタとなり、さらには彼の
性的指向を問いただしたような相手なのだから。
サーブの横では、森のなかで迷ったようにアドリアンが突っ立っていた。
「順調か？」オーヴェは言葉のうえだけでたずね、コーヒーをひと口飲みながら自転車を
見た。まだ車のうしろからおろしてもいなかった。
「いや……その。まあ。なんとか」アドリアンは言って、衝動的に胸をかいた。
オーヴェは三十秒ほど相手を観察した。コーヒーをもうひと口飲んだ。さわって確認し
たアボカドが熟れすぎていたときのように、不満げにうなずいた。コーヒーカップを若造
の手に押しつけ、前に出ていって自転車をはずした。上下逆さにひっくり返しておき、若
造がカフェから持ってきた工具箱をあけた。
「自転車のなおし方を親父から教わらなかったのか？」オーヴェはパンクしたタイヤにお
おいかぶさって、アドリアンを見ずに聞いた。
「親父はムショにいる」アドリアンは聞き取れないほどの声で言って、肩をかいた。

大きいブラックホールがあったらはいりたいという顔で、アドリアンは慌ててあたりを見まわした。オーヴェは手をとめて顔をあげ、相手をまじまじと見た。若造は地面を見た。オーヴェは咳ばらいした。

「それほどむずかしいことじゃない」オーヴェは長い間のあとようやく言い、地面にすわれとアドリアンに手で合図した。

パンクは十分でなおった。オーヴェは淡々と指示を出し、アドリアンは終始無言だった。だがアドリアンは注意力があって器用で、そこまでの馬鹿ではないとオーヴェは認めてもよかった。要するに、彼の手先は彼の言語ほどもたついてはいないのだろう。ふたりはたがいに目を合わすことなく、サーブのトランクにあった雑巾で汚れを拭き取った。

「これだけのことをする価値のある女だといいな」オーヴェは言ってトランクをしめた。

アドリアンは、どうこたえていいかわからないという困った顔をした。

ふたりがカフェにもどると、染みのついたシャツを着た、四角い身体つきの背の低い男が脚立にのって、オーヴェが察するに、ファンヒーターをいじっていた。煤青年がその脚立の下に立って、ネジまわし一式を高くあげて持っている。煤青年は目のまわりに残った化粧を必死にぬぐいながら、脚立の上の太った男のことをいくらか神経質そうにうかがっていた。何かを見咎められるのを恐れているようだった。

パルヴァネは勢いよくオーヴェのほうをふり向いた。

「アメルよ！　このカフェのオーナー！」意気揚々と言い、脚立の上の四角い身体つきの男を指さした。

アメルはふり返らなかったが、強い子音の音をつづけざまに発した。その意味はオーヴェには理解できなかったが、おそらく罵倒語にちがいないと思った。

「なんて言ったの？」アドリアンが聞いた。

煤青年はもぞもぞ身体をよじった。

「えっと……その……このファンヒーターは……」

煤青年はアドリアンに目をやったが、すぐに顔を伏せた。

「……カマみたいに役に立たないって」小声だったので、たまたまそばにいたオーヴェだけがかろうじてそれを聞き取った。

一方でパルヴァネは興奮して嬉しそうにアメルを指さしている。

「何を言っているかはわからないけど、全部愚痴なのはなんとなくわかるわ！　あなたの吹き替え版みたいね、オーヴェ！」

オーヴェはとくに嬉しそうな顔はしなかった。アメルもおなじだった。

アメルはファンヒーターをいじるのをやめて、ネジまわしでオーヴェをさした。

「その猫は？　そちらさんの？」

「ちがう」オーヴェは言った。

自分の猫でないというのではなく、だれの猫でもないということを言いたくて、オーヴェはこたえた。

「おい猫、出ろ！ 店は動物禁止！」アメルが吐き捨て、文の構造のなかで子音がいたずら小僧のように跳ねまわった。

オーヴェはアメルの頭上のファンヒーターを興味深そうにながめた。それから、スツールにすわっている猫を見やり、アドリアンが今も手にしている工具箱を見た。そしてもう一度ファンヒーターを見、アメルを見た。

「わたしが修理しよう。そのかわり、猫はここにいる」

オーヴェは質問というよりは主張として言った。アメルは一瞬、冷静さを失いそうに見えた。落ち着きを取りもどしたころには、どういうことだか本人もうまく説明できないが、アメルは脚立の上に立つ男ではなく、脚立を支える男になっていた。オーヴェは二、三分、上でごそごそやり、下におりてきてズボンで手のひらをはらい、煤青年にネジまわしと小さなモンキーレンチを返した。

「なおった！」ファンヒーターが天井で息を吹き返すと、アメルは興奮の声をあげた。

アメルは脚立の反対側にまわって、しわしわの手で恥ずかしげもなくオーヴェの両肩をつかんだ。

「ウィスキーは？　いかがですか？　厨房にウィスキーがある！」

オーヴェは腕時計を見た。昼の二時十五分。オーヴェは賛成しない顔で頭をふった。ひとつにはウィスキー、もうひとつにはなおもオーヴェの肩をつかんでいるアメルが、その理由だった。煤青年は、なおもしきりに目をこすりながら、カウンターのうしろの扉から厨房に姿を消した。

オーヴェと猫が三十分後にサーブにもどろうとすると、アドリアンがうしろから追いかけてきてオーヴェの上着の袖を引っぱった。

「オーヴェ、ねえ、ミルサドのことは絶対に言っちゃ――」

「だれのことだ？」

「僕のボス。ほら、化粧をしてた」アドリアンは言った。

「あっちのやつか？」オーヴェは言った。

アドリアンはうなずいた。

「親父さんは……つまりアメルは……まだ知らないんだ。ミルサドがその……」

アドリアンは口ごもり、正しい言葉をさがした。

「あっちだということを？」オーヴェが先まわりした。

アドリアンはうなずいた。オーヴェは肩をすくめた。パルヴァァネが息を切らして、うしろからひょこひょこ追いついてきた。

「どこにいってた？」オーヴェは彼女に聞いた。

「小銭をあげてきたの」パルヴァネは道端の汚いひげの男のほうを顔でさした。

「どうせその金で酒を買うんだ」オーヴェはケチをつけた。

パルヴァネは目をまんまるに見ひらいたが、オーヴェはそれは皮肉であるにちがいないと解した。

「嘘でしょう？　本当に？　粒子物理学を学ぶための学生ローンの返済に使ってくれるんじゃないかと期待したのに！」

オーヴェは鼻をフンと鳴らして、サーブのドアをあけた。アドリアンはまだ車の向こうにいた。

「どうした？」オーヴェは聞いた。

「ミルサドのこと、絶対に言わない？　約束だよ？」

オーヴェはけしかけるようにアドリアンに指を向けた。

「おい！　フランスの車を買いたがっているのは、おまえじゃないか。自分が問題だらけのくせして、人のことを心配できる分際か！」

30 オーヴェという男と、オーヴェ抜きの社会

オーヴェは墓石の雪をはらった。凍った地面をざくざく掘って、そこに花を植えた。立って土をはたいた。不甲斐ない思いで前に立ち、ソーニャの名前を見た。遅いといって叱るのはいつもオーヴェのほうだったのに、今は自分がこのざまだ。予定どおりに妻のあとを追うことができないでいる。

「つぎからつぎへと、いろいろあるんだ」オーヴェは石に向かってつぶやいた。

それからふたたび黙り込んだ。

いつからかは自分でもわからない。いつからこんなに黙り込むようになったのか。葬式のあとは、日も週も何もいっしょになって流れ去り、その間に自分がいったいどんなことをしていたのか、オーヴェは正確に説明することができなかった。ソーニャが死んでからは、パルヴァネとパトリックが郵便受けにバックでぶつかってくるまで、他人とひとことでも口を利いた記憶がほとんどない。

夕食を食べ忘れることもあった。記憶にあるかぎり、そんな経験はかつて一度もない。四十年近く前に、あの列車にソーニャと乗ってからは、一度も。ソーニャがいたときは、それぞれに日課があった。オーヴェは五時四十五分に起き、コーヒーを淹れ、見まわりに出る。六時半にはソーニャはシャワーをすませ、その後いっしょに朝食を食べ、コーヒーを飲む。ソーニャは卵、オーヴェはサンドイッチだ。七時五分、オーヴェは彼女をサーブの助手席に乗せ、車椅子をトランクにしまい、学校まで送る。その足でオーヴェは職場へいく。九時四十五分、ふたりはそれぞれの場所でコーヒー休憩を取る。ソーニャはミルクを入れ、オーヴェはブラックで飲んだ。十二時には昼食。二時四十五分に、ふたたびコーヒー休憩。五時十五分には、オーヴェは学校までソーニャを迎えにいき、彼女を助手席に乗せ、車椅子をトランクにしまう。六時には、ふたりは食卓について夕食を食べる。たいていは肉とじゃがいもとソースだった。オーヴェの大好きなメニューだ。その後ソーニャは動かない脚を折り込んで肘掛け椅子にすわり、クロスワードを解き、オーヴェは外の物置にいったり、ニュースを見たりした。九時半、オーヴェはソーニャを寝室に運ぶ。一階の使っていないゲストルームに寝室を移そうと、ソーニャは事故のあとずっとしつこく言いつづけた。だが、オーヴェが拒否した。十年ほどしてソーニャは、それは不屈の精神を示すオーヴェなりの方法なのだと気づいた。神や運命に勝利させてたまるか、豚どもは地獄に落ちろ、という精神を示しているのだ、と。だからソーニャはしつこく言うのはやめた。

金曜日の夜には、ふたりは十時半まで起きてテレビを見た。土曜日には、遅めの朝食を取る。八時くらいになることもめずらしくなかった。その後、用足しに出かける。建築資材屋、家具店、園芸用品店。ソーニャはいつも植木の土を買い、オーヴェは工具をながめた。裏のささやかなテラスと花壇があるだけの小さな自宅でも、なぜかつねに植えるものがあり、大工仕事があった。帰り道、ふたりはアイスクリーム屋に寄った。ソーニャはチョコレート味を、オーヴェはナッツ入りのものを頼んだ。その店は年に一クローナずつアイスの値上げをするので、ソーニャの言葉を借りると、オーヴェはそのつど〝頭から湯気を出して〟怒った。家にもどると、ソーニャはキッチンの扉から車椅子をこいでテラスに出、オーヴェは彼女を手伝って車椅子から降ろし、地面にすわらせた。ソーニャは花壇をいじるのが大好きだった。そうしていれば立てないことも気にならないからだ。他方オーヴェは、その後はネジまわしを持って家にはいった。家というのは、けっして終わりがないところが何よりすばらしい。いつも必ず、締めなおすべきネジがオーヴェを待っている。

日曜日には、カフェにいってコーヒーを飲んだ。オーヴェは新聞を読み、ソーニャはおしゃべりした。それからまた月曜日が来る。

そしてある月曜日、ソーニャはもうそこにいなかった。

オーヴェは正確にいつから自分がこんなに黙り込むようになったのか、わからなかった。もしかしたら、そのぶん頭のなかで話すようになったのかもしれない。もしかしたら、少しずつ頭が変になっているのかもしれない。そう思うこともたまにある。他人のおしゃべりの雑音がソーニャの声の記憶をかき消してしまうのが怖くて、人から話しかけられるのを嫌うのかもしれない。

分厚いじゅうたんの長い毛に指を通すように、墓石の隅から隅までを優しく手でなでた。オーヴェは〝自分さがし〟についてぺちゃぺちゃしゃべる若者のことが、まったく理解できなかった。例の三十歳の連中が職場でそういうことを話しているのを、しょっちゅう耳にする。口をひらけば〝もっと時間がほしい〟で、まるでそれが――もはや仕事をしなくていい身分になることが――仕事の唯一の目的だとでもいうようだった。ソーニャはいつもオーヴェを笑い、彼のことを〝世界でもっとも頭のかたい男〟と呼んだ。オーヴェはそれを侮辱とは取らなかった。彼は物事には秩序があってほしいと思っているだけだ。あてにできる日課があるのがいいと思っているだけだ。それがなぜ悪いことなのか、オーヴェにはわからない。

ソーニャはいつもそのエピソードを面白おかしく人に話したが、知り合ってからずっと青いサーブに乗っていたオーヴェが、八〇年代の中ごろにソーニャに言いくるめられ、一時の気の迷いで真っ赤なサーブを買ったことがあった。ソーニャは〝あれはオーヴェの人生で最悪の三年だった〟とくすくす笑い、それからというもの、オーヴェが青以外のサーブに乗ることは二度となかった。〝ふつうの奥さんは、髪を切っても夫が気づいてくれないと不満がる。うちの場合、わたしが髪を切ると、夫はいつもどおりじゃないといって、数日間文句を言いつづける〟ソーニャはよくそんなことを語った。

オーヴェが一番恋しく思うのは、そのことだった。物事がいつもどおりであること。人間には役割があるべきだとオーヴェは考える。そしてオーヴェはつねに役割を果たしてきた。そのことはだれにも否定できない。社会に求められたことをすべてやってきた。結婚し、病気にもならず、ローンを返し、税をおさめ、やるべきことをやり、ちゃんとした車に乗った。そして社会はそのことで感謝してくれたか？　社会がやったのは、ある日職場にやってきて、家に帰っていいと告げることだった。

そしてある月曜日、オーヴェにはなんの役割もなくなっていた。

十三年前、オーヴェはサーブ9‐5の青いステーションワゴンを買った。その後間もなく、ゼネラル・モーターズのヤンキーが、まだスウェーデン側に残っていた株をすべて買いあげた。オーヴェはその日の朝、文句を垂れながら新聞を乱暴に閉じ、愚痴はとうとう午後が終わるまでやまなかった。オーヴェはそれ以来二度と車を買わなかった。アメリカ車に足を入れるくらいなら、足と身体の残りの部分を棺おけに入れるほうがましだ。ソーニャはもう少し丁寧に新聞記事を読み込んで、会社の国籍の移り変わりに関するオーヴェの意見に異議を唱えたが、無駄だった。オーヴェはすでに心を決めたし、決めたことは断固守るつもりだった。自分がくたばるか車がくたばるまで、その車に乗りつづける。ともかく今後、真っ当な車が製造されることはもはやない、というのがオーヴェの見解だった。今は電子機器や、わけのわからないものばかりが積み込まれている。コンピューターを運転するようなものだ。自分で分解しようものなら、メーカー側は〝保証が無効になる〟などとすぐに騒ぎだす。だからこれでいいのだ。オーヴェが墓に入れられる日に悲しみで車が壊れるだろうと、前に一度ソーニャが言った。たぶん、そのとおりにちがいない。

〝でも、すべてのものには時期があるのよ〟ともソーニャは言った。しょっちゅう、それを口にした。たとえば四年前に医者の診断を受けたときも、それを言った。ソーニャはオーヴェよりも結果をすんなり受け入れることができた。そして、神や運命や、ほかのすべてを許した。だがオーヴェは怒り狂った。おそらく、本人の代わりにだれかがそうしないといけないと感じたからだろう。単純に、もうこれ以上許せなかった。オーヴェが知るなかでそうしたものともっとも無縁であるべき人に、この世の悪や災難がすべて降りかかろうとしているように感じられて、もうこれ以上一日たりとも我慢できなかった。

だからオーヴェは全世界を相手に戦った。病院職員と戦い、専門医や医院長と戦った。白シャツや自治体の人間とも戦い、その数はしだいに膨大になって、それぞれの名前すらほとんど記憶できないほどになった。これにはある社会保険が適用され、あれにはまたべつの保険が適用され、ソーニャには病気であるためにある担当者がつき、車椅子に乗っているために、またべつの担当者がついた。さらに、仕事にいく必要がなくなったので三人目の担当者がつき、そのこと――仕事にいくこと――こそが希望なのだと上の人間を説得するために、四人目の担当者がついた。

だが結局、白シャツの男たちは戦える相手ではない。それに病気の診断も、戦ってどうなるものでもない。

ソーニャは癌だった。

〝わたしたちはそのままを受け入れるしかないわ〟とソーニャは言った。だからそうした。彼女は愛すべき問題児たちを相手にする仕事をできるかぎり長くつづけ、やがて自力では無理になったので、オーヴェが毎朝教室のなかまで車椅子を押していくようになった。一年後には、働く時間を七十五パーセントに抑えた。二年後には五十パーセント。三年後には二十五パーセント。ついに最後の日を迎えて家に帰るとき、彼女は生徒のひとりひとりにあてて長い手紙を書き、話したいときにはいつでも電話をしてくれと言葉をかけた。

ほぼ全員が電話をよこした。生徒たちは列をなして家にやってきた。ある週末などはテラスハウスの家が生徒であふれ返ったため、オーヴェは外に出て六時間も物置小屋ですごすはめになった。夕方になって最後のひとりが帰ると、何も盗まれていないことを確認するために、オーヴェは家じゅうを丹念に見てまわった。いつものように。だがそうしていると、冷蔵庫の卵を数えるのを忘れないようにと、ソーニャから声がかかった。それでオーヴェは断念した。ソーニャに笑われながら彼女を二階に運んでベッドに寝かせ、やがて、ふたりが眠りに落ちる直前に、ソーニャはオーヴェのほうに顔を向けた。そしてオーヴェの手のなかに指を挿し入れた。オーヴェの鎖骨の下に鼻の先をぎゅっと押しつけた。

「ねえ、オーヴェ、神さまはわたしたちから子供を奪ったわ。でも、千人ものほかの子供を与えてくれた」

四年後、ソーニャは死んだ。

そして今、オーヴェはここに立ち、彼女の墓石をなでている。何度も何度も。さすって生き返らせようとでもするように。

「お義父《とう》さんの銃を屋根裏から取ってこようと思ってる。きみが嫌がるのはわかっているさ。わたしだって嫌だ」オーヴェは静かに言った。

深呼吸した。やめろとソーニャに説得されないために、決意を強く持とうとしているように。

「じきに会おう！」オーヴェはきっぱり言い、ソーニャの反論の機会を封じて、地面を強く踏んで靴の雪をはらった。

それから、小道を駐車場までもどった。横に猫を従えて。黒い門を出て、今も教習者用のマークを尻につけたサーブをぐるりとまわり、助手席のドアをあける。パルヴァネがオーヴェを見た。大きな茶色い目は同情心にあふれていた。

「ひとつ考えたんだけど」パルヴァネはサーブのギアを入れて車を出しながら、慎重に言った。

「言うな」

だが、パルヴァネは言わずにはいられなかった。

「もしよかったらだけど、家の整理を手伝ってあげる。ソーニャのものを箱にしまうとか――」

ソーニャの名前を口に出したとたんにオーヴェの表情が険しくなって、怒りの仮面をかぶったような顔つきになった。

「もうひとことも言うな」オーヴェはエンジンの唸りに負けない声で怒鳴った。

「でも、たとえば――」

「いいから何も言うな。わかったか？」

パルヴァネはうなずいて口を閉じた。オーヴェは怒りで身をふるわせながら、家に着くまでずっと窓の外を見ていた。

31 オーヴェという男、ふたたびトレーラーをバックさせる

この日はオーヴェが死ぬ日になるはずだった。ついに人生を終わらせる日になるはずだった。

猫を外に出したあと、オーヴェは指示書きを入れた封筒を廊下のじゅうたんにおき、屋根裏からソーニャの父の古いライフル銃を取ってきた。自分を銃で撃つという案が気に入ったからではなく、ソーニャがこのテラスハウスに残していった空虚を受け入れるよりは、銃を受け入れるほうがはるかにましだと考えたからだ。いよいよそのときが来た。

そんな経緯で、この日、オーヴェは死ぬはずだった。ところが、オーヴェを阻止する唯一の方法は、オーヴェが居ても立ってもいられなくなるほど頭に血をのぼらせるものをぽんと前に放ることだと、どこかでだれかが知っているようだった。

そういうわけで、オーヴェは今、テラスハウスの前の狭い道に立ち、憤然と腕を組んで白シャツの男をにらみつけ、こう言っていた。

「テレビで面白い番組をやってないんでね」

白シャツの男は、話のあいだじゅうひとつの感情も示さずに、オーヴェのことをじっと見ていた。実際のところ、男はいつ見ても人間というより機械のようだった。過去の人生で出会ったほかの白シャツたちと、まったくおなじだ。バスの事故のあと、ソーニャは死ぬだろうと言った白シャツたち、その責任を負うことを拒否し、責任の所在をうやむやにした白シャツたち。学校の入り口にスロープをつけようとしなかった白シャツたち。ソーニャを働かせまいとした白シャツたち。手当金を支払わなくてすむよう、どこからか書類を掘り起こしてきて、細かな字で書かれた文書に有利な条項をさがしだそうとする白シャツたち。ソーニャをホームに入れようとした白シャツたち。

連中はみんなおなじ虚ろな目をしていた。まるで、ただの皮だけの抜け殻がうろうろと歩きまわり、一般の人の人生をずたずたにするかのようだった。

だがオーヴェがテレビで面白い番組がないと言ったとき、白シャツのこめかみがはじめてぴくりと動くのが見えた。一瞬、いらだちが出たにちがいない。ひょっとしたら怒りかもしれない。ただの侮蔑という可能性も少なからずある。だが、オーヴェが白シャツのいらだちをはっきり見たのは、とにもかくにもこれがはじめてだった。白シャツ全員を集めても、これが初だ。

男は口をきつく閉じ、背を向けて歩きだした。役所で働く自制のきいた人間の、淡々とした冷静な歩き方ではなかった。そこには怒りがあった。いらだちがにじんでいた。憎々しげだった。

こんなに気分がすっとしたのは、記憶にないほど本当に久しぶりだった。

もちろんオーヴェは今日死ぬ予定だった。朝食がすんだら、すみやかに、穏やかに、そして安らかに、自分の頭を撃ち抜く計画だった。オーヴェはキッチンの片づけをし、猫を外に出し、肘掛け椅子にもたれた。この時間に猫がきまって外にトイレにいきたがるので、そういう計画にした。オーヴェがあの猫について非常に高く買っていることのひとつが、他人の家で糞をするのを嫌うというその習性だった。オーヴェもおなじ種類の男だ。だがその後、案の定、文明世界において機能するトイレはもはやここ以外に見つからないとでもいうように、パルヴァネが玄関の扉をバンバンたたいた。家に排尿する場所がないとでもいうように。オーヴェは見つかってじゃまだてされないように、ライフル銃をヒーターのうしろに隠した。そして玄関のドアをあけると、パルヴァネはオーヴェの手にいきなり電話を押しつけてきた。

「なんだ?」オーヴェは悪臭がするものを持つように、人差し指と親指で電話を持った。

「あなたにって」パルヴァネはうめいて腹を押さえ、外は氷点下だというのにひたいにかいた汗をぬぐった。「例の記者よ」

「わたしがあの女の電話をもらってどうする?」

「ねえ、それは彼女のじゃなくて、わたしの電話。彼女がかけてきてるの!」パルヴァネはせっかちに言った。

そしてオーヴェに文句を言われる前に横をすり抜けて、人の家のトイレにはいっていった。

「もしもし」オーヴェは耳から数センチはなして電話を持って言ったが、電話の先にいるのがパルヴァネなのか、ほかのだれかなのか、まだ微妙によく理解していなかった。

「こんにちは!」レーナという例の女記者が声をあげ、そのしゃべり方を聞いたオーヴェは、電話をもう数センチ耳からはなしたほうが賢明だと思った。

「じゃあ、インタビューを受けてくれるんですね?」彼女は嬉しそうに叫んだ。

「お断りだ」オーヴェは電話を顔の前に持ってきて、切る方法をさがした。

「送った手紙は読んでいただけました?」記者が叫んでいる。

「それから新聞は? 新聞は読んでもらえました? 実際に見て、どんな報道のスタイルかつかんでもらえたらと思ったんですよ!」オーヴェの返事がないので彼女は大声を張りあげた。

オーヴェはキッチンにいった。郵便局の制服を着たアドリアンが数日前にとどけた新聞と手紙を手に取った。

「とどいてます?」女記者が叫んだ。

「ちょっと黙ってくれ。今見ているところじゃないか！」オーヴェは電話に向かって声をあげ、キッチンのテーブルに身をのりだした。

「もしかして──」記者がしつこくしゃべりつづける。

「だから黙れと言ってるだろう！」オーヴェは唸った。

そのとき、シュコダに乗った白シャツの男が窓の外を通り過ぎたのが、ふとオーヴェの目にはいった。そしてそのことこそが、オーヴェが今日もまた死ねなかった原因だった。

「もしもし？」記者は呼びかけたが、オーヴェはすでに玄関のドアに向かって走っていた。

「あらあら」トイレから出てきたパルヴァネは、家の前の道にとびだしていく姿をちょうど目にして不安げにつぶやいた。

ルネとアニタの家の前で、白シャツの男が車から降りた。

「いいかげんにしろ！　おい、おまえ！　住居エリア内で車を運転するな！　通行禁止だ！　わからないか？」オーヴェはそっちへいくだいぶ手前から叫んだ。

白シャツの小柄な男は、人を見下したような態度で胸ポケットのタバコの位置をなおし、冷ややかにオーヴェの視線を受けとめた。

「わたしには許可がある」

「そんなのは知るか！」

白シャツは肩をすくめた。鬱陶しい虫を追いはらおうとするように。

「じゃあ、具体的にどんな手で対抗するつもりですか、オーヴェ？」

その質問に、オーヴェは不意をつかれた。またしても。足をとめ、怒りで手をふるわせながら、少なくとも十の悪態が口にのぼった。だが自分でも驚いたことに、どれひとつとして言う気にはなれなかった。

「あなたのことは知っていますよ、オーヴェ。奥さんの事故や病気のことで書いた手紙についても、全部知っています。われわれの職場ではあなたはちょっとした伝説になってますから」白シャツの男は抑揚のない声で言った。

オーヴェの口がわずかにひらいた。白シャツはうなずいた。

「あなたのことは知っています。そして、こっちは自分の仕事をしているだけだ。決定は決定ですよ。あなたにはどうすることもできない。それぐらいのことは、もう学んで知っていていいんじゃないですか」

オーヴェは男に一歩近づいたが、相手はオーヴェの胸に手をあててうしろに押し返した。乱暴ではなかった。荒っぽくもなかった。ただそっと、力強く押し返した。それが本人の手ではなく、政府組織のコンピューターセンターにいるロボットから直接指令を受けているように。

「家にもどってテレビでも見ててください。さらに心臓に良くないことが起こる前に」

シュコダの助手席から、おなじような白シャツを着た決然とした女が、腕に大量の書類をかかえて出てきた。男は電子音を響かせてドアをロックした。そして、そこにオーヴェは存在せず、話もしなかったかのように、背を向けた。

白シャツのふたりはアニタとルネの家のなかに姿を消し、オーヴェは両手をにぎりしめて、怒れる雄のヘラジカのようにあごを前につきだして立った。自分を取りもどしてふり返るだけのことに、一分もかかった。だがそうやってふり返ったオーヴェは、憤然と思い定めたようすで、そのままパルヴァネの家に向かって歩きだした。パルヴァネ本人は狭い道のまんなかに出ていた。

「あんたの役立たずの夫は家にいるか？」オーヴェは大声で言って、返事を待たずに彼女の横を通り過ぎた。

パルヴァネがうなずいたころには、オーヴェは大股の四歩ですでに玄関の前に立っていた。パトリックがそのドアをあけた。松葉杖にもたれていて、身体の半分がギプスにおおわれているようだった。

「やあ、オーヴェ！」彼は陽気に言って杖一本をふろうとしたが、その結果としてたちまちバランスをくずして壁に倒れかかった。

「引っ越してきたときのあのトレーラーだ。あれはどっから持ってきた？」オーヴェはいきなりたずねた。

パトリックはいいほうの腕で壁にもたれた。最初からそうやって壁に寄りかかるつもりだったふりをしようとして。

「え？　ああ……あのトレーラー。あれは仕事仲間から借りて――」

「そいつに電話しろ。もう一度借りるんだ！」オーヴェはそう言って、招き入れられる前に廊下にはいっていって、待ちの姿勢をとった。

そしてそれが今日オーヴェが死なななかった理由だった。頭に血をのぼらせてそれどころではなくなり、もはや気がそっちにいかなくなったのだ。

およそ一時間後に、白シャツのふたりがアニタとルネの家から出てくると、うしろに大きなトレーラーがとまっていて、市のロゴのはいった白い小さな車は、道の行き止まりに閉じ込められていた。家にいるあいだに、何者かが道を完全にふさぐためにそこにおいたにちがいなかった。わざとそうしたとしか思えないようなとめ方だった。

女のほうは困りきった顔をした。けれども白シャツの男のほうは、真っすぐにオーヴェに向かってきた。

「あなたがやったんですか？」

オーヴェは腕を組んで、冷ややかに相手を見た。

「いや」

白シャツの男は高慢な笑いをうかべた。だれに何を言われようとつねに自分を押し通すことに慣れた、白シャツの男たちがうかべる笑みだった。

「ただちにどかしてください」

「それはどうかな」オーヴェは言った。

白シャツの男は、今から幼い子供に脅し文句を言おうとするときのようにため息をついた。

「トレーラーをどかしてください、オーヴェ。さもないと警察を呼びますよ」

オーヴェは平然と首をふって、道の先のほうにある標識をさした。

「住居エリア内は車の通行は禁止されている。標識にはっきり書いてあるだろう」

「家の前で保安官を気取るよりほかに、やることはないんですか?」白シャツの男は低い声で言った。

「テレビで面白い番組をやってないんでね」オーヴェは返した。

そして、白シャツの男のこめかみがぴくりと動いたのは、このときだった。仮面に小さなひびがはいったようだった。男はトレーラー、身動きのとれないシュコダ、標識、腕組みして前に立つオーヴェを順番に見た。男は一瞬、オーヴェを力ずくでどうにかすることを考えているらしい顔つきをしたが、それは大変にまちがった方法である確率が高そうだとすぐに気づいたようだった。

「まったく馬鹿な真似をしたものだ。馬鹿で馬鹿で馬鹿でどうしようもない」男はとうとう言い放った。

そして、その青い目に、はじめて本物の怒りがうかんだ。オーヴェはひとつもひるまなかった。男は今に見てろという足取りで歩きだし、ガレージの前を通って公道のほうへと去っていった。

そのあとを、書類をかかえた女が慌てて追いかけた。

オーヴェは勝ち誇った目でその姿を見送ったと、人は想像するかもしれない。本人ですらそうなると期待していたにちがいない。だが、オーヴェはただ悲しくて疲れていた。数カ月、眠っていないかのように。腕をあげている力さえ、もはや残っていないみたいだった。オーヴェは両手をポケットにすべり込ませ、家にもどった。だが扉を閉じたそばから、またしても何者かが向こうからバンバンたたいた。

「ねえ、いよいよルネが連れていかれるわ」オーヴェが取っ手をつかむより早くパルヴァネが玄関の扉をあけて、怯えた目をして叫んだ。

「ふん」オーヴェはくたびれた声を出した。

声にあきらめがにじんでいて、これにはパルヴァネも、うしろに立っていたアニタも驚いた。おそらくオーヴェ本人も。オーヴェは鼻から短く息を吸い込んだ。アニタを見た。彼女はまたさらに灰色になって小さくなったように見えた。

「今週、ルネの迎えが来るときまったの。わたしひとりでは面倒見きれないだろうって」

唇から外に出てくるか出てこないかの弱々しい声で言った。

目が赤かった。

「ねえ、なんとかしないと！」パルヴァネが大声で言ってオーヴェの腕をつかんだ。

オーヴェは腕をふりほどき、パルヴァネから目をそらした。

「なに、連中が迎えにくるのはまだ数年先だ。まず申し立てをして、その後、役所仕事で書類があっちゃこっちゃにまわされる」オーヴェは言った。

実際に感じているよりも自信満々で確信のある声を出そうとした。だが、どんなふうに伝わったか心配する気力ももうなかった。とにかく、ふたりに帰ってほしかった。

「自分が何を言っているかわかってるの？」パルヴァネが大声を出した。

「何を言ってるのか理解してないのは、そっちだ。あんたは自治体とやり合った経験がないだろう。連中を向こうにまわして戦うのがどんなことか、わかってないんだ」オーヴェは肩をがっくりと落として、抑揚のない声でこたえた。

「でも、せめて話くらい……」パルヴァネは怒って言いかけたが、目の前に立っているオーヴェの身体からは、見る間に力が抜けていくようだった。

それはオーヴェがアニタのやつれた姿を目のあたりにしたせいかもしれない。小さな一勝をあげただけでは、大きな枠組みのなかではなんの意味もなさないとわかっていたせいかもしれない。シュコダを閉じ込めたところで、状況はひとつも変わらない。連中は必ずもどってくる。ソーニャのときとおなじように。いつも必ずそうだった。条項と書類を持って。白シャツの男たちはつねに勝つ。そしてオーヴェのような男は、つねにソーニャのような人物を失う。どうやっても彼女を取りもどすことはできない。

そして最後には、キッチンの調理台にオイルを塗るよりましなことのない、長い週日だけが残される。オーヴェはもうそれには耐えられなかった。この一瞬、かつてないほどそれを痛感した。もう戦うことはできない。もう戦いたくない。とにかく終わりにしたかった。

パルヴァネはなおも話をつづけようとしたが、オーヴェはそのままドアを閉めた。彼女がバンバンたたく音も、もう耳にはいらなかった。廊下の椅子にどっかりすわった。両手がふるえた。鼓膜が破れそうなほど、心臓の鼓動が激しく打っている。巨大な黒い靴が喉もとを踏んづけているように胸が苦しくて、それからようやく解放されたのは、二十分以上がたってからだった。

そしてオーヴェは泣きだした。

32　オーヴェという男は、ホテルをはじめたわけじゃない

オーヴェやルネのような男を理解するには、まずもって彼らがまちがった時代に生まれてしまったことを理解する必要がある、とソーニャはあるときに言った。ふたりは、人生には単純ないくつかのことさえあればいいという男なのだ。雨風をしのぐ屋根、静かな通り、忠誠を尽くすべき自動車メーカーと女。自分が役割を果たせる仕事。いつも何かしらいじるところのある、定期的に物が壊れる家。

〝人はみんな立派な人生を送りたいと思っているわ。ただ、何をもって立派とするか、人それぞれ解釈がちがうのよ〟とソーニャは言った。オーヴェやルネのような男にとってそれは、小さなうちから独力でやってきたという自負のことであり、そのため、大人になっても他人に頼らないことこそ自分の権利だと考えた。物事を自分で処理できることに誇りを感じた。正しくあることに誇りを感じた。正しい道路や、どのネジがよくてどのネジはだめか知っていることに。オーヴェやルネのような男は、何を話すかではなく、何をするかが重要だった時代から来た男なのだと、ソーニャは言った。

もちろんソーニャは、自分が車椅子生活になったのは白シャツの男たちのせいでないのを知っていた。子供を失ったことにしてもそうだ。癌になったことにしてもそうだ。けれども、オーヴェがもやもやした怒りをもてあましていることも知っていた。彼は怒りにラベル付けする必要があった。切り分けて整理する必要があった。だから、とても名前を憶えきれない大勢の自治体の白シャツの男たちが、つぎつぎにソーニャの意にそぐわないことをしようとすると――仕事をやめさせようとし、自宅からホームに移そうとし、歩ける健康な人より無価値だということを認めさせようとし、間もなく死ぬということを認めさせようとすると――オーヴェはそうした相手に戦いを挑んだ。学校のスロープのような些細なことまで、文書、手紙、投書、異議申し立てで戦った。白シャツの男たちを相手にソーニャのために長年必死にがんばりつづけたために、いつしかオーヴェは、ソーニャと子供の身にあったことの責任は、全部自分自身にあると思うようになった。すべての死の責任は。

そしてその後ソーニャは、オーヴェがもはや言葉さえ理解できなくなった世界に彼ひとりを残し、去っていった。

その夜、猫と夕食を取り、しばらくテレビを見たあと、オーヴェは十時半にリビングのランプを消して二階にあがった。猫は自分に知らされていない何かにオーヴェがおよぼうとしているのを察知したのか、注意深くすぐうしろをついてきた。オーヴェが着替えているあいだも、寝室の床にすわって、手品のトリックを見破ろうとするようにじっと見ていた。

オーヴェはベッドにはいって身体を横たえ、ベッドのソーニャの側に陣取った猫が眠りにつくのを待った。一時間以上かかった。辛抱強く待ったのは、猫を思いやってのことではもちろんない。単純に猫とやり合う気力がなかったのだ。自分の尻尾の面倒さえ見られない動物に向かって、生と死とは何ぞやということを説明するなど、苦行以外の何物でもない。

猫がソーニャの枕の上でごろりとなって、とうとう口をあけていびきをかきはじめると、オーヴェはできるだけそっとベッドから出た。一階のリビングにおり、ヒーターのうしろに隠したライフルを出した。物置小屋から取ってきて猫に見つからないように掃除道具入れに入れておいた、四枚の丈夫なビニールシートを出した。それを廊下の壁にテープで留めはじめた。いろいろ考えたすえ、死ぬのには表面積のもっとも小さなこの場所が一番適していると結論したのだ。自分の頭を打ち抜けば、かなりのものが飛び散るはずだが、必要以上に汚くして旅立つのはためらわれた。オーヴェが家を汚すと、ソーニャはいつも嫌がった。

オーヴェはふたたびよそ行きの靴をはき、スーツを着込んだ。汚れもついたし、いまだに排気ガスくさかったが、まだ十分いける。重心をさがすように、両手でライフルの重みを確かめた。そこに今からやることの成否がかかっているとでもいうように。裏返したり逆さにしたりし、それから、まんなかから二つ折りにするように銃身に力をくわえてみた。銃器に詳しいわけではないが、今から使おうとする代物がまともなものかどうかは、せめて知っておきたい。さすがに足で蹴って良し悪しを試すわけにはいかないので、まげたり引っぱったりして確認しようと思ったのだ。

そうこうしているうちに、正装で臨むのはじつに最悪の案なのではないかと気づいた。想像するに、スーツは血まみれになる。それでは馬鹿みたいだ。そこでオーヴェはライフルをおき、リビングにいって服を脱ぎ、丁寧にスーツをたたんで、きちんとよそ行きの靴の横においた。それからパルヴァネにあてて指示を書いた手紙を取ってきて、〝葬式の準備〟の項目の下に、〝スーツを着せて埋葬してくれ〟と書き足し、たたんだ服の上においた。それ以外の点については、大げさなことはするなとすでに明確に書いてある。仰々しい葬儀とかそういうくだらないものは、いっさい不要。ソーニャのとなりの場所に埋めてくれ、以上。墓は事前に準備してすでに支払いはすませたし、封筒には移送費のための現金も入れてある。

こうしてオーヴェは靴下にパンツという姿で玄関の廊下にもどり、ライフルをひろいあげた。壁の鏡に映ったおのれの身体が見える。こんな姿の自分を見たのは、おそらく三十五年ぶりだろう。今も筋肉がついて頑丈そうだ。たいていの同年代の男より、まちがいなくましだろう。だが、肌に何かが起こって、身体がとろけそうに見える。ひどいありさまだ。

家はやけに静かだった。というより近所一帯が静まり返っていた。だれもが眠りについている。そのとき、きっと猫が銃声で目を覚ますだろうと遅まきながら気づいた。あの哀れな動物は、心底怯えるにちがいない。オーヴェはしばらくそのことについて考え、やがて思いたってライフルをおき、キッチンにいってラジオをつけた。自殺するのに音楽がほしいわけでもないし、自分が死んだあともそのままにされて電気を食うと思うと、不愉快だった。だが、こう考えた。もし猫が銃声で目を覚まし、そのときラジオの音が流れていれば、猫は〝なんだ、このごろ四六時中流れているいまどきのポップソングの音だったのか〟と考えるにちがいない。そしてまた眠りにつくだろう。オーヴェはそんなふうに思った。

廊下にもどり、もう一度ライフルを手に取ったが、ラジオから聞こえてくるのはいまどきのポップソングではなかった。ローカルニュースの放送だった。そこでオーヴェは、少しのあいだその場からラジオに耳を傾けた。これから自分の頭を撃とうというときに地元のニュースを聞いてもしょうがないが、最新情報を仕入れても害にはなるまいと思った。ラジオは天気の話をした。つぎに経済。つぎに交通情報。つぎに、複数の押し込み強盗団が町を荒らすことが予想されるので、近隣住民は週末は厳重に警戒するようにというニュース。

オーヴェは〝ろくでもないごろつきどもが〟とニュースを聞いてつぶやくと、ライフルをにぎる手に少し力をこめた。

ごく客観的な視点から見ると、数秒後に何も知らずにオーヴェの玄関の前にやってきた他のろくでもないごろつきども、すなわちアドリアンとミルサドが、前もってこうした情報を知り得ていたら、大変役に立ったにちがいないとわかる。そうすればオーヴェが雪を踏みしめる外の足音を聞いて、〝お客か、嬉しいぞ！〟ではなく〝よくも来たな〟とただちに思うだろうことは、彼らにもきっと察せられただろう。そして、靴下にパンツ一枚の姿で、四分の三世紀も前の猟銃を手にしたオーヴェが、テラスハウスを舞台にした老いた半裸のランボーよろしくドアを蹴りあけることも、予測できたかもしれない。そうすればアドリアンも近所じゅうの窓を揺らす甲高い声で叫んだりはしなかっただろうし、パニックになって物置小屋の壁に突っ込んで、気絶しかけたりもしなかっただろう。

混乱した怒号と悲鳴とどたばたのすえ、ミルサドはようやく自分はただのごろつきであって、押し込み強盗のごろつきではないことをオーヴェに説明し、オーヴェはどうにか現状を把握するにいたった。オーヴェがライフルを彼らに向けてふりまわし、アドリアンが空襲警報のような悲鳴を発したあとのことだった。

「シーッ！　猫が起きるじゃないか！」オーヴェは怒って叱りつけ、アドリアンはおでこに中くらいのサイズのラビオリほどのこぶをつくってうしろによろめき、雪に尻もちをついた。

「いったいぜんたい、ここで何をしているんだ？」

オーヴェはふたりに銃を向けたまま詰問した。ミルサドは手に持っていた大きなバッグをおそるおそる雪の上においた。アドリアンは強盗に出くわしたときのように本能的に両手を高くあげ、バランスをくずしてふたたび雪に尻もちをついた。

「アドリアンの案だったんです」ミルサドは雪に目を落として話しだした。

「ミルサドは今日カミングアウトしたんだ！」アドリアンが説明し、手をひたいにあてて物置の壁からよろよろと離れた。

「なんだって？」

「だから……カミングアウトだよ。自分が……」アドリアンは言いかけたが、ひとつにはパンツ一丁の怒れる中高年男に銃を向けられているという事実によって、もうひとつには、自分が脳震盪のようなものを起こしているとだんだん実感してきたことによって、少々気がそれたようだった。

ミルサドは背中を真っすぐにのばして、オーヴェにきっぱりと言った。

「同性愛者だってことを親父に打ち明けました」

オーヴェの目は少しだけ威嚇的でなくなった。それでも銃がおろされることはなかった。

「親父は同性愛者を毛嫌いしてるんです。もし子供のだれかがそうだとわかったら自殺すると、むかしから言っていたくらいで」ミルサドは話をつづけた。

さらにひと呼吸おいて言い足した。

「快く受けとめてはもらえなかった。そんなところです」

「家に追いだされたんだよ！」アドリアンが横から言った。

「家を」オーヴェは訂正した。

ミルサドはバッグを地面からひろい、もう一度オーヴェにうなずきかけた。

「馬鹿な思いつきでした。ここに来るなんて――」

「なぜうちに来た？」オーヴェはさえぎった。

すでにこうして氷点下のなかパンツ一枚で立っているのだから、理由くらい聞いておいてもいいのではないかとオーヴェは思った。

ミルサドは深く息を吸った。プライドを物理的に喉の奥に押し込んでいるようだった。

「親父は、僕は病気で、そんな……変態の息子は家にはおきたくないと言ったんです」彼はごくりと唾を呑んでから、その〝変態の〟という語をやっとのことで口にした。

「あっちなのがいけないのか？」オーヴェはたずねた。

ミルサドはうなずいた。

「この町にはひとりの親戚もいないんです。アドリアンのところに泊まりたかったけど、おばさんが新しい恋人を連れてきてて……」

彼は黙り込んだ。自分をものすごく愚かしく思っているようだった。

「馬鹿な思いつきでした」小さな声で言い、そそくさと立ち去ろうとした。

片やアドリアンは話し合いへの意気込みを新たにしたようで、前のめりになって雪を踏みしめてオーヴェに近づいてきた。

「オーヴェ、かたいこと言うなって！　この家にはスペースがたくさんあるんだ！　だから今晩、こいつを泊めたっていいじゃないか」

「この家に？　ここはホテルなんかじゃないぞ！」オーヴェがそう言って銃をあげたので、アドリアンは銃口に胸からぶつかっていく格好になった。

アドリアンは凍りついた。ミルサドは雪のなか、慌てて二歩前に出て、ライフルに手をかけた。

「ほかに頼るとこがなかったんです、すいませんでした」彼は小声で言って、オーヴェの目を真っすぐに見ながら銃身をそっとアドリアンからどけた。

オーヴェはいくらか正気を取りもどしたらしく、銃をやや下に向けた。まともに服を着ていない身体をつつむ冷気に今はじめて気づいたように、ふと半歩、玄関のなかに引きさがり、そのとき、壁のソーニャの写真が視界の隅に映った。赤いワンピース。妊娠していたときのスペインへのバス旅行。オーヴェは何度もその忌々しい写真をはずすようにソーニャに言ったが、彼女は聞き入れなかった。〝これだっていい思い出だから〟と言って。頑固な女だ。

この日は、オーヴェがついにようやく死ぬ日になるはずだった。だが結局、翌朝目を覚ましたら、自宅のテラスハウスに猫だけでなくあっちの人間まで居ついていた、という夜になった。ソーニャはたぶん喜んだだろう。彼女はホテルが好きだった。

33　オーヴェという男と、いつもとちがう見まわり

たまに突発的に行動を開始する男がいるが、なぜだか理由がわかりづらいこともある。いずれやるべきことなら今やればいいと思いたった、という場合もあるだろう。また、正反対のこともあるだろう。とっくのむかしにやらなくてはいけなかったのに気づいた場合だ。おそらくオーヴェは、自分のすべきことが前々からわかっていたにちがいないが、人はみな時間に関しては基本的に楽観的だ。人と何かをする時間がまだたっぷりあると、つい考える。その相手に言いたいことを言う時間があると。そして何かが起こって、突然べつの状況におかれ、〝もしもあのとき〟というようなことを考えるようになる。

翌朝、オーヴェは階段をおりる途中で、はてなと思って足をとめた。ソーニャが死んで以来、家からこんなにおいがしたことはなかった。慎重に残りの階段をくだっていって寄せ木の床におり、キッチンの入り口に立って、現行犯で泥棒をつかまえる男の格好で言った。

「パンを焼いていたのはおまえか?」

ミルサドは不安げにうなずいた。

「ええ……かまわないかと思って。すいません。悪かったですか？」

気づけばコーヒーもできている。猫は床で缶詰のマグロを食べている。オーヴェはうなずいたが、質問にはこたえなかった。

「わたしと猫は、今からこのへんを歩いてひとまわりしてくる」オーヴェはかわりに告げた。

「いっしょにいってもいいですか」ミルサドがすかさず聞いた。

オーヴェは歩行者天国で海賊の扮装をした相手に呼びとめられ、三つのカップのどれに銀貨を隠したかあてろと言われたような目で、ミルサドを見た。

「何か手伝えること、ないですか？」ミルサドは熱心につけくわえた。

オーヴェは玄関にいって、クロッグに足を入れた。

「ここは自由の国だ」ぼそりと言い、ドアをあけて猫を外に出した。

ミルサドはこれを〝大歓迎だ！〟の意味だと解釈して、大急ぎで上着を着て靴をはき、オーヴェのあとにつづいた。そして、もしもオーヴェが今日の招かざる連れはミルサドひとりでおしまいだと思っていたとしたら、それはとんでもないまちがいだった。

「やあ、おふたりさん！」家の前の道に出ると、イミーが声をかけてきた。

どぎつい緑色のトレーニングウェアに身をつつんだ姿で、ハアハアいいながらオーヴェの前までやってきた。ウェアはあまりにぴったりで、一瞬服なのかボディペインティングなのかわからなかった。

「やあ」ミルサドは遠慮がちに言った。

「イミーだ！」とイミーは言い、息を切らしながらミルサドに手をさしだした。

猫はイミーの足に懐っこくすり寄りたそうにしたが、前回そのようなことをしたときにイミーが病院にいくはめになったのを思いだして考えを変えたらしく、次善の策を選んで、雪のなかを転がりまわった。イミーはオーヴェに親しげに笑いかけた。

「いつもこのぐらいの時間に歩いているのを見かけるから、いっしょについていっていいか聞こうと思ったんだ。運動をはじめることにしたんだよ！」

イミーは満足げにうなずき、あごの下の脂肪が嵐に吹かれた帆のように、両肩のあいだで揺れた。

オーヴェは非常に疑わしそうな目をした。

「いつもこんな時間に起きるのか？」

「まさか、でしょ。まだ寝てないだけだよ！」

そういう事情で、猫と、アレルギー持ちの太っちょと、あっちの人間と、オーヴェという男は、その朝、ぞろぞろと見まわりをすることになった。

ミルサドは父と喧嘩して、今だけオーヴェの家に泊まっているのだということを、ざっと説明した。

「ちなみに、何が原因で親父さんと喧嘩したんだ？」イミーが聞いた。

「あんたが首を突っ込むことじゃない！」オーヴェがうしろからすかさず言った。

イミーはいくらか驚いた顔をしたが、肩をすくめ、つぎの瞬間にはその疑問を忘れたようだった。ミルサドはありがたそうな目でオーヴェをちらりと見た。オーヴェは標識を蹴った。

「でも、まじでさ、こういうことを毎っ日、やってるの？」イミーが陽気にたずねた。

「ああそうだ。泥棒にはいられた形跡がないか調べるためだ」

「泥棒？　ここに泥棒が？」

「はいらない」

イミーはよくわかっていない顔をした。オーヴェはガレージの扉を三回引っぱった。

「はじめてはいられるまでは、泥棒ははいらないにきまってるだろう」

オーヴェはぶつくさ言って、来客用駐車場に向かった。

猫はおまえの頭にはがっかりしたという目でイミーを見た。イミーは口をとがらせ、すでにいくらか体重が減ったと信じている者の仕草で腹をさわった。

「ところで、ルネのことは聞いた？」イミーは言って、スロージョグでオーヴェを追いかけた。

オーヴェはこたえなかった。

「社会福祉課から迎えがくるって話」イミーは追いついてきて言った。

オーヴェは手帳をひらいて車のナンバーを写しはじめた。オーヴェが黙っているのを、喜んでその先を聞きましょうという意思表示だとイミーが理解したのは明らかだった。

「そもそもアニタは、在宅ケアサービスの時間を増やしてほしくて申請したんだ。ルネはよぼよぼになって、アニタももうひとりじゃ大変になったから。で、社会福祉なんたらの調査がはいって、その後、アニタに世話は無理だという判定が出たと、どっかの石頭が電話で言ってきた。それでルネをあの手のホームに入れるという話になったんだ。だからアニタは、なかったことにしてくれ、在宅ケアも、もういらないと言った。そしたら相手はけんか腰になって、アニタにさんざんな対応をした。判定をくつがえすことはできないし、あんた自身が申請したことだろうって。調査の結果こういう判定が出たんだから、しょうがないだろうって態度だ。アニタが何を言おうと、福祉のやつは自分のルールでしか物事を進めようとしない」

イミーは口を閉じ、何らかの反応があることを期待してミルサドにうなずきかけた。

「さんざんだな……」ミルサドはおずおずと意見した。

「ほんと、さんざんだ!」イミーはうなずき、上半身全体が揺れた。

オーヴェはペンと手帳を内ポケットにしまい、ゴミ置場へと足を向けた。

「そうしたことが決定事項になるまでには、この先何年もかかる。口ではすぐに連れていくと言っても、実際に腰をあげるのは一年や二年先だ」オーヴェは鼻を鳴らした。お役所仕事がどんな具合に進むか、オーヴェにはよくわかっている。

「でも……もう決定されちゃったんだよ」イミーは言って頭をかいた。

「だったら異議申し立てをすればいいだけだ！　数年かかる！」オーヴェはむすっと言い、大股で横をすり抜けた。

イミーは体力を使ってまであとを追う価値があるか迷うように、オーヴェをうしろからながめた。

「でも、そういうのはもうやったんだ！　アニタは二年前からずっと手紙を送ったりなんだりしてた！」

オーヴェがそれを聞いて足をとめることはなかった。だが、動作がゆっくりになった。

イミーの重たい足音が雪のなかを近づいてくる。

「二年だと？」オーヴェはふり返らずに聞いた。

「少なくとも」イミーは言った。

オーヴェは頭のなかで月数をかぞえる表情をした。

「嘘っぱちだ。それならソーニャが知っていたはずだ」オーヴェは言い捨てた。

「僕からはソーニャに話しちゃいけないことになってたんだ。アニタに口止めされて。だって、ほら……」

イミーは黙り込んだ。雪に目を伏せた。オーヴェはふり返った。眉をあげた。

「何がほらだ？」

イミーは深く息を吸った。

「アニタは……オーヴェのとこは、それでなくとも大変だからって」小さな声で言った。

その後つづいた沈黙は、斧でたたき割れそうなくらいみっしりと濃かった。イミーは目をあげなかった。

自転車置場の小屋にはいった。オーヴェは何も言わなかった。出てきた。だが、オーヴェのなかで何かが起きた。ゴミ置場のなかにはいった。出てきた。〝硬貨が落ちてスイッチがはいる〟とソーニャはよく表現した。イミーが最後に言った言葉が布のようにオーヴェの動きをからめとり、言葉にならない怒りが胸にひろがって、竜巻みたいに激しく渦を巻きはじめた。扉を引っぱる手が乱暴になった。敷居を蹴った。そして、イミーがしまいに〝もう遅い。ルネはもうホームに入れられる〟とかなんとかつぶやくと同時に、オーヴェはゴミ置場の建物全体が揺れるほどの勢いで、乱暴に扉を閉じた。背を向けたまま無言で立ち、肩で息をした。

「だ……いじょうぶですか？」ミルサドが聞いた。

オーヴェはふり返り、怒りをむきだしにしてイミーに指を突き立てた。

「そう言ったんだな？　うちは〝それでなくとも大変だから〟、アニタはソーニャに助けを求めることをしなかったんだな？」

イミーは不安げにうなずいた。オーヴェは上着のなかで激しく胸を上下させながら、じっと雪を見つめた。この話を聞いたらソーニャはどんな顔をするだろう。〝それでなくとも大変だから〟と遠慮して、親友が助けを求めてこなかったのを知ったら。ソーニャはきっとひどく心を痛めるにちがいない。

たまに突発的に行動を開始する男がいるが、なぜだか理由がわかりづらいこともある。そしておそらくオーヴェは、死ぬ前に何をすべきか、だれを助けるべきか、前々からわかっていたのだろう。だが人はみな、時間に関しては基本的に楽観的だ。人と何かをする時間がまだあると、つい考える。その相手に言うことを言う時間があると。異議申し立てをする時間があると。

オーヴェはふたたび険しい顔でイミーをふり返った。

「二年と言ったな？」

イミーはうなずいた。

オーヴェは咳ばらいした。ここへ来てはじめて顔に不安をのぞかせた。

「まだはじまったばかりだと思ってた。まだ……時間があるのかと」ぶつぶつ言った。

イミーはオーヴェが自分に言っているのか、独り言をしゃべっているのか、よくわかっていない顔をした。

「それで、もうルネを迎えにくるというんだな？　え？　ちんたらした役所仕事も、異議申し立ても、もう何もない。そういうことだな？」

イミーはもう一度うなずいた。何かを言おうとして口をひらいたが、オーヴェはすでに歩きだしていた。絶対的な悪に復讐しようという白黒の西部劇の男の物腰で、家のあいだの道を進んでいった。道の一番奥の、今もトレーラーとシュコダがとまっている家の前で向きを変え、ドアがふつうにひらこうが、その前に木くずと化そうが知ったことかといった調子で、乱暴に玄関をたたいた。アニタが驚いてドアをあけた。オーヴェはそのままなかにはいった。

「役所からの書類はあるか？」

「ええ、でも――」

「わたしによこすんだ！」

のちにアニタがほかのご近所さんに語ったところによると、あんなに怒ったオーヴェを見たのは、サーブとボルボの合併話が持ちあがった一九七七年以来のことだったそうだ。

34　オーヴェという男と、となりの家の男の子

　オーヴェは持ってきた青いプラスチックの折りたたみ椅子を雪の上において、そこに腰を据えた。長くなるのは目に見えている。ソーニャの気に入らないことを彼女に伝えないといけないときは、いつもそうだ。オーヴェはちゃんとおたがいが見えるように、墓石の雪を全部きれいにはらった。

　四十年近くのあいだに、さまざまな人種がオーヴェのテラスハウス団地を通過していった。オーヴェとルネの家にはさまれた一戸には、静かな人、騒々しい人、変わり者、耐えがたいやつ、ほとんど存在感のないタイプなど、いろんな種類の人間が住んだ。酔うとフェンスに小便をするティーンエイジャーのいる家族、規則違反の木をうっかり庭に植えようとする家族、家の前面をピンクに塗ろうと考えだす家族。そして、どれだけ反目し合っていようとオーヴェとルネの意見が合致することがひとつあったとすれば、それは、そのときどきにとなりに住んでいる住人は完全にいかれた馬鹿だ、ということだった。

　八〇年代の終わりには、どこかの銀行の支店長らしい男がその一戸を買った。〝投資物

件として〃と不動産業者に言っているのを、オーヴェは耳にした。男はその後の数年のあいだに、家をつぎつぎに人に貸した。ある夏には三人の若い男がやってきて、その家を麻薬常用者と売春婦と犯罪者の文字どおりの自由地帯とする大胆な試みに出た。ドンチャン騒ぎは二十四時間つづき、割れたビール瓶の破片が家の前の道に紙ふぶきのように散らばり、オーヴェの家のリビングの壁から絵が落ちるほど、音楽がガンガン鳴り響いた。

迷惑行為をやめさせようとしてオーヴェがのり込んでいくと、若者らは彼を笑いものにした。それでもオーヴェが帰らずにいると、ひとりがナイフで脅してきた。明くる日、ソーニャはきちんと話をして諭そうとしたが、やつらは彼女を〃車椅子オババ〃と呼んだ。その夜、それまで以上に音楽のボリュームがあがり、どうにもたまらなくなったアニタがテラスに出て怒鳴ると、アニタとルネのリビングの窓から瓶が投げ込まれた。

それは明らかにまちがった行為だった。

オーヴェはただちに復讐の計画を練りはじめ、まずは家主の金銭取引の記録を調べた。賃貸に出すのを中止させるべく弁護士や税務署に電話し、〃最高裁まで持っていってやる〃とソーニャに息巻いたとおり、オーヴェは必要ならどこまでもねばる覚悟でいた。だが、その計画を実行に移す時間はなかった。

ある晩遅く、オーヴェはルネが車のキーをにぎって駐車場へ歩いていくのを見かけた。そしてその明もどってきたとき、中身はわからないが、手にビニールの袋を持っていた。

くる日、警察がやって来て、大量の麻薬を所持していた罪で、手錠をかけて三人の若者を連行した。その麻薬というのは、匿名の通報により彼らの物置小屋から見つかったものだった。

逮捕劇がくりひろげられるあいだ、オーヴェとルネはふたりとも道に出ていた。両者の目が合った。オーヴェはあごをかいた。

「この町のどこへいけば麻薬が手にはいるのか、おれにはまったく見当もつかないな」オーヴェは考え込む顔で言った。

「駅の裏の道の先だ」ルネはポケットに手を入れて言った。「噂ではそう聞いた」にやりと笑ってつけくわえた。

オーヴェはうなずいた。ふたりは長いこと何もしゃべらず、にんまりした顔でそこに立っていた。

「車の調子はどうだ？」やがてオーヴェは聞いた。

「絶好調だ」ルネはこたえた。

ふたりはその後の二カ月は折り合いがよかった。だがもちろんその後、例の暖房システムをめぐる件でふたたび仲たがいする。それでもアニタが言うとおり、友好関係がつづくあいだはいいものだった。

その後もとなりの家の入居者はつぎつぎに入れ替わったが、大半はオーヴェとルネから驚くべき忍耐と寛容をもって受け入れられた。人の評価というのは比較によっておおいに左右されるものだ。

九〇年代中ごろのある夏、若い母親が九歳ほどのまるまるした男の子を連れて引っ越してきて、ソーニャもアニタもすぐにその子を心から好きになった。父親は子供が生まれてすぐに去っていったと、ソーニャとアニタは聞いて知った。現在母子といっしょに住んでいる猪首で、息がくさくて長くは耐えられない男は、新しくできた恋人だった。男が家にいることはほとんどなく、アニタとソーニャは根掘り葉掘り質問することは避けた。きっと自分たちには理解できない魅力があるにちがいない、とふたりは考えた。〝あの人はわたしたちの面倒を見てくれるし、知ってのとおり、シングルマザーとして生きるのはものすごく大変だから〟と、若い母はある機会に気丈な笑みをうかべて言い、両どなりの家の女たちはそれ以上の穿鑿はしなかった。

猪首の男の怒鳴り声がはじめて壁ごしに聞こえてきたときには、自分の家で何をするのも人の勝手だと彼らは考えた。二度目には、どんな家族にも喧嘩はつきもので、これもそんな深刻な喧嘩ではないにちがいないと思った。

猪首の男がつぎに出かけていった機会に、ソーニャは母親と男の子をコーヒーに招いた。母親は、キッチンの戸棚を慌ててあけたせいで痣ができたと、不自然に笑って説明した。

その晩、ルネは猪首の男と駐車場で出くわした。男は明らかに酒に酔った状態で車を降りてきた。

つづくふた晩、男の怒鳴り声と物が床に投げつけられる音が、両どなりの家に伝わってきた。母親の痛がる短い悲鳴がし、そして九歳の男の子が泣きながら男に〝ぶたないで、ぶたないで〟と懇願する声が壁の向こうから聞こえてくると、オーヴェは家を出てテラスに立った。ルネもすでに自分のテラスに出ていた。

ふたりは管理組合の理事会における、史上最悪の権力闘争の真っ最中だった。一年近く口を利いてさえいなかった。だが今、両者は短くうなずき合うと、無言でそれぞれの家にもどった。二分後、彼らは服を着替えて家の正面側で落ち合った。玄関をあけたとたんに、猪首の男がふたりに乱暴に躍りかかってきたが、オーヴェの拳骨が相手の鼻っぱしらに命中した。男はよろめいて転び、ふたたび立つと、今度は包丁を持ってオーヴェめがけて突進した。だが、そこまでだった。ルネの巨大な手が大きなハンマーのように男を打ちのめしたのだ。あのルネというやつは、若いときはなかなかのものだった。おいそれと喧嘩を吹っかけていい相手ではまったくない。

翌日、男はテラスハウス団地を出ていき、二度と帰ってこなかった。若い母親は家にもどる気になるまで、二週間、子供といっしょにルネとアニタのところに厄介になった。その後、ルネとオーヴェは町の銀行を訪れ、夜になりソーニャとアニタは、贈り物としてでも、借りとしてでも、好きに受け取ってかまわないと彼女に説明した。だが、いかなる反論も許さなかった。そんなこんなで、若い母親は息子とともにその家に住みつづけた。コンピューター好きの、まるまるしたイミーという名の息子とともに。

オーヴェは前に身をのりだして、しごく真剣な目で墓石を見た。

「もっと時間があると漠然と思っていたんだ。その……何をするのにも」

彼女はこたえない。

「きみがもめごとを嫌うのは知っているよ、ソーニャ。ただし、今回だけは大目に見てもらわないといけない。ああした連中は言って聞かせてもわからないんだ」

オーヴェは手のひらを親指でつついた。墓石はただ黙ってそこにあるだけだったが、ソーニャの考えを知るのに言葉はいらなかった。だんまりをきめるのは、オーヴェと喧嘩するときの彼女の得意の作戦だ。生きていようと死んでいようと。

午前中、オーヴェは社会福祉なんとかという例の役所に電話した。家の電話はもう切ってしまったので、パルヴァネのところからかけた。パルヴァネは〝愛想よく、従順な態度で〟臨むようにと釘を刺した。出だしからあまり順調ではなかった。すぐに〝担当者〟に代わられたからだ。要するにタバコ吸いの、あの白シャツだ。今なおルネの家の前の行き止まりにおかれたあの小さな白いシュコダのことで、男は最初から相当お怒りだった。もしもオーヴェがそこですぐに謝罪し、さらに、車を取りあげるような真似をしたのはやりすぎだったと詫びでもしていたら、もっと有利に交渉を進められる立場を得られたかもしれない。それはもうひとつの出方――〝標識を読むことを学ばないからだ！　文字も読めない馬鹿野郎が！〟と叫ぶこと――より、まちがいなくましだった。

この話し合いにおけるオーヴェの目下の目標は、ルネをホームに入れないよう男を説得することだった。男は、〝文字も読めない馬鹿野郎が〟というのは、この手の問題を話し合うための挨拶としては、言葉の選択が非常にまちがっていると言った。それから、電話の両方の側で汚い言葉がくり返し発せられたあと、オーヴェは、こんな進め方が許されてなるものかと頑として言い放った。ちょっと記憶力があやしくなってきたからといって、その人を他人が好き勝手に自宅から連れ去って、施設に入れていいはずがない、と。電話の向こうの男は、〝あのような状態〟のルネをどこに入れようが、どうでもいい話だと冷たく言った。本人にとっては〝ほんのわずかな差異しかない〟のだから。オーヴェは罵倒の言葉をならべて返した。すると白シャツの男はとんでもなく馬鹿なことを言った。

「すでに決まったことだ。調査は二年にわたりつづけられた。もうできることは何もありませんよ、オーヴェ。何ひとつ、ない」

そして電話を切った。

オーヴェはパルヴァネを見た。パトリックを見た。パルヴァネの携帯電話をテーブルにたたきつけ、〝新しい計画を練る必要がある！　すぐにだ！〟と叫んだ。パルヴァネはものすごく憂鬱な顔をしたが、パトリックはただちにうなずいて、杖をつかんで玄関を出ていった。まるでそう言われるのを待っていたかのように。五分後、オーヴェが心の底からがっかりしたことに、パトリックは例の間抜けのカッコつけを近所の家から引っぱってきた。イミーもあとからにこにこしながらついてきた。

「こいつになんの用があるんだ？」オーヴェはカッコつけを指さして言った。

「計画が必要だって言ったでしょう？」パトリックはそう言ってからカッコつけにうなずきかけ、このうえなく満足げな顔をした。

「このアンデシュこそが、われわれのつぎなる計画だ！」イミーが横から言った。

アンデシュは少し自信なさそうに廊下を見まわし、オーヴェの顔つきを見て怖気づいたようだったが、パトリックとイミーがおかまいなしに彼をリビングまで押していった。

「さあ、オーヴェに話して」パトリックが促した。

「わたしに何を話すんだ？」

「ええと……聞いたところでは、あのシュコダの持ち主とのあいだでもめているということですよね」アンデシュは話しはじめ、パトリックを不安げに横目で見た。

オーヴェは大きくうなずいて、先を促した。

「わたしがどんな会社を経営してるか、たぶん言ったことはありませんね？」アンデシュはおずおずと先をつづけた。

オーヴェはポケットに手を入れた。いくらかくつろいだ姿勢をした。するとアンデシュはひとしきり話をした。オーヴェでさえ、なるほどどうってつけだと認めざるを得なかった。

「ところで、最近見かけないが、例の金髪の棒っき――」話を聞いたあとで言いかけたが、パルヴァネに蹴られて言葉を呑んだ。

「ガールフレンドはどうした」オーヴェは言いなおした。

「ああ。別れました。彼女は出てきました」アンデシュは自分の靴に目を落とした。

結局アンデシュは、彼女や犬のことをオーヴェが目の仇にするので、彼女は少々腹を立てていたようだという話をするはめになった。だがその怒りは、オーヴェが犬を〝毛皮のブーツ〟と呼んでいたと告げ口しながら、アンデシュ自身の笑いがとまらなくなってしまったときの彼女の逆上ぶりとくらべれば、まだしもかわいいものだった。

そんなわけで、昼過ぎにタバコ吸いの白シャツの男が警察を連れて、白いシュコダを解放せよとオーヴェに要求しにきたときには、トレーラーも白いシュコダもすでに消えてなくなっていた。オーヴェは涼しい顔で両手をポケットの奥まで突っ込んで家の前に立ち、他方オーヴェの宿敵は、とうとう完全に取り乱して、オーヴェに向かってわめきはじめた。オーヴェはなぜこんなことになったのかまったくわからないという態度を貫きつつも、車両の通行禁止とはっきり書かれた標識を守っていたなら、そもそもこんなことにはならなかったと、親切心から指摘してやった。アンデシュが偶然にもレッカー会社を所有していて、昼の休憩のあいだに彼のレッカー車がシュコダを移動させ、町から四十キロ離れた大きな砂利採取場においてきたという事実には、もちろんふれなかった。そして、何も見なかったというのは本当だなと警官が念を押すと、オーヴェは真っすぐに白シャツの男の目を見て、こたえた。

「さあ、どうかな。忘れたのかもしれない。この年になると、記憶力があやしくなって困る」

警官があたりを見まわし、消えたシュコダと無関係なら、どうして道に出て立っているのかと聞くと、オーヴェは無邪気に肩をすくめて白シャツの男をじっと見た。

「テレビで面白い番組をやってないんでね」

怒りで男の顔から血の気が引き、そんなことが可能だとすれば、白シャツの色よりもさらに白くなった。そして〝これで終わりじゃないぞ〟と怒鳴り散らしながら、男は足取り荒く去っていった。もちろん、これで終わりではなかった。わずか一、二時間後、アニタの玄関に配達員がやってきて、白シャツの男本人の署名がはいった、役所からの簡易書留をおいていった。そこには〝移送予定日〟の日付と時間が書いてあった。

オーヴェは今ソーニャの墓石の前に立ち、自分がどれだけ申し訳ないと思っているかをどうにか伝えようとした。

「わたしがだれかと喧嘩をすると、きみはいつもかんかんになる。よくわかるさ。しかし、今はこういう状況になってるんだ。きみにはもうしばらく上で待っていてもらわないといけない。今は死んでるひまはないんだ」

それから凍った古いピンクの花をかちかちの地面から掘りだして、新しい花を植え、立って椅子をたたみ、〝これは戦争だ〟とかなんとか聞こえなくもない言葉をつぶやきながら駐車場へ歩いていった。

35　オーヴェという男と、社会的適性の欠如

パルヴァネが血相を変えてオーヴェの家の玄関にとび込んできて、〝おはよう〟の挨拶もなくトイレに向かうのを見て、当然ながら、自宅からここまで来るわずか二十秒ほどのあいだに、なぜ狙ったように尿意を催すことができるのか、それにトイレのドアを閉める前に、なぜ〝おはよう〟のひとことを言うひまがないのかという疑問が真っ先にオーヴェの頭にうかんだが、ソーニャは以前、〝大変なときの妊婦ほど恐ろしいものは、地獄にもいない〟と言っていた。そこでオーヴェは口をつぐんだ。

近所の連中はオーヴェのことを、最近〝人が変わったみたいだ〟と言う。何かのことでこんなに〝一生懸命〟になる姿を見たのははじめてだ、と。だがそう思うのは、オーヴェが彼らの用事のために一生懸命になったことが、これまでないからだと言ってやった。オーヴェはいつだって一生懸命だった。

家々のあいだを行き来し、ドアを乱暴に閉めてまわるここ数日のオーヴェを、パトリックは〝未来から来た、復讐に燃えるロボット〟になぞらえた。オーヴェには何をさして言

っているのかわからなかった。だがともかく、毎日夜になると、パルヴァネとパトリックと子供たちといっしょに、彼らの家で何時間もすごし、その間パトリックは、パソコンを使って何かを示そうとすると、オーヴェが画面に怒れる指紋をべたべた残すので、それをやめさせるのに手を焼いた。イミー、ミルサド、アドリアン、アンデシュも集まった。イミーはパルヴァネとパトリックの家のキッチンのことを〝デススター〟、オーヴェのことを〝ダースオーヴェ〟とみんなに呼ばせようと、しつこくがんばった。

最初オーヴェは、ルネの手をくり返して白シャツの男の家の物置にマリファナを仕込んではどうかと提案した。パルヴァネがそれにあまり感心せず、そこで一同はプランBの検討に移った。だがゆうべ、パトリックが自分のほうからのアプローチはもう限界だと音をあげた。行き止まりだった。オーヴェは険しい顔でうなずくと、電話を借りるとパルヴァネに声をかけ、べつの部屋にはいった。

オーヴェはその案が気に入ったわけではなかった。ただし、これが戦争なら戦争をするまでだ。

パルヴァネがトイレから出てきた。

「もう、すんだか？」ただの途中休憩かもしれないと疑っているように、オーヴェは聞いた。

パルヴァネはうなずいたが、いっしょに外へ出ていく途中で、リビングにある何かに目を留めて立ちどまった。オーヴェは戸口にいたが、パルヴァネが何を見ているかはよくわかった。

「ああ、あれは、なんでもない。特別に何かしたわけじゃない」オーヴェはぶつぶつ言って、パルヴァネをさっさと外に追いだそうとした。

パルヴァネが動かずにいるので、オーヴェはドア枠の隅を強く蹴った。

「おいておいても埃をかぶるだけだ。やすりをかけて色を塗りなおして、ニスを塗った。大げさなことじゃない」オーヴェはいらいらして言った。

「ああ、オーヴェ」パルヴァネは息をもらした。

オーヴェはさらに二、三度蹴ってドア枠をチェックした。

「またやすりをかけて、ピンクに塗りなおしてもいい。女の子だったらな」ぼそぼそ口にした。

咳ばらいをした。

「男の子でもね。いまどきは、男の子がピンクだっていいでしょう?」

パルヴァネは口に手をあてて、水色のベビーベッドを見ている。

「泣きだすようなら、それはやらんぞ」オーヴェは忠告した。

そう言ったところでパルヴァネは結局泣きだし、オーヴェは〝まったく女というのは〟

とため息をついて、前を向いて、さっさと道を歩きだした。

およそ三十分後、白シャツの男は靴でタバコをもみ消すと、アニタとルネの家のドアを乱暴にたたいた。男もまた戦争に臨むような顔つきをしていた。激しい抵抗を予想しているのか、看護師の制服を着た若い男を三人引き連れている。弱々しい小柄なアニタがドアをあけると、三人の若者はいくらか恥じ入るような顔をしたが、白シャツの男は彼女の前にいって、斧をふるうように書類をふった。

「時間だ」と白シャツの男はいらだちを隠さない声で告げ、玄関からなかにはいろうとした。

だがアニタが前に立ちふさがった。彼女のような小さな人間ができる精いっぱいのやり方で。

「そうはさせないわ!」アニタは一センチも引かなかった。

白シャツの男は動きをとめて彼女を見た。うんざりしたように首をふってみせ、鼻のあたりの皮を引きつらせて顔をくしゃくしゃにした。

「もっと簡単な方法で阻止できる時間が、これまで二年もあったんですよ、アニタ。今はもう最終決定がくだった。そういうことだ」

男はふたたびすり抜けようとしたが、アニタは古代の立石のように入り口から頑として動かなかった。

彼女は相手の目をじっと見たまま、深く息を吸った。

「世話が大変になったからといって見捨てるなんて、そんな愛情がどこにあるの？　衰えてきたから見捨てる？　ねえ、そんな愛情がどこにあるのか教えてちょうだい！」アニタは悲しみでふるえる声をふりしぼった。

男は上下の唇をつまんだ。頬骨のあたりが神経質にぴくぴく動いた。

「ルネは一日の半分は自分がどこにいるかわからない。調査によ──」

「でも、わたしはわかる！」アニタはさえぎって、三人の看護師に指を向けた。「わたしはわかる！」彼らに叫んだ。

白シャツの男はふたたびため息をついた。

「で、だれがルネの面倒を見るんですか？」男は言葉のうえだけでたずね、首をふった。

それから一歩前に出て、三人の看護師についてこいと合図した。

「わたしが面倒を見るわ！」アニタは海の墓場のような暗い恐ろしい目をしてこたえた。

白シャツの男はただ首をふりつづけ、アニタの横を無理やり通り抜けようとした。そのときはじめて、彼女のうしろにぬっと影がそびえるのを見た。

「わたしも面倒を見る」オーヴェが言った。

「わたしも見るわ」パルヴァネが言った。

「僕もだ！」パトリック、イミー、アンデシュ、アドリアン、ミルサドも口々に言い、折り重なって転倒するほどの勢いでいっせいに戸口に押し寄せる。

白シャツの男は動きをとめた。目が線のように細くなった。

するとそのとき、すれたジーンズに少々大きすぎる緑のウインドブレーカーを着た四十五歳の女が、男のすぐ横にあらわれた。

「地元紙の者です。二、三、お聞きしたいことがあるんですが」彼女はボイスレコーダーを手に声をかけた。

白シャツの男は長々と記者を見た。

それからオーヴェに目を転じた。ふたりの男はじっとにらみ合った。

記者はバッグから書類の束を出した。それを男の腕に押しつける。

「これはみんな、あなたとあなたの部署が最近担当した患者の資料です。本人やご家族の希望に反して施設に入れられた、ルネのような人たち全員の。あなたが斡旋を担当していた高齢者住居施設であったすべての不正行為の記録。ルールが守られなかったり、正規の手続きが無視されていたことの記録が、逐一載っています」

彼女はこれを、宝くじにあたった人に景品の車のキーを手渡すような口調で言った。そして最後に笑顔でつけくわえた。

「いち記者として役人を調べていて一番痛快なのは、役人が決めたルールを破る最初の人は、いつでも役人だってことですよ」

白シャツの男は一瞬たりとも彼女を見ようとしなかった。ずっとオーヴェを見ていた。どちらの男もひとことも発しなかった。白シャツの男はぎりぎりと歯ぎしりした。オーヴェのうしろでパトリックが咳ばらいし、松葉杖を使って跳ねながら家から出ていって、男の腕にある書類をあごでしゃくった。

「ちなみに、一番上にあるのは何かと思うかもしれませんけど、それは過去七年のあなたの銀行の記録です。それにカードで購入した電車や飛行機のチケット、あなたが泊まったホテルのすべての記録。あと、仕事で使っているパソコンのウェブ履歴。それから電子メールのやりとりのすべて。それも仕事とプライベートの両方の……」

白シャツの男の目がひとりひとりの上をさまよった。あまりに強く歯を嚙みしめているために、あごの皮膚が白くなっている。

「あなたが秘密にしておきたいものが、そのなかにあるだろうと言いたいわけじゃありませんよ」記者はにこやかに言った。

「めっそうもない！」パトリックは真摯な顔で言った。

「でも、ほら……」記者は言いよどみ、遠くを見る目をしてあごをかいた。

「人の過去を本気になって掘り返せば……」パトリックがうなずく。

「……本人が隠しておきたい事柄が何かしらは出てくるものでしょう」記者は思いやるよ

うな笑みをうかべた。

「できれば記憶から消し去りたい事柄が」パトリックはつけくわえ、リビングの窓に顔を向けた。ひとつの椅子の上から、ルネの頭がのぞいていた。淹れたてのコーヒーのにおいがドアから漂ってくる。パトリックが松葉杖で白シャツの腕にある書類を軽くつつくと、男の白いシャツに雪がかかった。

「僕なら、インターネットの履歴をじっくり点検することでしょうね」彼は説明した。

全員がそこに立っていた。アニタ、パルヴァネ、記者、パトリック、オーヴェ、イミー、アンデシュ、白シャツの男、そして三人の看護師のあいだには、ポーカーで全員が有り金すべてを賭けて、テーブルにカードを出す直前だけ存在するような、独特の沈黙が流れた。それぞれが水のなかで息をとめているような数秒をすごしたあと、白シャツの男はゆっくりと書類をめくりはじめた。

「どこからこんなものをかき集めた？」男は低い声で言い、首にとどきそうなほどきつく肩をすぼめた。

「インターネットだ！」オーヴェが突然怒りの声をあげて、腰の両わきでこぶしをにぎりしめて家の外に出た。

白シャツの男はふたたび目をあげた。記者が咳ばらいして、親切そうに書類の束を指さした。

「その過去の記録には、おそらく違法なものはひとつもないとは思いますけど、然るべきメディアの関心が集まれば、あなたの部署は何カ月も裁判に追われることになるだろうと、うちの編集長は自信をのぞかせています。ひょっとしたら、何年も……」

そっと男の肩に手をおいた。

「だから、今ここであなたが退散するのが、関係者全員にとって一番得策かもしれないわ」小声でささやいた。

そしてオーヴェが心底驚いたことに、小男はまさにそのとおりにした。踵を返し、三人の看護師を引き連れて去っていったのだ。太陽が空のてっぺんに昇ったときに影がそうなるように、角をまがってすっと姿を消した。物語の最後で悪者がそうなるように。

レーナは満足げにオーヴェにうなずきかけた。

「言ったとおりでしょう！　みんなできればマスコミは避けたいんですよ」

オーヴェはポケットに両手を突っ込んだ。

「約束を忘れないでくださいね」記者はにやりと笑った。

オーヴェはうめいた。

「ところで、送った手紙は読んでもらえたんですか？」

オーヴェは首をふった。

「読んで!」

オーヴェは〝ああ〞と言ったとも、鼻から激しく息を吐いたとも取れる音を出した。どっちかはわからない。

オーヴェは一時間後にアニタの家から帰ったが、それはルネと一対一でリビングにすわり、たっぷり時間をかけて小声で話をしたあとのことだった。〝じゃまがはいらないところで〝ルネと話し合う必要がある、とぶっきらぼうに言って、彼はパルヴァネとアニタとパトリックをキッチンに追いやったのだった。

そしてもしもアニタがルネの事情をよく知らなければ、その後の何分間かのあいだに、ルネが数回ほど声を出して笑うのを聞いたと主張したにちがいない。

36 オーヴェという男と、ウィスキー

自分の過ちを認めるのはむずかしい。長いことずっとまちがっていた場合には、なおさらだ。

長年の結婚生活のあいだに、オーヴェが自分がまちがっていたと認めたことがたった一度だけある、とソーニャはよく言った。それは八〇年代初頭のことで、いったんオーヴェがソーニャに賛成した事柄が、あとからまちがっていたと判明したのだ。当然オーヴェは、それはとんだ屁理屈だと主張した。オーヴェはソーニャがまちがっていたことを認めただけだ。

〝人を愛することは、家に引っ越すのに似ている〟とソーニャはよく言った。〝最初は新しいものすべてに恋をし、そのすべてが自分のものなのだと、毎朝、驚きを新たにするの。そして、ふいにだれかがドアからやってきて、じつは重大な取りちがえがあって、このすばらしい家はあなたの家じゃなかったと言われはしないかと不安がる。でも年月とともに

外壁も傷んで、あちこちに木のひび割れができるようになると、家が完璧だからじゃなくて、家の完璧じゃないところに愛情を感じるようになる。隅から隅まで知り尽くしてね。踏んだときにどの床板がたわむかとか、きしまないように簞笥の扉をあける正確な方法とか。そうした小さな秘密を知っているからこそ、わが家だと感じるの〟と。

もちろんオーヴェは、自分がそのたとえ話のなかの簞笥の扉だというのには懐疑的だった。それに、彼女がオーヴェに怒っているときに、〝最初から土台ごと傾いていた場合には、打つ手があるのかしらと思うわ〟と愚痴るのを何度か聞いた。言いたいことは、オーヴェにもよくわかる。

「ディーゼルの値段によるんじゃないかと言ってるんだけど。それに、車の燃費にもよるでしょう」パルヴァネが気がなさそうに言って、赤信号でサーブをとめ、軽く息を切らしてシートの上で体勢をととのえた。

言ったことをまるで聞いていなかったのかと、オーヴェは非常にがっかりしてパルヴァネを見た。車を持つうえで知っておくべき基本をこの妊婦にたたき込んでやろうと、こっちはがんばっているというのに。お金を捨てたくなければ、車は三年おきに買い換えるべきだ、とオーヴェは説明した。それから、知恵のある人ならだれもが知っている事実、すなわち、ガソリン車でなくディーゼル車を選んだ場合には、一年に最低二万キロ走らなければならないということを、懇切丁寧に教えてやった。それなのにどうだ？　パルヴァネは相変わらず反論ばかりだ。〝新しく車を買えば、金の節約になりっこない〟だの、それは〝車の値段による〟だのと論を展開し、さらには〝どうして？〟とくる。

「どうしてもこうしてもだ！」オーヴェは言った。

「ああ、そう」この話題についてはオーヴェが権威と見るのが当然であるはずなのに、パルヴァネはそれを認めていないように目をぐるりと動かした。

十数分後、パルヴァネは通りの反対の駐車スペースにサーブをとめた。

「わたしはここで待ってるわ」

「ラジオの設定にはふれるなよ」オーヴェは命令した。

「はい、はい」パルヴァネは声をあげ、オーヴェがこの数週間のうちにだいぶ嫌になってきたいつもの独特の笑いをうかべた。

「ゆうべは来てくれてよかったわ」彼女は言い足した。

オーヴェは言葉を発するというより、鼻腔をきれいにするような音を出して応えた。パルヴァネはオーヴェのひざをたたいた。

「あなたが来ると娘たちが喜ぶの。あなたのことが好きなのよ！」

オーヴェは返事をせずに車を出た。ゆうべの食事には、それほどの問題はなかった。そこまでは認めてやってもいい。もっとも、パルヴァネのようにあんなに手をかける必要があるとは思わない。肉とじゃがいもとソースがあれば、それで十分だ。だが、あんなようなややこしい料理をつくらないといけないのだとしたら、パルヴァネのサフランライスはそれなりに食えたと認めよう。実際そのとおりだった。だからオーヴェは二杯食べた。猫は一杯半食べた。

夕食がすんでパトリックが片づけをしているあいだ、三歳児が寝る前に本を読んでくれとオーヴェにせがんできた。オーヴェは、通常の論法を理解しているとは思えないこの小さなトロルに道理を言っても無理だと判断し、しぶしぶ廊下をついていって部屋にはいり、ベッドに腰かけ、本を読んだ。パルヴァネが言うところの〝オーヴェ式の感情移入法〟で。何が言いたいのかは、よくわからない。三歳児がオーヴェの腕とひらいた本の両方に頭をのせたまま眠りに落ちると、オーヴェは子供と猫をベッドに入れて、電気を消した。

廊下をもどるとき、七歳児の部屋の前を通った。案の定、子供はコンピューターの前にすわってカチカチやっていた。オーヴェが理解するに、最近の子供はこういうことしかやらないらしい。だが〝もっと新しいゲームを与えようとしたが、あの子はこれでしか遊ばない〟とパトリックが言っていたことから、オーヴェは七歳児とそのコンピューターゲームに対してより好感を持った。オーヴェはパトリックの言うとおりにしない人間が好きだった。

部屋の壁は絵でいっぱいだった。ほとんどが白黒の鉛筆画だ。七歳児の非常に未熟な運動機能と論理的思考力を思えば悪くないと、オーヴェは認めるにやぶさかではなかった。

人物の絵は一枚もない。すべて家だった。オーヴェはこの点にも大変に好感を持った。

部屋にはいっていって、横に立った。七歳児はどこへいくにもさげている仏頂面でコンピューターから目をあげたが、実際、オーヴェの存在をとても喜んでいるようには見えなかった。だがオーヴェが去らずにいると、とうとう床に逆さにおいたプラスチック製の収納ケースを指でさした。オーヴェはそこに腰かけた。すると彼女は、これは家を建てて、その家で町をつくるゲームなのだと静かな声で説明をはじめた。

「家が好きなの」小声でささやいた。

オーヴェは七歳児を見た。七歳児はオーヴェを見た。オーヴェはパソコン画面に大きな指紋をつけて、町の空いたスペースを人差し指で示し、その場所をクリックするとどうなるのかたずねた。彼女がそこにカーソルを持っていってクリックすると、たちまちコンピューターがその場所に家を建てた。オーヴェはかなり疑り深い目でそれを見ていた。それからプラスチックのケースにどっかり腰を据えると、べつの空いたスペースをさした。二時間半後、パルヴァネが怒って部屋にやってきて、ふたりともただちに寝ないのなら電源を引っこ抜くと言って脅した。

オーヴェが立って部屋を出ようとしたとき、七歳児がおずおずと袖を引っぱって、すぐそばの壁を指さした。

「これはオーヴェの家」ふたりだけの秘密を言うようなささやき声だった。

オーヴェはうなずいた。結局のところこのふたりの子供たちも、まったくなんの役にも立たないわけではないのかもしれない。

オーヴェはパルヴァネを駐車場に残し、通りをわたり、ガラス扉をあけてなかにはいった。カフェに客はいなかった。天井のファンヒーターは、葉巻の煙をたくさん吸い込んだように咳き込んでいる。カウンターのうしろには染みのついたシャツを着たアメルがいて、白い布巾でグラスを拭いていた。

息を長く吐いて吐ききったときのように、彼の四角い身体は小さく縮んでいた。顔には深い悲しみと、なだめようのない怒りの両方が刻まれていたが、それは彼の世代の、彼の出身地の男にしかうかべられない表情だった。オーヴェはカフェのまんなかに突っ立っていた。ふたりの男は一分ほどたがいに見合った。ひとりは、あっちの若者を自分の家から追いだせないでいる男で、もうひとりは、どうやらそれを我慢できなかった男だ。やがてオーヴェは真剣な顔でひとりうなずき、前に進みでてカウンターのスツールに腰かけた。手をカウンターにおき、冷静な目でアメルを見た。

「まだ誘いが有効なら、今こそあのウィスキーをもらってもいいな」

速い呼吸に合わせて染みのついたシャツの下でアメルの胸が動いた。何か言おうとしたが、呑み込んだようだった。アメルは黙ってグラスを最後まで磨いた。布巾をたたんでエスプレッソマシンの横においた。何も言わずに厨房に消えた。オーヴェの知らない文字で書かれたラベルのついたボトルと、グラスふたつを持ってもどってきた。カウンターの上のふたりのあいだに、それをおいた。

自分の過ちを認めるのはむずかしい。長いことずっとまちがっていた場合には、なおさらだ。

37 オーヴェという男と、首を突っ込んでくるろくでもないやつら

「悪いと思っているよ」オーヴェはぶつぶつ言った。

墓石から雪をはらう。

「だけど、わかってくれ。最近の連中は、個人の垣根を尊重しなくなった。ノックもせずにずかずか家にはいってきて、騒動を巻き起こす。こっちはのんびりトイレにもすわってられない」オーヴェは説明しながら、凍った花を掘りだし、新しい花を雪の上から土に押しつけた。

同意してうなずいてくれるのを期待するように彼女のほうを見た。だがもちろん彼女はこたえない。けれども、となりで雪の上にすわっている猫は、その意見に賛成だと言いたげな顔をした。とりわけ、のんびりトイレにもすわってられない、というくだりには。

今朝方、女記者のレーナが新聞の見本をとどけにオーヴェの家に立ち寄った。オーヴェは第一面に不機嫌面で載っていた。約束を守ってインタビューを受け、質問にこたえたの

だ。だが、事前にはっきりと伝えておいたとおり、カメラマンの前でロバのようににやにや笑うことはしなかった。

「すばらしいインタビュー記事ですよ!」彼女は誇らしげに言った。

オーヴェは反応を示さなかったが、レーナにはどうでもいいようだった。そわそわしていて、先を急ぐように腕時計を見ながらその場で足踏みをしている。

「わたしは引きとめないぞ」オーヴェはぼそりと言った。

レーナは答えのかわりに、少女のようなくすくす笑いをもらした。

「アンデシュといっしょに、湖にスケートにいくんです!」

オーヴェはただうなずき、今の発言を話が終わった合図と取って、ドアを閉めた。新聞はドアマットの下に敷いた。猫とミルサドが外からせっせと運んでくる雪や泥を吸わせるのに、ちょうどいい。

キッチンにもどり、アドリアンが毎日の郵便物といっしょにもってくる広告やフリーペーパーの類を処分していった。ソーニャはあの小僧にどうにかしてシェイクスピアの読み方を教え込んだが、やつはポストに書いた〝広告お断り!〟の注意書きは理解できないらしい。

ついでに書類の整理をすると、山の一番下から、アドリアンがオーヴェの家の呼び鈴をはじめて鳴らした日に持ってきた、レーナからの未開封の手紙が出てきた。

あのときは少なくとも呼び鈴を鳴らしたが、最近ではあの若造は、自分の家のように勝手にはいって、出ていく。オーヴェはそんなことを考えて腹を立てながら、紙幣が本物か確認するように手紙をキッチンのランプにかざした。そして、キッチンの引き出しからディナーナイフを出した。オーヴェがレターオープナーを取りにいかずに食事用のナイフで開封しようとすると、ソーニャはいつもかんかんになったものだが。

こんにちは、オーヴェ

こんなふうに手紙をさしあげることをお許しください。今回の一件について、あなたがことを大げさにしたくないと思っていることは、新聞社のレーナから聞きましたが、彼女に頼んであなたの宛名だけ教えてもらいました。わたしにはものすごく大きな出来事で、そのことをお伝えせずにはどうしても気がすまなかったからです。本当なら直接お礼を言いたいところですが、それは遠慮するとして、せめて、あなたの勇気と自己犠牲の精神への感謝を一生忘れない面々を紹介させてください。あなたのような人は、もういないでしょう。ありがとうという言葉だけでは言い尽くせません。

その手紙には、気絶してオーヴェが線路から引きあげた、あの灰色のスーツに黒いコートの男の署名があった。レーナから聞いたところでは、気を失って倒れたのは、何かのややこしい脳の病気が原因だったらしい。医者がその機会に病気を発見せず、すぐに治療が開始されなかったら、あと二、三年で死んでいた。〝言うなればあなたは二度、彼の命を救ったんですよ〟とレーナが例のごとく興奮した口調で騒ぐので、オーヴェはあのときあのままガレージに閉じ込めておけばよかったと少々後悔した。

手紙をたたんで、封筒にもどした。同封されていた写真を目の高さにあげた。三人の子供――一番上は十代で、あとのふたりはパルヴァネの上の子とおなじような年格好だ――が写真のなかからこっちを見ていた。いや、見ているとはいえない。三人は折り重なるように写真の下でつぶれていて、それぞれ手に水鉄砲を持ち、キャーキャーいっているのが聞こえてきそうなほど大笑いしている。うしろには四十代くらいの金髪の女性がいて、顔いっぱいに笑みをうかべ、水のあふれるプラスチックのバケツを両手に持って、その腕を猛禽類の鳥のようにひろげている。一番下には、びしょ濡れの青いポロシャツを着たあの灰色のスーツの男がいて、降ってくる水から身を守ろうと無駄な抵抗をしていた。

オーヴェは広告の類といっしょに手紙を捨てて、ゴミ袋の口を結んで玄関におきにいき、ふたたびキッチンにもどると引き出しの奥からマグネットを出して、写真を冷蔵庫に貼った。病院から帰るときに三歳児が描いた、色の反乱のような絵のすぐとなりに。

オーヴェはもうはらう雪は残っていないのに、もう一度墓石から雪をはらった。

「もちろんあいつらには言ったさ。きみだってふつうの人間なみに平安と静寂を望むかもしれないって。だがあの連中は聞こうとしない」オーヴェはぼやいて、うんざりしたように墓石に向かって両腕を投げだした。

「こんにちは、ソーニャ」パルヴァネがうしろから言い、陽気に手をふったので、大きすぎるミトンがすっぽ抜けた。

「んちわ！」三歳児が嬉しそうに叫んだ。

「〝こんにちは〟でしょう。〝こんにちは〟って言うの」七歳児が正した。

「こんにちは、ソーニャ」パトリック、イミー、アドリアン、ミルサドが、順番にうなずきかけた。

オーヴェは地面を踏んで靴の雪をはらい、ぶつぶつ言いながら横の猫をあごでさした。

「この猫はもう顔なじみだな」

パルヴァネの腹は今ではかなり大きくなって、片手を墓石におき、反対の手でパトリックの腕につかまって地面にしゃがみ込むと、さながら巨大な亀に見えた。もちろんオーヴェは、その巨大な亀という喩えをわざわざ口に出す真似はしなかった。自殺するにももっといい方法はある。すでにいくつか試した本人が言うのだから、まちがいない。

「この花は、パトリックと子供たちとわたしから」パルヴァネが親しげに墓石に微笑みかける。

それからもうひとつの花をあげて、つけくわえた。「こっちはアニタとルネから。あなたによろしくって！」

烏合の衆たちは踵を返して駐車場にもどりはじめたが、パルヴァネだけは墓の前から動かなかった。どうしたのかと聞くと、パルヴァネは〝あなたには関係ないわ！〟と言って、ものを投げつけたくなる例の笑いをうかべた。かたいものでなくてかまわない。形だけでいい。

オーヴェは低音域の鼻息で返したが、心のなかでしばしよく考えた結果、ふたりの女の話し合いは最初から不可能だという結論に達した。オーヴェはサーブにもどることにした。ようやく駐車場にもどってきて運転席にすわると、パルヴァネは〝女どうしのおしゃべりよ〟とだけ言った。オーヴェは何が言いたいのかわからなかったが、放っておくことにした。後部座席では、姉がナサニンに手を貸してシートベルトをしめさせた。イミーとミルサドとパトリックは、前にとまっているアドリアンの新車にどうにか乗り込んだ。トヨタ車だ。それは頭のまともな人間が選ぶ最適な車ではないと、オーヴェは自動車販売店のところでアドリアンに口を酸っぱくして指摘した。だが、少なくともフランスの車ではない。それに、オーヴェは八千クローナ近く値切り、しかも、冬用のタイヤもおまけにつけさせた。そういうわけで、いちおうの納得はいった。

オーヴェが車屋にはいったとき、あのとんちんかんな若造は最初はヒュンダイを見ていた。もっと悪い事態にもなりかねなかったというわけだ。

テラスハウス団地にもどってくると、一同は解散してそれぞれの方向に歩いていった。オーヴェとミルサドと猫は、パルヴァネとパトリックとイミーと子供たちに手をふって、オーヴェの家の物置小屋の角をまがった。

あの四角い身体つきの男がいつからテラスハウスの前で立って待っていたのかは、わからない。午前中ずっといたのかもしれない。彼は辺境の前哨地につかされた直立不動の歩哨のような、決然とした表情をしていた。太い木の幹でできていて、氷点下の気温など屁でもないといったように。だが角の向こうからあらわれたミルサドの姿に気づくと、ずんぐりした男はその瞬間に体重を片足から反対の足に移し変えた。

「やあ」彼は伸びをして、もとの足に体重をもどした。

「やあ、父さん」ミルサドは三メートル手前で立ちどまって、もごもご口にした。

その晩、オーヴェはパルヴァネとパトリックの家で夕食を食べ、オーヴェの家のキッチンでは、父と息子はふたつの言語で失望と希望と男らしさについて語り合った。ふたりがもっぱら話したのは、勇気についてだろう。ソーニャは喜んだはずだ。だがオーヴェはパルヴァネの手前、こぼれそうになる笑みをこらえた。

七歳児はベッドにはいる前に、オーヴェの手に〝誕生パーティの招待状〟と書かれた一枚の紙を押しつけた。オーヴェは分譲物件の譲渡の合意書か何かを読むように、それに目を通した。

「なるほど。で、プレゼントがほしいってわけだな？」少ししてオーヴェはぶつくさ言った。

七歳児は床を見て頭をふった。

「何も買わなくていい。どうせ、ほしいものはひとつしかないから」

オーヴェは招待状をたたんでズボンの尻のポケットにしまった。それから高圧的な仕草で両手を腰においた。

「つまりなんだ？」

「ママは高すぎるって言うの。だからべつにいい」七歳児は目を伏せたまま言って、もう一度頭をふった。

オーヴェは訳知り顔でうなずいた。この電話は盗聴されていると、共謀者に合図を送ったあとの犯罪者のように。オーヴェと少女は廊下を見まわし、母と父がどこかの角の先にいて聞き耳を立てていないか確認した。そのうえでようやく少女は顔を寄せて手で筒をつくり、オーヴェの耳にささやきかけた。

「ｉＰａｄ」

オーヴェは〝アイウエオカ！〟と言われたような顔をした。

「コンピューターみたいなもの。専用のお絵かきプログラムがあるの。子供用の」七歳児はささやき声をいくらか大にして言った。

そして目を何かで輝かせた。

オーヴェの知っている何かで。

38　オーヴェという男と、話の結末

大雑把にいって、世のなかには二種類の人間がいる。白いケーブルがどれほどすばらしいか知っている者と、そうでない者だ。イミーは前者だ。イミーは白いケーブルが大好きだった。それに白い電話が。それに裏っかわに果物の絵が描いてある、白いコンピューターが。町まで出る車のなかでオーヴェが聞いて知ったことを要約すると、ざっとそんなところだ。理性ある人間のだれもがまったく興味がないものについて、イミーが大興奮でべらべらしゃべりまくるので、しまいにオーヴェは一種の深い瞑想状態に陥り、やがて太っちょ青年のおしゃべりは、彼の耳にはただの音のしぼられた小さな雑音となった。

この青年が大きなマスタードサンドを手にサーブの助手席に乗り込んできた瞬間、オーヴェは彼に助けを求めたことを後悔した。しかもイミーは、店に足を踏み入れたとたんに〝ケーブルをチェックしてくる〟と言ってすぐにぶらぶらとどこかへ消えてしまった。

何かの目的を果たしたければ、いつものことだが、結局自分でやるしかないのだ。オーヴェはそう心に言い聞かせて、ひとりでレジに歩いていった。そしてノートパソコンのラインナップを紹介しようとした若い店員に〝ロボトミー手術でもしたのか？〟とオーヴェが怒鳴りだしてようやく、イミーが慌てて向こうから助けにやってきた。オーヴェを助けるというよりは、販売員を助けるために。

「いっしょに来たんです」イミーは販売員に小さくうなずきかけたが、それには秘密の握手法で〝大丈夫、僕はそっち側の人間だ〟と伝えるのと似たような効果があった。

販売員は不快げに長々と息を吸い、オーヴェをさした。

「こっちはただお客さんのために――」

「ゴミばかりをやたらとならべて、わたしを騙そうとしているだけだ！」オーヴェは言いたいことを言わせずに怒鳴り返し、一番近くの棚にあった何かをとっさに引っつかんだ。

オーヴェにはそれがなんなのか、よくわからなかった。だが白い電気プラグか何かのようで、いざというときに販売員に投げつけるのにちょうどよさそうだと思った。販売員は目のまわりをぴくぴくさせてイミーのほうを見たが、オーヴェと接した人々にその症状が頻発するので、それをオーヴェ症候群と名づけることもできなくもなさそうだった。

「この人にはまったく悪意はないんですよ」イミーは陽気に弁解を試みた。

「ＭａｃＢｏｏｋを紹介しようとしたら、どんな車に乗っているのかと聞いてきたんですよ」販売員は言い、心底傷ついた顔をした。

「大事な質問だろう」オーヴェは言って、イミーに力強くうなずきかけた。

「僕は車なんて持ってない！　必要ないし、環境に優しい生活をめざしたいからだ！」激しい怒りとも子供の駄々ともつかない声で、販売員は言った。

オーヴェはイミーに目をやり、これですべてわかるだろうという仕草で両腕を投げだした。

「こういう人間とはまともに話をすることはできない」オーヴェは即座に同意を得られるものと期待してうなずいた。

イミーは販売員を慰めて肩に手をおいた。

「ところで、あんたはどこにいってた？」オーヴェは言った。

「僕？　あっちのモニタを見ていたんだよ」イミーは説明した。

「買う予定なのか？」

「そうじゃない」イミーはこたえ、ずいぶんおかしなことを聞くものだという目でオーヴェを見た。新しい靴が〝本当に必要なのか〟と聞くオーヴェに、ソーニャが〝なんでそんな見当ちがいなことを聞くの？〟と訝るさまと、どこか似ていた。

販売員はうしろを向いてそっと立ち去ろうとしたが、オーヴェはすばやく足を前に出してそれを阻止した。

「どこいくんだ？　まだ終わってないだろう！」

販売員は今ではものすごく不機嫌な顔をしていた。イミーが背中を軽くたたいて励ました。

「ここにいるオーヴェは、じつはiPadをさがしているんだ。そういう理解でどうかな?」

販売員は苦々しい目でオーヴェを見た。それからイミーを見た。それからオーヴェがついさっき〝キーボードのついていないコンピューター〟はいらないとわめいたカウンターを見た。ため息をついて気を取りなおした。

「わ……かりました。じゃあ、もう一度あっちのカウンターにいきましょう。それで、どのモデルがいいんですか? 16ギガか、32か64か」

オーヴェは適当な数字の羅列を垂れ流すのはやめろという目で販売員を見た。

「容量の異なるいくつかのバージョンがあるんだ」イミーが出入国管理局の通訳者のようにオーヴェのために翻訳した。

「それで法外な額を余計に出させようというんだろう」オーヴェは言い返す。

イミーは気持ちはよくわかるとうなずいて、販売員のほうを向いた。

「オーヴェは各種のモデルのちがいをもう少し知りたいんだと思うんだ」

販売員はうめいた。

「じゃあ、ふつうのモデルと3Gモデルのどっちがいいんですか?」

イミーはオーヴェのほうを向いた。

「使うのは、自宅と外と、どっちがメイン？」

その答えとして、オーヴェは懐中電灯の指をあげて真っすぐに販売員に突きつけた。

「おい！　あの子には最高のやつでないといけない。わかったか？」

販売員は怯んであとずさった。

イミーはにっこり笑い、ハグするような勢いで太い両腕をひろげた。

「聞いたかい、おい！　最高のでないとだめだってさ！」

数分後、オーヴェはｉＰａｄの箱がはいった袋をつかみ、〝七九九五クローナ！　しかもキーボードなしだ！〟とか、〝盗人猛々しい〟とかぶつぶつ言いながら、出口に歩いていった。

イミーは少し考える顔でその場に残り、販売員のうしろの壁を、興奮を抑え気味にしてながめた。

「せっかく来たから……ケーブルを見せてもらおうかな」

「ああ。どんなケーブルですか？」販売員はため息をつき、精根尽き果てる寸前の顔をあげた。

イミーは前のめりになって、手をこすり合わせた。

「どんなものがあるのかな？」

そういうわけで、その晩、七歳児はオーヴェから i P a dをもらった。そしてイミーからはケーブルをもらった。

「僕もおなじのを持ってるんだ。かなりいいぜ！」イミーが熱く語り、パッケージを指さした。

七歳児は玄関の内側の廊下に立ち、なんとこたえていいかわからずに、ただこっくり首を動かして〝すごい嬉しい……ありがとう〟と言った。

イミーは上機嫌でうなずいた。

「食べるものはある？」

七歳児は人であふれるリビングをさした。部屋のまんなかには八本のろうそくの立った誕生日ケーキがあり、身体の大きな青年はすぐにそこを目標地点と定めたようだった。八歳児になりたての少女はなおも廊下にいて、魅了されたように i P a dの箱をなでていた。それが本当に自分の手のなかにあることが信じられないようすで。オーヴェは身をかがめた。

「新しい車を手に入れるたびに、わたしもおなじ気持ちになった」オーヴェは小声で伝えた。

少女はまわりに目をやってだれも見ていないことを確認すると、笑いをうかべてオーヴェを抱きしめた。

「ありがとう、おじいちゃん」そう耳打ちして、自分の部屋に駆け込んだ。

オーヴェはひとり静かに廊下にたたずみ、自宅の鍵で手のひらのたこをついた。松葉杖のパトリックが八歳児のあとを追って部屋にはいっていった。どうやら今夜もっとも感謝されない務めを帯びているらしい。すなわち部屋でポップミュージックを聴きながら新しいiPadにアプリをダウンロードするより、きれいなワンピースを着て、大勢の退屈な大人にまじってケーキを食べるほうがずっと楽しいぞと娘を説得する務めを。オーヴェはコートを着たまま廊下に立ち、おそらく十分近くのあいだぼんやり床を見つめていた。

「大丈夫？」

深い夢から起こすように、パルヴァネの声がオーヴェを穏やかに現実に引きもどした。彼女はリビングの戸口にいて、大きなランドリーバスケットをやっとのことでかかえているように、両手でまんまるの腹をかかえていた。オーヴェは顔をあげた。目が少しかすんでいた。

「ああ、ああ、もちろん大丈夫だ」

「こっちに来て、ケーキでもいかが？」

「いや……いい。ケーキは好かん。わたしは今からちょっと猫と散歩してくる」

パルヴァネの大きな茶色い目が、穿鑿するようにオーヴェをじっと見つめる。最近そんな目で見てくることが増え、そのたびオーヴェは落ち着かない気分になった。パルヴァネは何かの予感でも感じているのか。

「わかったわ」ようやくパルヴァネは言ったが、納得のいった口調ではなかった。「あした運転の教習をするのはどう？　朝の八時にベルを鳴らすわ」

オーヴェはうなずいた。ひげにケーキをくっつけた猫が、ふらふら廊下に出てきた。

「もう気はすんだか？」オーヴェは猫に声をかけ、猫がもういいという顔をすると、鍵をいじりながら横目でパルヴァネを見て、小声で同意した。「わかった。じゃあ、あしたの八時に」

オーヴェと猫が家のあいだの狭い道を歩くころには、テラスハウス団地は冬の宵闇につつまれていた。誕生日パーティからもれてくる笑い声と音楽が、大きくあたたかなじゅうたんのように家々をつつみ込んでいる。ソーニャはこれを喜んだだろう、とオーヴェは心のなかで思った。あのやりたい放題の外国人の妊婦と、手にあまるその家族が越してきてからのこの界隈のようすを、ソーニャはおおいに気に入ったにちがいない。そしてたくさん笑っただろう。オーヴェはその笑いが恋しくて仕方なかった。

猫とならんで駐車場のほうに歩いていった。標識をひとつずつ足で蹴ってチェックする。ガレージの扉を引っぱった。来客用駐車場までいって、もどってきた。ゴミ置場を確認した。

家のあいだの道をもどって自宅の物置小屋のところに来たとき、道の向かい側の一番奥の家で何かが動くのが見えた。最初はパーティの客かと思ったが、つぎの瞬間、例のリサイクル一家の暗い家の物置のほうに、影が移動するのが見えた。オーヴェの知るかぎり、一家はまだタイにいるはずだ。雪の影を見て勘ちがいかもしれないと闇に目をこらし、実際、数秒間はなんの姿も見えなかった。けれども、視力も若いときとはちがうのだと認めようとしたちょうどそのとき、ふたたび人影があらわれた。しかも、うしろにさらにふたりいる。つづいて、粘着テープを貼った窓を何かでたたいたにちがいない音がした。ガラスを割るときに、ガシャンと音を立てないための工夫だ。オーヴェはそれがどんな音なのか正確に知っていた。鉄道で働いていたときに、手を切らないようにして割れた列車の窓を取り外す方法として、それを学んだからだ。

「おい、そこで何してる」オーヴェは暗闇の先に向かって叫んだ。

奥の家の人影は動きをとめた。声がする。

「おい、おまえら！」オーヴェは大声で言って、そっちに駆けだした。

ひとりが二、三歩近づいてくるのが見え、ひとりが何かを叫んだ。オーヴェは足を速めて、人間破城槌のように前に突進していった。物置から武器を持ってくればよかったと一瞬思ったが、もう遅い。ひとりが細長いものを持ってふりまわすのが目の隅に映り、オーヴェはやられる前にやらなくてはと腹をくくった。

そのとき、胸を突き刺すような痛みが走り、ひとりがまんまと背後にまわって、背中を殴ったのだと思った。だが、もう一度痛みが襲った。何者かが頭のてっぺんから剣を刺し、そのまま真っすぐ身体を串刺しにして足の裏まで貫いたような、経験したことのない痛みだった。空気を求めて喘いだが、息が吸えない。一歩前に出ようとしてよろめき、オーヴェは身体ごとばったりと雪の上に倒れ込んだ。頬が氷にこすれる鈍い痛みを感じる。容赦のない大きな手が、胸をにぎりつぶそうとしている。まるでアルミの缶を手のなかでつぶすように。

強盗は逃げることにしたのか、雪のなかを駆けていく足音が聞こえた。痛みがいつまでつづくのかはわからないが、まるで蛍光灯がガラスと鋼の雨を降らせながらつぎつぎに頭のなかで破裂していくかのようで、とても耐えがたかった。叫びたかったが、肺には空気がない。耳に激しく鳴り響く心音の向こうから、遠くのパルヴァネの声が聞こえた。小さな足にアンバランスなほど巨大な身体をした彼女が、雪のなかをよろめいたりすべったりしながら駆けてくる足音がする。すべてが真っ暗になる寸前にオーヴェが考えたのは、救急車が家のあいだの道を通ることがないようパルヴァネに釘を刺さなくては、ということだった。

住居エリア内の自動車の通行は禁止されている。

39　オーヴェという男と、死

死というのは奇妙なものだ。人々はそんなものは存在しないかのように人生を生きるが、死が生きるうえでの一番の拠り所になることも多い。早い時期から死を意識して、そのぶん太く、しぶとく、がむしゃらに生きる人もいる。死をつねにそばにおくことで、反対概念としての今を理解したい人もいる。死に取りつかれ、その到着がアナウンスされるだいぶ前から、早々と待合室にはいる人もいる。人は死を恐れるが、たいていの人が一番恐れるのは、自分以外の人に死がおとずれることだ。死のもっとも恐ろしいところは、それがつねにわれわれを素通りしていくことだ。そしてわれわれは、ひとりあとに残される。

オーヴェはいつも人から〝不愛想〟だと言われる。だが彼は不愛想なのではない。いつでもどこでもにやにやしていないだけだ。そのことで犯罪者あつかいされないといけないのか？　オーヴェはそうは思わない。だが、自分を理解してくれたただひとりの人を葬るとき、男の内側では何かが壊れる。そうした傷は、どれだけ時間がたとうと癒えるものではない。

そして、時間というのは奇妙なものだ。たいていの人は、前にある時間を見据えて生きる。数日、数週、数年先を見据えて。人生を生きていて一番つらい瞬間というのは、前よりもうしろに見える時間のほうが長い年齢になったと気づくときではないだろうか。そして、前に時間がないとなると、それ以外にすがるものをさがさなくてはならない。たとえば、思い出。だれかと手をつないですごした陽射しあふれる午後。花壇で咲いた花の香り。毎週日曜日のカフェ。孫でもいいかもしれない。人は自分以外のだれかの未来のために生きるようになる。そして、ソーニャが先立ったときに、オーヴェもいっしょに死んだというのはまちがいだ。オーヴェはただ生きるのをやめてしまった。

悲しみというのは奇妙なものだ。

オーヴェのストレッチャーといっしょに手術室にはいろうとするパルヴァネを病院スタッフが拒んだときには、彼女と、彼女がふりまわす拳骨を取り押さえるのに、パトリック、イミー、アンデシュ、アドリアン、ミルサド、それに四人の看護師が力を合わせなくてはならなかった。自分が妊婦であることを考えて〝楽にしていてください〟と医者が言ったときには、パルヴァネは待合室の木のベンチをひっくり返し、医者の足もとにそれを投げ飛ばした。べつの医者が冷静な無表情の顔でドアから出てきて、〝最悪のことも覚悟してください〟とひとこと告げたときには、パルヴァネは大声で泣き叫び、顔を手でおおって、割れた磁器の花瓶のような床にぱったり倒れた。

愛というのは奇妙なものだ。それは思いがけないときに突然やってくる。


明け方の三時半、看護師がパルヴァネを呼びにきた。みんなして説得にかかったが、パルヴァネは断固として家に帰ろうとせず、ずっと待合室で待っていた。髪はぐしゃぐしゃにもつれ、目は充血し、乾いた涙とにじんだマスカラで汚れていた。パルヴァネが廊下の奥の小さな病室にはいっていくと、あらわれたその姿があまりに弱々しそうだったので、扉をくぐった瞬間に妊婦に床に倒れられたら困ると、看護師ひとりが駆け寄ってきた。パルヴァネはドア枠につかまって深呼吸し、力のない淡い笑みをうかべて、自分は〝大丈夫だ〟と看護師に伝えた。一歩なかにはいり、今夜起きたことの重大さを今はじめて噛みしめるように、数秒間そこに立っていた。

それからベッドに近づいていって、あらためて目に涙をにじませて横に立った。両方の手のひらで怒りをこめてオーヴェの腕をたたきだした。

「ひどいじゃないの。オーヴェ」パルヴァネは叫んだ。「死ぬなんて許さないから!」

オーヴェの指が弱々しく動き、パルヴァネは両手でその手をつかんで、手のひらにおでこをつけ、またもや泣きだした。

「いいかげん少し落ち着いたらどうだ、おい」オーヴェがかすれ声で言う。

するとパルヴァネはもう一度オーヴェの腕をたたいた。そこでオーヴェは知恵を働かせて、しばらくは黙っていることにした。だがパルヴァネがオーヴェの手をにぎったまま、怒りと同情のない混ぜになったものと、真の恐怖を大きな茶色い目にうかべて椅子にへたり込んでしまったので、オーヴェは逆の手をあげて髪をなでてやった。オーヴェの鼻には管が入れられ、シーツの下では胸が必死に上下に動いている。呼吸の一回一回が、ひと息の長い痛みのようだった。言葉をしゃべるとゼーゼーと息がまじった。

「救急車を住居エリアに入れなかっただろうな？」

看護師たちがようやくふたたび病室をのぞき込む気になれたのは、それからおよそ四十分後のことだった。そのすぐあとで、死にそうにうんざりした人間の顔つきをした、合成素材のサンダルをはいたメガネの若い医者がはいってきて、眠そうにベッドの横に立った。彼は紙に目を落とした。

「パル……ナヴァ？」医者は考えながら言い、気のない目でパルヴァネを見た。

「パルヴァネ」とパルヴァネは正した。

医者にはどうでもよさそうだった。

「あなたの名前が〝近親者〟として書かれています」医者はそう言ってから、椅子にすわる、だれが見てもイラン系の三十代の女性と、ベッドにいる、だれが見ても非イラン系のスウェーデン人をながめた。

パルヴァネがオーヴェを軽く小突いて〝近親者だって！〟と笑い、オーヴェが〝うるさい〟と反応しただけで、なぜそういうことになっているのか両人とも説明する気がまるでなさそうだったので、医者はため息まじりにつづけた。

「オーヴェには心疾患があり……」医者は感情のこもらない声で切りだし、十年以上医学を勉強した人か、ある種のテレビドラマに不健全なまでに熱中している人以外には、だれにも理解できるはずのない言葉をつらつら唱えた。

パルヴァネがたくさんの疑問符と感嘆符をならべた顔つきでそっちを見ると、医者はふたたびため息をついた。死ぬほどうんざりした、合成素材のサンダルをはいたメガネの若い医者たちが、病院に来る前に医学部に通うという常識を持ち合わせていない人間と直面したときにつくようなため息だった。

「心臓が大きすぎるということです」医者は冷たく言い放った。

パルヴァネは、かなり長いことぽかんとした顔で医者を見つめていた。それからベッドにいるオーヴェをさぐるようにじろじろ見た。それから、もう一度医者を見、彼が指をちろちろ動かして〝ジョークだよ！〟と言うのを期待するような顔をした。

医者がそれをやらないでいると、パルヴァネは笑いだした。最初は咳き込むようだったが、やがてくしゃみをこらえる顔をし、そしてすぐにこみあげてくるものがとまらなくなって、くすくすいいだした。ベッドの横につかまり、顔の前で手をふって、自分をあおいで冷静になろうとしたが、無駄だった。やがてとうとう腹をかかえて笑いだし、その声は外にまで響いて、何人かの看護師が何が起きたかと廊下からなかをのぞき込んだ。

「わたしがどんなものに耐えなければならないか、わかるだろう？」笑いの発作がおさまらずに枕に顔をうずめるパルヴァネの横で、オーヴェが目をまわして医者にぼやいた。

医者は医学部時代のゼミではこうした状況への対処法を教わってこなかったようで、少しして自分の威厳といったものを思いださせるために、大きく咳ばらいし、足でトンと床を踏み鳴らした。当然ながらそれにはあまり効果がなかったが、いくつかの試行錯誤のすえようやくパルヴァネの笑いは一段落し、彼女はどうにかこうにか〝オーヴェは心臓が大きすぎるんだって。ああ、もう死にそう〟と口にした。

「死にそうなのはこっちだ！」オーヴェは反論した。

パルヴァネは首をふり、医者に優しい笑顔を向けた。

「それだけ？」

医者はあきらめ顔で書類を閉じた。

「服薬で病気をコントロールすることはできるでしょう。ただし、こうしたことは予測がむずかしい。調子がいいのは二、三カ月かもしれないし、あるいは数年かもしれない」

「そのことなら心配いらないわ。オーヴェはあきれるほど死ぬのが下手くそな人だから」

オーヴェはひどくむっとした顔をした。

四日後、オーヴェは雪のなかをよろよろと進んで自宅まで歩いた。片腕をパルヴァネに、反対の腕をパトリックに支えられて。ひとりは松葉杖をつき、もうひとりは大きな腹をかかえている。たいした支えだ、とオーヴェは思った。だがそれを口にすることはしなかった。数分前にオーヴェが家の前までサーブをバックで入れさせなかったことで、ただでさえパルヴァネはおかんむりだった。〝わかったって、オーヴェ！　もう、わかってるわよ！　神に誓って言うけど、もう一度おなじことを言ったら標識に火をつけてやるから！〟とパルヴァネはオーヴェに向かってわめいた。その言い草はいくらか大げさすぎやしないか、とオーヴェは思った。

靴の下で雪がきしんだ。窓には明かりがついている。玄関の前には、猫がいて待っていた。キッチンのテーブルには絵がひろげられていた。

「娘たちがあなたのために描いたの」パルヴァネは言い、オーヴェの家のスペアキーを電話の横のかごに入れた。

オーヴェが絵の下の隅に書かれた文字を読んでいるのに気づくと、パルヴァネは少々きまり悪そうな顔をした。

「あの子たちったら……ごめんなさい、オーヴェ。書いてあることは気にしないで！　わたしの父はイランで亡くなったの。娘たちは一度も……その……」

オーヴェはパルヴァネを無視して、絵を持ってキッチンの引き出しのところへいった。

「わたしをどう呼ぼうとかまわない。あんたがとやかく言うことじゃない」

それからオーヴェは絵を一枚一枚、冷蔵庫に貼っていった。〝おじいちゃんへ〟と書かれた絵が一番上だった。パルヴァネは笑いがこぼれないようにこらえた。あまりうまくはいかなかった。

「にやにやしてないで、コーヒーでも淹れてくれ。わたしは屋根裏から段ボール箱を持ってくる」オーヴェは低い声で言って、よたよたと階段のほうへ歩いていった。

こうしてその晩は、パルヴァネとふたりの娘たちはオーヴェの家の片づけを手伝うことになった。ソーニャのものをひとつずつ新聞紙でくるんで、服を残らず丁寧に箱にしまった。思い出をひとつずつ。そして、すべてが終わり、子供たちが指先に新聞の文字を、口の端にチョコレートアイスをつけてオーヴェのソファで眠り込んだ夜の九時半、パルヴァネの手が容赦のない鉄の鉤爪のようにいきなりオーヴェの腕をつかんだ。そしてオーヴェが〝ああ！〟と唸ると、彼女は〝うう！〟とうめいた。

その後、彼らは病院に舞いもどった。

男の子だった。

オーヴェという男と、エピローグ

人生というのは奇妙なものだ。

冬が去って春がめぐり、パルヴァネは運転免許の試験に合格した。オーヴェはアドリアンにタイヤの交換の仕方を教えた。あの若造はトヨタを買いはしたが、だからといってまったく見込みがないわけではなさそうだと、ある四月の日曜日、オーヴェはソーニャのところにいって報告した。それから、パルヴァネの小さな男の子の写真を何枚か見せた。今は生後四カ月で、アザラシの子供のようにころころしている。パトリックはカメラつき携帯のなんとかをオーヴェに持たせようと試みたが、オーヴェはそうしたものは信用していない。そのかわりに、紙に印刷した写真を輪ゴムでとめた分厚い束を、財布に入れて持ち歩いた。それを会う人会う人、全員に見せた。花屋の店員にも。

春が夏に変わり、秋がおとずれるころ、例の女記者のレーナが、アウディに乗るカッコつけのアンデシュのところに引っ越してきた。引っ越し用トラックを運転したのはオーヴェだ。昨今ののろまどもがオーヴェの郵便ポストにぶつけることなく家のあいだの道をバックできるとは思っていなかったので、それなら自分でやるほうがましだった。レーナは当然のごとく〝制度上の結婚〟を信じておらず、オーヴェは近所でもそれについてひとしきり議論があったことを示すようにフンと鼻を鳴らしたが、つぎの春、墓にやってくると、ソーニャにある結婚式の招待状を見せた。

黒いスーツに身をつつんだミルサドは緊張で文字どおりふるえていて、市役所にはいる前にパルヴァネがテキーラのショットを与えなければならなかった。イミーはなかで待っていた。介添人を務めたのはオーヴェだ。この日のためにスーツも新調した。ふたりはアメルのカフェでパーティをひらいた。四角い身体つきの男は三度スピーチを試みたが、胸がつまって、とつとつと二言、三言しゃべるのが精いっぱいだった。だが彼は、店のあるサンドイッチをイミーと命名し、イミー本人はこれを人生一のすばらしいプレゼントだと喜んだ。イミーはその後も母親の家にミルサドと住みつづけた。翌年、ふたりは女の子を養子にした。イミーは三時のコーヒーの時間になると、毎日必ず、その子をアニタとルネの家に連れていった。

ルネは回復しなかった。数日にわたり意志の疎通がまったくできなくなることもあった。

それでも女の子がアニタに向かって両腕をのばしながら彼らの家に走ってはいっていくと、幸せそうな笑みがルネの満面にひろがった。毎度必ず。

小さなテラスハウス団地の周辺にはさらに多くの家が建ち、数年のうちに田舎の住宅地は市街地に変わった。だからといって、パトリックが窓をあけたりイケアのワードローブを組み立てたりするのがうまくなるはずもない。ある朝、パトリックは似たような年齢の、やはりそうしたことが得意ではなさそうなふたりの男を連れて、オーヴェの玄関にあらわれた。本人らが説明したところによると、どちらもとなりの地区に家を所有しているという。今それを改修しているのだが、仕切り壁の柱の問題にぶつかった。ふたりとも、それをどうしていいのか知らなかった。だが、もちろんオーヴェは知っていた。オーヴェは〝馬鹿どもが〟とかなんとかつぶやきながら、出向いていって教えてやった。翌日、またべつの隣人があらわれた。さらにまたひとり。そしてまたひとり。数カ月のうちにオーヴェは引っぱりだこになり、あっちにいってはなおし、こっちにいっては修理しで、四方の地区のほぼすべての家に足を運ぶことになった。それでもソーニャの墓の前でひとりになったときに、さについて毎度愚痴をこぼした。言うまでもなくオーヴェは、人々の無能〝また昼間にやることができたのは、いいことなのかもしれない〟と、もごもごロにすることもあった。

パルヴァネの娘たちは誕生日を祝い、だれもがよくわからないうちに三歳児は六歳児になった。三歳児によく見られる無礼さはそのままに。はじめての登校日には、オーヴェもいっしょに学校にいった。六歳児はショートメッセージに笑顔のマークを入れるやり方をオーヴェに教え、オーヴェは自分が携帯電話を買ったことはパトリックには絶対に言うなと約束させた。八歳児は、おなじように無礼なまま十歳児になり、はじめてのパジャマパーティをひらいた。弟はオーヴェの家のキッチンじゅうにおもちゃをばらまいた。オーヴェはテラスに水浴び場をつくったが、だれかがそれを水浴び場と呼ぶと、〝何を言う、これはプールだ！〟と息巻いた。アンデシュは管理組合の理事長に再選出された。パルヴァネは家々の裏の芝を手入れするために、新しい芝刈り機を買った。

夏が秋になり、秋は冬になった。パルヴァネとパトリックがオーヴェの郵便受けにトレーラーをバックさせてから四年近くが流れた、十一月の凍える寒さのある日曜日の朝、パルヴァネは冷たい手がひたいにふれたように感じて目を覚ました。ベッドを出て、寝室の窓から外をのぞき、時計を見た。八時十五分。オーヴェの家の前は雪かきされていなかった。

彼女はオーヴェの名を叫びながら、ガウンに室内ばきのまま狭い道を大急ぎでつっきった。わたされていたスペアキーで玄関をあけ、リビングに駆け込み、濡れた室内ばきで足をすべらせながら二階にあがり、胸が締めつけられる思いで寝室にとび込んだ。

オーヴェは深い眠りについているように見えた。こんなに穏やかな顔つきをしているのは見たことがなかった。となりには、小さな頭をオーヴェの手のひらにそっとのせて、猫が寝ていた。パルヴァネの姿を見ると、ようやくすべてを受け入れるようにゆっくりゆっくり起きあがり、パルヴァネのひざの上に這いのぼった。パルヴァネは猫といっしょにベッドのふちに腰かけ、オーヴェの薄い髪をずっとなでていたが、とうとう救急隊員がやってきて、遺体を運びださないといけない、と優しい言葉と穏やかな物腰で告げた。すると彼女は身をのりだし、〝ソーニャによろしく。貸しだしてくれて感謝しますと伝えて〟とオーヴェの耳にささやいた。それからベッドの横の台の、〝パルヴァネへ〟と書かれた大きな封筒を手にし、階段をおりていった。

なかからは書類や証書、家の最初の設計図、ビデオプレーヤーの取り扱い説明書、サーブのメンテナンス記録などがぞろぞろ出てきた。預金口座番号と保険証書。オーヴェが〝重要なことをすべて託した〟弁護士の電話番号。人生まるごとを整理してまとめた、ひとつのファイルだった。存在の総決算だった。一番上にはパルヴァネにあてた手紙があった。彼女はキッチンのテーブルでそれを読んだ。長いものではなかった。最後まで読み終えないうちにどうせ涙でぐしょぐしょになると、オーヴェは見越していたのかもしれない。

サーブはアドリアンにやる。それ以外のすべては、あんたにまかせた。家の鍵は持っているだろう。猫は一日二回マグロ缶を食べる。他人の家でトイレをするのは好まない。それは尊重してやってくれ。町に弁護士がいて、銀行の書類やら何やらを持っている。一一五六万三〇一三クローナ六七エーレはいった口座がある。ソーニャの父親のものだ。株を持っていた。並外れたケチだった。わたしもソーニャも、それをどうしていいかわからなかった。あんたの子供たちがそれぞれ十八歳になったら、百万ずつやるように。イミーとミルサドのパトリックの女の子にもおなじようにしてくれ。あとはあんたのものだ。ただし、くれぐれもパトリックには管理させるなよ。ソーニャはきっとあんたを好きになっただろう。新しく引っ越してくる連中には、住居エリア内に車を入れさせるな。

オーヴェ

紙の下のほうには、〝あんたはそこまでの馬鹿じゃない！〟と大文字で書かれていた。そのうしろには、ナサニンが教えた笑顔のマークの絵が描いてあった。

手紙には、どんなことがあっても〝大げさなことはするな〟という、葬式についての明確な指示書きもあった。葬儀はいっさい不要で、オーヴェはただソーニャのとなりの穴に放り込まれることだけを望んでいる。〝だれも来なくていい。余計なことはいらない！〟オーヴェはそうきっぱりとパルヴァネに伝えていた。

葬式には三百人以上の人が集まった。

パトリックとパルヴァネと娘たちがなかにはいったときには、壁際や通路までが人であふれていた。だれもが〝ソーニャ基金〟と彫られた、明かりを灯したキャンドルを手に持っていた。パルヴァネはオーヴェが遺したお金の大半を、親のない孤児のための慈善基金にすることにしたのだ。パルヴァネの目は涙で腫れ、数日間空気を求めて喘ぎつづけたように、喉がかさかさだった。だが、キャンドルの明かりが胸のなかにあるものを軽くしてくれた。そして、パトリックはオーヴェに別れを言いにきた人たちを見わたして、パルヴァネの横腹をひじでつつき、満足げに笑った。

「やれやれ。オーヴェはこれを嫌がっただろうな」

それを聞いて、パルヴァネは笑いだした。本当にそのとおりだったからだ。

その夜、パルヴァネは内覧にやってきた若い新婚の夫婦に、オーヴェとソーニャの家を見せた。妻は妊娠していた。妻のほうは部屋を見てまわりながら、わが子の幼少期の未来の思い出がそこにひろがっているのを見るように、瞳を輝かせた。夫のほうは、それほどこの場所に好印象を持っていないように見えた。オーバーオールのズボンをはいていて、怪訝そうに幅木を蹴ったり、不満げにのぞき込んだりしてばかりいる。パルヴァネにはわかっていたが、男がどう思ったところで、若い妻の目を見ればすでに結論が出ているのは明らかだ。けれども、夫のほうが〝広告に書かれていたガレージ〟について不機嫌な口調で質問してくると、パルヴァネは相手を上から下まで慎重にながめまわし、冷静にうなずいて、乗っている車はなんだとたずねた。すると若い男ははじめて背筋をのばし、ほとんどわからない程度の笑みをうかべ、あるひとつの単語でしか伝え得ない強い誇りを胸に、目を真っすぐに見てこたえた。

「サーブだ」

謝辞

聡明なジャーナリストで偉大な紳士のヨナス・クランビーへ。あなたはオーヴェを世に見出して彼の名付け親となり、僕がそれを物語にすることを太っ腹にも許してくれました。ありがとう。

編集者のヨン・ヤッグブルムへ。その文才と緻密さで僕の原稿の言語上の誤りをもれなく指摘してくれたこと、僕がせっかくの助言をまるごと無視しても、辛抱強く謙虚に受け入れてくれたことに感謝します。

父のロルフ・バックマンへ。僕は最大限あなたとちがわない人間でいたいと願っています。

訳者あとがき

この『幸せなひとりぼっち』ってどんな本ですか？　そんなふうに、急に寝起きに聞かれたら、「なんだかよくわからないけれど、ジワジワとくる、すごくいい本です」と、つい、頭の悪い答えを言ってしまうだろう。数ヵ月にわたり作品と親密に交流してきた訳者が言うにしては、がっかりするほど中身のない答えだが、つまりそれがわたしの率直な感想だ。

やはりそれではわからない、もう少し説明してくれ、と言われれば、「五十九歳にして早期退職に追い込まれた、オーヴェという名のスウェーデン人の偏屈おやじが、近隣住人とやり合ったり、自殺を試みたりする物語だ」と慌ててつけくわえるだろう。それでもまだ、たいして面白そうではないし、どこか二番煎じの本のように思われるかもしれない。

けれども、もし今あなたが、このあとがきをぱらぱらめくりながら、『幸せなひとりぼっち』を読むべきか迷っているのだとしたら、ともかく十ページでも読んでみてほしい。

くすりと笑わせるエピソードに誘われ、いつの間にか十ページが二十ページに、二十ページが百ページになり、そのころにはすっかり偏屈おやじに親近感をおぼえて、胸に湧き起こるあんな感情やこんな感情がとまらなくなっていることだろう。

著者はとあるインタビューで「オーヴェ自身が読者の共感を呼ぶ人物に変化していくのではない。読者の彼に対する理解が深まるだけだ」と語っているが、まさにそのとおりだ。知れば知るほどオーヴェがチャーミングに見えてきて、本を閉じるころには、本書はだれしもにとって大切な一冊となり、オーヴェは忘れがたい人物となる。そのことは、ネット上の各レビューサイトに数百、数千と寄せられた読者の熱い感想が証明している。

さて、あらすじの紹介は本のカバー裏に任せるとして、もう少しまともなあとがきらしく、本書が世に出た経緯と、主人公のオーヴェという人物についての説明を試みてみよう。

著者のフレドリック・バックマン（一九八一年生まれ）は学業はそこそこに終え、作業車の運転手などの仕事を経験したのち、フリーペーパーや雑誌に記事を書くようになる。やがてライターとして独立し、何千もの読者を集める人気ブロガーとなった。そこで共感を集めたのが、偏屈で頑固な中高年男のエピソードを〝オーヴェ〟という架空のキャラクターにのせて面白おかしく書いたエントリーだった（名前の由来となったのは、知人が美術館でたまたま目撃した、どこかの本物の偏屈おやじ、〝オーヴェ氏〟らしい）。

それを小説に仕立てたのが、この『幸せなひとりぼっち』(*En man som heter Ove*, 2012、直訳すると〝オーヴェという名前の男〟)だ。バックマンの初の小説である本書は、関係者全員の予想を超えてあれよあれよという間に国内外で話題となり、三十八カ国語に翻訳され、人口九百九十万人というスウェーデンにおいて八十万部、世界で二百五十万部を売りあげるにいたった(二〇一六年一月時点)。

成功の勢いは本の世界だけにとどまらず、小説を原作とした同名の映画が二〇一五年に公開されると、これまた〝スウェーデンで国民の五人に一人が見た〟という大ヒットを記録した。そして嬉しいことに、日本でもこの翻訳本が出るのと前後して公開が予定されている。『幸せなひとりぼっち』というのは、この映画に合わせてつけられたタイトルだ。わたしもひと足先に観させてもらったが、妻ソーニャ役の女優の明るく強い笑顔にすっかり魅了され、簡潔にまとめられたストーリーにも感動し、筋を知っているにもかかわらず、それに二度目に鑑賞したときでさえ、笑いと涙を抑えられなかった。

主人公オーヴェは、ものすごく実直に人生を生きてきた。実直すぎるほどに。

オーヴェには主義があった。義務は果たす。ルールには従う。制限速度が五十キロと標識に出ていれば、五十キロぴったりで走る。それに従わない者には指を突きつけ、容赦なく説教する。乗っている車は、スウェーデンの国産車サーブだ。それ以外の車に乗る連中は信用するに足りないと思っている。

もちろん、遅刻はしない。待ち合わせの時間に遅れるのは、いつも妻のほうだった。ところが、先立った妻との再会を約束し、今日明日にもあちらの世界へいこうとしているのに、オーヴェはその約束がなかなか果たせない。なぜなら……。

なぜなら、いまどきの連中は、トレーラーを引いた車をバックすることもできないからだ。近所の連中がいつもじゃましにくるからだ。自分が死にたいからといって、他人の人生までめちゃめちゃにするのは主義に反するからだ。それに、本人が気づいていたかはともかく、オーヴェには役割があったからだ。

そして、五十九歳のオーヴェには五十九年の過去があった。一生懸命に生きてきた。悲しい出来事もあった。最愛の妻ソーニャと出会った。今のようなオーヴェになったのには、理由があった。

この作品の最大の魅力が、そんなオーヴェ自身にあるのはまちがいない。けれども、登場させる脇役や小道具に間接的にオーヴェの心情を語らせる著者の手法も、また読んでいて心地いい。平和を乱すために向かいに引っ越してきたようなイラン人の妊婦。オーヴェと対等にやり合う生意気な野良猫。家。手製のベビーベッド。印象的な場面はいくつもあるが、とりわけ秀逸なのは、四十年来の隣人で宿敵であるルネとの、車をめぐるエピソードだろう。

……ふたりの男とその妻が引っ越してきたとき、オーヴェはサーブ96に乗り、ルネはボルボ244に乗っていた。およそ一年後、オーヴェはサーブ95を買い、ルネはボルボ245を買った。その三年後、オーヴェはサーブ900を買い、そしてルネはボルボ265を買った。つづく十年、二十年のあいだに〔長いので中略〕ルネは車を下取りに出してボルボ760ターボに乗り替えた。

そしてある日、オーヴェが新しく発売されたサーブ9－3を見に自動車販売店にいき、夕方に家に帰ってくると、ルネはBMWを買っていた。

これだけ読むとチンプンカンプンだが、事情を知った者の目から見ると、ふたりの男の人生に起きた大きな出来事、両者の確執、決定的な仲たがいの原因といったものが、この文章から読み取れるのだ。

ところで、少し前にこのサーブに関する悲しいニュースがとび込んできた。十数年前にGMの子会社となり、オーヴェに言わせれば〝アメリカ車〟になりさがったサーブではあるが、その後もブランドは存在しつづけた。だがその名前も今年をもってとうとう消滅するのだという。

オーヴェはサーブの消えた、前へ前へと進みつづける世界をどう思うだろう。彼はとことん旧式の人間だった。最新技術の搭載されたロボットのような車より、自分で分解し、組み立てることのできる車が好きだった。コンピューターがなければ設計図ひとつできあがらない時代より、コンピューターなしにエッフェル塔がつくれた時代のほうが真っ当だと思っていた。だがそんなオーヴェでも、ｉＰａｄを買わなくてはならないときがある。

原書はスウェーデン語だが、翻訳にあたっては、その英語翻訳版（*A Man Called Ove*, 2013）を底本とした。また重訳による不都合を減らすために、テンポの良さが光る英語版だけでなく、一語一語丁寧に訳されたドイツ語版や原語版も、わかる範囲でできるかぎり参考にした。原書の味が生かしきれていないとしたら、それはもちろん訳者が責められるべきだが、わたしの言葉の選択がどうであれ、結局のところ、オーヴェはオーヴェだと、無責任ながら少々安心している。

バックマンは本書の後もおよそ一年に一冊のペースで小説を書いている。本人は作家業と、突然、世界的小説家になった現実を、比較的気楽なスタンスで楽しんでいるらしく、またトラックの運転手にもどってもいいとさえ考えているようだ。だが、各作品の人気ぶりからすると、たとえ本人がそれを望んだとしても、世界じゅうのファンが許さないにちがいない。

二〇一六年九月

パインズ
—美しい地獄—

Pines

ブレイク・クラウチ
東野さやか訳

川沿いの芝生で目覚めた男は所持品の大半を失い、自分の名前さえ言えなかった。しかも全身がやけに痛む。事故にでも遭ったのか……。やがて自分が任務を帯びた捜査官だったと思い出すが、保安官や住民は男が町から出ようとするのをなぜか執拗に阻み続ける。この美しい町はどこか狂っている……。衝撃のスリラー

誰よりも狙われた男

A Most Wanted Man

ジョン・ル・カレ

加賀山卓朗訳

弁護士のアナベルは、ハンブルクに密入国した痩せぎすの若者イッサを救おうと奔走する。だがイッサは過激派として国際指名手配されていた。練達のスパイ、バッハマンの率いるチームが、イッサに迫る。命懸けでイッサを救おうとするアナベルは、非情な世界へと巻きこまれてゆく……映画化され注目を浴びた話題作

窓際のスパイ

Slow Horses

ミック・ヘロン
田村義進訳

ミスをした情報部員が送り込まれるその部署は〈泥沼の家〉と呼ばれている。若き部員カートライトもここで、ゴミ漁りのような仕事をしていた。もう俺に明日はないのか？　だが英国を揺るがす大事件で状況は一変。一か八か、返り咲きを賭けて〈泥沼の家〉が動き出す！　英国スパイ小説の伝統を継ぐ新シリーズ開幕

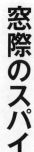

ジュラシック・パーク（上・下）

Jurassic Park

マイクル・クライトン

酒井昭伸訳

バイオテクノロジーで甦った恐竜たちがのし歩く驚異のテーマ・パーク〈ジュラシック・パーク〉。だが、コンピューター・システムが破綻し、開園前の視察に訪れた科学者や子供達をパニックが襲う！　科学知識を駆使した新たな恐竜像、空前の面白さで話題を呼んだスピルバーグ映画化のサスペンス。解説／小畠郁生

古書店主

The Bookseller

マーク・プライヤー
澁谷正子訳

パリのセーヌ河岸で露天の古書店を営む年配の男マックスが悪漢に拉致された。アメリカ大使館の外交保安部長ヒューゴーは独自に調査を始め、マックスがナチ・ハンターだったことを知る。さらに別の古書店主たちにも次々と異変が起き、やがて驚くべき事実が浮かび上がる。有名な作品の古書を絡めて描く極上の小説

訳者略歴　青山学院大学文学部卒，英米文学翻訳家　訳書『ブラウン神父の無心』（共訳）チェスタトン，『出口のない農場』ベケット（早川書房刊）他多数

HM=Hayakawa Mystery
SF=Science Fiction
JA=Japanese Author
NV=Novel
NF=Nonfiction
FT=Fantasy

幸《しあわ》せなひとりぼっち

〈NV1394〉

二〇一六年十月二十五日　発行
二〇一九年四月　十五日　三刷
（定価はカバーに表示してあります）

著　者　フレドリック・バックマン
訳　者　坂《さか》本《もと》あおい
発行者　早川　浩
発行所　株式会社　早川書房

郵便番号　一〇一 - 〇〇四六
東京都千代田区神田多町二ノ二
電話　〇三 - 三二五二 - 三一一一（大代表）
振替　〇〇一六〇 - 三 - 四七七九九
http://www.hayakawa-online.co.jp

乱丁・落丁本は小社制作部宛お送り下さい。
送料小社負担にてお取りかえいたします。

印刷・株式会社精興社　製本・株式会社明光社
Printed and bound in Japan
ISBN978-4-15-041394-1 C0197

本書は活字が大きく読みやすい〈トールサイズ〉です。